L'EMPIRE DU GREC

EILEEN LOTTMAN

L'EMPIRE DU GREC

roman

ÉDITIONS DE TRÉVISE
34, rue de Trévise, 75009 Paris

Cet ouvrage a été originellement édité en langue anglaise par Warner Books Edition à New York 10019 (États-Unis) sous le titre :

THE GREEK TYCOON

Traduit par Michel Chaume.

Pour la traduction française :

© *Éditions de Trévise, Paris 1978.*

ISBN 2-7112-0278-X

CHAPITRE PREMIER

UNE MISE DE JEU ELEVEE, UNE MER démontée, un navire fougueux, une femme sensuelle, tels étaient ses plaisirs, telle était sa nature. Théo Tomasis sentait le sang bouillonner en lui chaque fois qu'il jouait pour des millions ou que, comme maintenant, il avait la police à ses trousses. Une immense force envahissait son corps entier, une volumineuse masse d'énergie emmagasinée dans son être devenu soudain très jeune ne demandait qu'à exploser pour conquérir. Il gagnait toujours. Personne au monde ne pouvait lui résister, ni les joueurs, ni les états, ni les femmes. Théo sortait toujours vainqueur, car il ne craignait personne, telle était sa vie, sa façon d'exister. La vie n'avait d'autre sens pour lui que la lutte, le combat, le jeu et sa botte secrète était sa passion pour le jeu en lui-même.

Théo quitta la salle de radio pour grimper l'écoutille et rejoindre le capitaine sur le pont du *Hellas,* le sourire aux lèvres, une expression de triomphe sur son visage marqué par le soleil, tanné par le grand air. A soixante ans, Théo était encore beau, ses yeux rieurs illuminaient son visage aux traits rudes.

— Sont-ils toujours derrière nous ? hurla-t-il pour se faire entendre du capitaine qui, habillé d'un ciré étanche, se maintenait solidement à la rambarde pour garder son équilibre au milieu de la tempête qui faisait rage en plein Atlantique Nord.

— Oui, répondit ce dernier, il y a deux patrouilleurs, à un mille de notre navire à peu près.

— Restons à la même vitesse pour l'instant, ordonna Théo.

Le vent était violent et glacé, les vagues énormes s'écrasaient sur la coque du baleinier dont l'étrave s'enfonçait dans la mer démontée pour ensuite remonter et s'enfoncer à nouveau sur un rythme irrégulier. Le *Hellas,* vieux bâtiment rouillé, dont la peinture s'écaillait çà et là, luttait hardiment contre les éléments déchaînés, parfois une vibration inquiétante parcourait la coque, mais il tenait bon, ses moteurs au ralenti. Il s'enfonça à nouveau sous une énorme lame, l'étrave fit surface, des embruns d'eau salée et glaciale envahirent le pont où se tenaient les deux hommes. Théo Tomasis, impassible, une casquette en laine enfoncée jusqu'aux oreilles, regardait le ciel gris, attentif à ce qui se passait.

L'intérieur du navire avait été transformé en une véritable usine moderne. Il y avait un équipement extrêmement sophistiqué pour la chasse à la baleine, ainsi qu'un matériel complet pour découper et préparer les cétacés capturés illégalement. Chacun d'entre eux constituait une richesse fabuleuse en huile et en graisse. Beaucoup de pays s'étaient mis d'accord pour les préserver et en interdire le pillage. Mais Théo pouvait se passer des lois.

Théo était rempli d'une joie indicible. Il savourait à

l'avance le plaisir de ce qui allait se passer. Il contemplait le ciel gris et vit enfin l'hélicoptère s'élever doucement au-dessus du navire puis disparaître dans la brume en direction des deux bâtiments officiels.

— Karayannis ! s'écria soudain Théo, ces deux patrouilleurs veulent la guerre. Eh bien, ils l'auront. Qu'en dites-vous, capitaine ? Allons-y. Envahissons la Norvège ! Vite !

Le capitaine donna un ordre et le *Hellas* vira aussitôt de bord, vers la côte, qui se trouvait à douze milles de là, perdue dans le brouillard épais. L'hélicoptère survola en cercle les deux patrouilleurs puis s'approcha du *Hellas* et fit feu. L'obus dépassa le baleinier et alla se perdre dans l'océan, soulevant une immense gerbe d'eau. Puis, ce fut le silence, uniquement coupé par le bruit régulier des moteurs du *Hellas*. Puis, les deux patrouilleurs s'approchèrent rapidement. Le *Hellas* sortait des eaux internationales pour rentrer dans la limite des eaux norvégiennes.

L'hélicoptère survola un moment le baleinier, puis atterrit sur le pont. Trois hommes en sortirent pendant que Théo et le capitaine se dirigeaient vers eux pour les accueillir. Ils se serrèrent la main avec chaleur et échangèrent quelques papiers.

La marine nationale norvégienne avait pendant ce temps accosté le *Hellas,* et le commandant montait déjà à bord du baleinier, suivi de plusieurs marins, le fusil à l'épaule. Théo, le capitaine et les nouveaux arrivés attendirent calmement que les officiels norvégiens arrivent sur le pont.

Sans perdre de temps, le commandant norvégien s'adressa aussitôt à Théo, dont l'attitude semblait indiquer qu'il devait être le maître à bord. Partout où il se trouvait, que ce fût à bord d'un vieux navire comme celui-ci, ou bien à l'Opéra, à un dîner, ou chez un chef d'état, Théo Tomasis devenait toujours le centre d'attraction de la réunion.

— Votre navire et vous-même, commença le commandant, êtes sous arrêt, puisque vous chassez la baleine en dehors de la saison permise et que votre bateau navigue sous le drapeau grec. La Grèce a signé la Convention Internationale de protection de ces cétacés. De plus, Monsieur Tomasis, vous êtes maintenant en mer territoriale norvégienne.

— Oh, mais, il doit y avoir erreur, fit Théo le plus poliment du monde, un sourire aux lèvres, je ne suis qu'un invité ici. Je ne suis sur ce navire que pour une promenade.

— Et vous devez être arrêté, continua imperturbablement le commandant. Vous, ainsi que le capitaine Karayannis.

Le commandant se tourna vers Karayannis qui souriait. Les hommes qui étaient arrivés par hélicoptère souriaient aussi, silencieux.

— Mais, reprit Théo, le capitaine de ce vaisseau n'est pas Karayannis. Le maître à bord est Ishawara.

Théo indiqua de la main un des trois hommes nouvellement à bord. Deux d'entre eux portaient un costume noir et des gants blancs, le troisième portait l'uniforme des capitaines japonais. Les trois étaient de la même nationalité. Le nouveau capitaine comprit ce qui se passait et salua gentiment le commandant norvégien.

— Mais, bon Dieu, je n'y comprends rien, hurla le commandant.

— Vous devriez lui rendre son salut, fit Théo calmement, après tout, Ishawara est le nouveau propriétaire de ce bateau. Il serait normal que vous le saluiez, allons, commandant.

Théo ne cacha même pas son plaisir devant la gêne du Norvégien. Les Japonais attendaient tranquillement.

Le commandant finit par saluer les trois hommes, qui le saluèrent à leur tour avec grâce.

— Je comprends maintenant, fit le commandant, rouge de colère, ils sont arrivés par cet hélicoptère.

Théo acquiesça sans rien dire, passa un bras par-dessus l'épaule du Norvégien et l'entraîna vers la passerelle avant. Ils marchèrent tous les deux avec grand-peine, en se maintenant près de la rambarde.

— Vous m'avez posé beaucoup de problèmes, fit Théo, qui paraissait prendre un plaisir fou à cette conversation folle où il fallait hurler pour se faire entendre. Nous avons chassé la baleine pendant deux mois entiers, nous avons traversé des mers et des océans et voilà que maintenant vous ne nous permettez pas d'accoster sur votre territoire, qui ne se trouve qu'à douze milles de notre bateau. Et nous allons bientôt manquer de fuel. Ce n'est pas très gentil de nous accueillir de cette façon. Et laissez-moi vous dire quelque chose : la vie, c'est le contraire du repos. Tout bouge dans la vie, constamment ; on ne peut jamais se dire : « Eh bien, je vais me reposer, je vais me laisser porter par les événements, comme ce navire est porté par la mer. » Ah non, nous ne devons jamais nous arrêter. S'arrêter, c'est mourir. Donc, je ne peux pas accepter de rester sur ce bateau, à quelques milles de la Norvège, et de ne rien faire pour y accoster. C'est la raison pour laquelle je viens de télégraphier à Londres pour traiter quelque affaire qui vous intéressera beaucoup.

Toujours énigmatique, Théo se contenta d'indiquer au commandant d'un geste de la main l'arrière du bateau. Le commandant suivit la direction du regard et vit le pavillon grec descendre lentement le long du mât, claquant dans le vent qui continuait à faire rage.

Le Norvégien fronça les sourcils, n'y comprenant rien, puis rougit de colère rentrée lorsqu'il vit le nouveau drapeau flotter au-dessus du navire. C'était un drapeau japonais. Ce qui venait de se passer sous ses propres yeux remplit le commandant de colère et d'admiration à la fois. Il se tourna vivement vers son interlocuteur, qui riait à gorge déployée et qui lui fit signe d'écouter.

— Vous pourrez peut-être demander aux Japonais de signer cette convention sur la protection des baleines, lui suggéra enfin Théo, c'est une affaire entre vos deux nations maintenant.

— Vous avez vendu le bateau, murmura le commandant, abasourdi.

— A chaque jour suffit sa peine, fit Théo. Ce n'est qu'une affaire modeste, mais on fait ce que l'on peut.

— Salaud, fit le Norvégien, vous avez vendu le navire en plein océan.

Le commandant, plus impressionné qu'en colère, regarda avec un air de respect cet homme qui avait réussi son coup sous ses yeux, puis se dirigea vers les trois Japonais qui restaient au garde-à-vous, pendant que leur drapeau montait le long du mât. Dès que ce dernier fut en place, les trois hommes quittèrent leur immobilité, se sourirent et se serrèrent la main. Puis, ils saluèrent Théo et le commandant.

— Ils sont maintenant les propriétaires d'un baleinier entier, commenta Théo calmement. Huit millions de dollars. Je crois que vous devriez les féliciter, commandant.

Théo les salua, le Norvégien fit de même, furieux. Sans un mot de plus, ce dernier quitta le navire, les marins le suivirent toujours le fusil à l'épaule. Un instant plus tard, les deux patrouilleurs disparurent dans le brouillard.

Théo et Karayannis montèrent à bord de l'hélicoptère qui décolla aussitôt, pour atterrir quelques minutes plus tard sur le petit camp d'aviation de Tromsø où attendait le jet personnel de Théo.

A bord de son avion, confortablement installé dans un fauteuil de cuir, Théo donna quelques coups de téléphone, pendant que son pilote, à l'avant, sirotait un verre de whisky. Le terrain défila rapidement sous le jet, qui se dirigea aussitôt vers le sud. Ils survolèrent les fjords magnifiques de Bergen et Stavenger, puis le Détroit de Skagerrak, Amsterdam, Bruxelles, la vallée de la Somme, l'Oise et enfin Paris.

— Il me faut un bain chaud et un déjeuner, fit Théo au téléphone. Ordonnez aussi des huîtres et de ce pâté que j'aime bien. Puis, vous téléphonerez aux personnes dont je vais vous donner le nom et leur demanderez de me rappeler un peu plus tard, pendant que je serai dans mon bain. Demandez aussi aux couturiers de venir à deux heures et demie précises. Je ne peux pas perdre de temps avec ce genre de choses, vous savez très bien que je n'aime pas cela. Par ailleurs, je ne passerai pas la nuit à Paris. Je serai là dans une heure, à peu près. A propos, y a-t-il beaucoup de circulation ?...

Sa limousine l'attendait à l'aéroport, son chauffeur particulier évita soigneusement les grandes avenues encombrées et se faufila dans de petites rues pour atteindre l'hôtel *George-V.* Théo descendit de voiture et pénétra dans le hall, parfaitement conscient des murmures circonspects qui couraient à son arrivée. Toujours habillé en marin, avec ses bottes de caoutchouc, son ciré et sa casquette de laine, il fit une entrée remarquée parmi la clientèle très distinguée de l'hôtel bien connu. Cependant, le directeur de l'établissement le reçut avec une chaleur non dissimulée.

— Ah, Monsieur Tomasis, cela faisait longtemps qu'on ne vous avait pas vu ici. Bienvenue.

— Merci, Jacques. Tout va bien pour vous ?

— Oh ! oui, oui, merci. Vous trouverez votre suite en ordre.

— Merci. Et comment va votre fils ? Celui qui a eu cet accident de ski ? demanda Théo en s'engouffrant dans l'ascenseur, avec Jacques derrière lui.

— Oh ! c'est très gentil à vous de demander de ses nouvelles, répondit Jacques. Eh bien, cela va mieux, il est complètement guéri maintenant.

— Tant mieux, fit Théo, transmettez-lui mes meilleures pensées, c'est un gentil garçon.

— Merci, Monsieur Tomasis, je n'y manquerai pas. S'il y a quoi que ce soit, faites-le moi savoir, s'il vous plaît.

Jacques quitta Théo, qui était arrivé à destination. Un fils constitue l'univers d'un homme, pensa Théo. Il est bon de demander à un père des nouvelles de son fils, il croit ainsi que l'on s'occupe réellement de lui.

Théo pensa à Nico. Il avait hâte de voir son fils. Cela faisait deux mois qu'il n'était pas revenu chez lui. Deux mois, c'était trop long. Nico devait avoir vingt et un ans. Oui, il était trop souvent absent de la maison. Le garçon avait grandi sans lui.

Anne-Claire, sa secrétaire parisienne, était vraiment très efficace. Tout était prêt : la baignoire remplie à ras bord, avec de la mousse dans son bain, ses rendez-vous minutieusement notés sur une feuille de papier, son déjeuner l'attendait sur la terrasse. En moins de quatre heures, Théo avait réglé ses affaires à Paris et était déjà en route vers le Sud à nouveau.

Il pilota lui-même l'avion, qui survolait les châteaux de la Loire, témoins d'un siècle différent, d'un siècle fabuleux de richesses, puis se dirigea vers le sud de la France. Bientôt, l'avion vola au-dessus de la Côte d'Azur. Théo aimait ce sentiment de liberté qu'il éprouvait à survoler ces petits villages accrochés aux rochers, face à l'étendue magnifique de la mer Méditerranée. Monte-Carlo apparut enfin, il fit un demi-cercle au-dessus de la ville, et passa à basse altitude au-dessus du casino, dont il était le propriétaire. Théo regarda avec attention la rangée des bateaux, des yachts et des bateaux de course, amarrés au port. Le trois-mâts de son frère Spyros était là, magnifique, noir et élancé, le second plus grand navire privé du monde. Et puis, il vit *La Belle Simone,* plus grand encore, plus beau, mondialement connu. Le sien. Ce navire dominait le petit port, se tenant fièrement sur l'eau, telle une reine.

Théo fit reprendre de l'altitude à son avion, la vue des voiles blanches se détachant sur la mer bleue disparut, il n'y eut plus autour de lui que le ciel. Il pensa une seconde à Tragos, son île privée, un lieu qui lui appartenait, comme tant d'autres. Il pouvait aller partout dans le monde entier, il y avait toujours un lieu dont il était le propriétaire. Mais, là aussi, dans le ciel, il se sentait chez lui, de même que sur la mer, à bord de *La Belle Simone,* ou bien dans n'importe quelle grande ville du monde. Tragos était une île, et, de plus, elle se trouvait en Grèce, son pays natal. Les bas-fonds d'Athènes où il avait été élevé n'existaient plus pour lui. Cette île, qu'il avait achetée, qu'il avait rendue fertile, cette île où abordaient chaque jour trois énormes containers d'eau, cette île où il était le seul maître, où il régnait tel un roi... mais ce n'était pas vers elle qu'il se dirigeait aujourd'hui. Il allait vers Antibes, retrouver cette magnifique villa au sommet d'une montagne où l'attendaient sa femme superbe et son fils.

CHAPITRE II

— NICO, SOUPIRA LA JEUNE FILLE dont les lèvres caressaient doucement le cou de son partenaire, tu es ailleurs.

Le jeune homme soupira à son tour et s'écarta légèrement de la jeune fille qui se pressait contre lui. La petite embarcation où se trouvaient les deux corps tangua dangereusement sur l'eau lisse de la piscine. Il faisait chaud, très chaud, Nico avait mal à la tête. Il pensa une seconde à les faire chavirer tous les deux pour se retrouver dans la fraîcheur de l'eau. Comme ce serait bien, pensa-t-il, de s'enfoncer, de s'enfoncer dans la profondeur silencieuse et tranquille de l'eau. Mais c'était la piscine de son père et il y aurait toujours quelqu'un qui les retrouverait. Il pensa que sa compagne serait vexée, s'il faisait vraiment chavirer le bateau. Nico resta allongé, calme, les yeux fermés contre le soleil brûlant, la fille sur lui.

— Nico ? Que se passe-t-il ? demanda-t-elle.

— Rien, rien. Ce doit être le soleil. Trop chaud, peut-être.

— Trop chaud pour faire l'amour ? Et puis, tu es

Grec, tu aimes le soleil. Tu ne peux pas ne pas aimer le soleil !

— Excuse-moi, Leila, fit Nico. Mais est-ce si important de faire l'amour à la minute même ?

La fille se redressa, l'embarcation pencha dangereusement. Nico lutta contre l'envie de plonger dans l'eau et regarda sa partenaire, un très joli brin de fille à la peau douce et bronzée par de constantes expositions au soleil. Ses petits seins étaient bronzés aussi, elle ne portait pour tout vêtement qu'un simple bout de tissu. Elle était très jolie et très fougueuse aussi.

— Tu ne veux pas me faire l'amour. Tu ne m'aimes plus ? demanda-t-elle.

— Oh, allons, Leila, il n'y a pas de quoi nous quereller.

— Tu es trop jeune pour être fatigué de faire l'amour, Nico, tu n'as que vingt et un ans. Mais, d'accord, je comprends.

Elle se redressa soudain et plongea dans l'eau sans faire d'éclaboussures. Soulagé, Nico en fit autant et se dirigea dans le sens opposé à la jeune fille. Il plongea, éprouva à nouveau cette merveilleuse sensation d'être dans un monde silencieux et calme, pas de bruit, pas de mots. Lorsqu'il fit surface à nouveau, la jeune fille le regardait d'un air interrogateur.

— D'accord, Nico, mais dis-moi la vérité. Tu ne m'aimes plus ?

— Ce n'est pas cela, Leila, répondit-il lentement, la respiration un peu coupée par son plongeon. Je suis… je suis préoccupé. Je crois qu'il est temps que je pense à mon avenir, que je commence à faire quelque chose. Des choses.

— Ah, j'ai compris. Ton papa arrive aujourd'hui et tu en as peur. C'est cela ?

Leila arqua son bras au-dessus de l'eau, la main ouverte et le rabattit en avant pour arroser Nico, puis plongea et refit surface pour s'éloigner à grandes brasses à l'autre bout de la piscine d'où elle sortit de l'eau. Elle jeta un regard sur les tables et les chaises qui bordaient la piscine, cherchant son soutien-gorge.

Nico la regarda un moment, puis s'approcha d'elle.

— Je n'ai pas peur de lui, Leila, tu ne comprends pas du tout, n'est-ce pas ?

— Oui ? fit simplement la jeune fille.

— Je te l'ai dit. J'ai décidé de commencer à travailler. C'est tout. Et c'est une grande décision pour moi.

— Et tu ne veux pas ressembler à ton père, je sais cela aussi. Quand tu penses à ton papa, tu te sens coupable de faire l'amour. Lui le fait souvent, alors toi tu refuses. Tu vois, Nico, je comprends plus de choses que tu ne le penses.

— Oui, je sais. Tous ces cours de psychologie à la Sorbonne.

— Nico, commença-t-elle très sérieusement, ton père est un brave homme. Il t'aime, je le sais. Et tu le sais aussi. Pourquoi es-tu si intolérant à son égard ?

— Je ne suis pas intolérant ! reprit Nico irrité. Tu ne comprends rien du tout. Pour l'amour du ciel, Leila, laisse tomber cette foutue psychologie !

— En fait, continua-t-elle, tu as très peur de lui ressembler. Lorsque tu me fais l'amour, tu penses en toi-même : « Suis-je un amant aussi fougueux que mon père ? » C'est vrai, Nico. Tu me l'as dit une fois.

— Leila, tu es incroyable ! Je te confie quelque

chose d'intime, d'important, dans un moment de tendresse et tu me le jettes maintenant à la figure. Ce n'est pas très gentil, Leila. Non, ce n'est pas très gentil. Oh, va au diable !

— D'accord, fit la jeune fille.

Elle s'éloigna à grands pas, espérant intérieurement qu'il la rappellerait, mais il n'en fit rien. Une fois arrivée près de la fontaine, à l'autre bout de la piscine, elle se retourna, mais Nico avait disparu, il était dans l'eau à nouveau. Elle poussa un soupir et se dirigea vers les cabines d'habillage.

— Leila ? cria Nico.

Elle se retourna, vit la tête, toute petite à cette distance, au-dessus de l'eau et ne dit rien. Elle continua son chemin, entra dans la maison où une servante lui tendit une serviette. Leila pleurait. La servante ne le remarqua pas. Après tout, son travail était bien de ne rien remarquer.

THEO quitta le siège de pilotage, pour laisser son pilote faire les manœuvres d'atterrissage à Mandelieu. La Rolls Royce était là, à l'aéroport, son chauffeur tenait la porte ouverte, au garde-à-vous, lorsque Théo descendit de son avion.

Une fois dans la limousine, Théo donna un coup de téléphone à Simi et s'installa confortablement dans les fauteuils, pour se détendre, mais sans perdre cette énergie qu'il donnait à chaque seconde de sa vie. Il contempla avec plaisir la grande étendue d'eau bleue, les longues plages de sable blanc sur lesquelles de jeunes corps se bronzaient au soleil. La route s'incurva le long de la pente, montant en lacets vers le sommet où il y avait sa maison, sa femme, son fils.

En cette minute même, Simi, sa femme, devait se préparer, s'habiller pour l'accueillir. Il l'imagina, vêtue d'une longue robe blanche, très simple avec un motif de pur style grec classique, qui mettait en valeur sa chevelure blonde. Il avait bien choisi. Sa femme était pour lui un trésor, froide d'apparence, aussi froide qu'une statue grecque, mais fougueuse intérieurement, aussi irradiante que le soleil lui-même. Une très belle femme, une aristocrate. Il se rendit compte que cela faisait plus de vingt-trois ans qu'il l'avait épousée et que, malgré cela, il éprouvait toujours ce même désir de la revoir.

La limousine contourna le dernier contrefort, dépassa une villa enfouie sous les arbres pour arriver enfin devant l'entrée de la maison de Tomasis, où le gardien tenait les grilles ouvertes.

Théo se jeta hors de la voiture avant qu'elle ne s'arrêtât complètement et se précipita vers la maison.

— Sophie ! cria-t-il, à peine rentré.

— Elle se repose, monsieur, fit à voix basse une jeune servante, qui sortait d'une pièce adjacente.

— Bien, fit-il en grimpant les escaliers quatre à quatre pour se précipiter dans la chambre de sa maîtresse.

Elle était en train de se brosser les cheveux, assise en face de sa coiffeuse, admirant sans honte sa beauté. Elle rit à son entrée précipitée, de ce rire de gorge rauque et sensuel.

— Sophie ! Sophie !

— Bienvenu, dit-elle en posant la brosse sur la coiffeuse. Comment s'est passé ton voyage, Théo ?

As-tu réussi à trouver une maîtresse ? Une esquimo, peut-être ?

— Je n'ai que faire des Esquimos, fit-il en souriant.

Théo la prit dans ses bras et la souleva de sa chaise, en l'enserrant étroitement. Ils s'embrassèrent longuement, pendant que leurs mains s'entrelaçaient et se caressaient avec passion. Quelques minutes plus tard, ils tombèrent tous les deux sur le lit, en riant et se murmurant des mots d'amour.

— Tu as été rapide, fit-elle un peu plus tard. Tu es pressé ?

— Je dois rentrer, expliqua-t-il. Je ne suis pas encore passé à la maison et Simi m'attend.

— Ah oui, fit-elle en se redressant pour écarter ensuite les draps de soie, qui tombaient du plafond à plus de trois mètres de hauteur.

Elle se releva et revêtit sa robe de chambre magnifique en se regardant continuellement dans les différentes glaces de la pièce.

— Aimes-tu cette robe de chambre, Théo ? lui demanda-t-elle après avoir exécuté quelques pas de danse devant les glaces.

— Oui, beaucoup, vraiment.

— C'est très bien. Parce qu'elle t'a coûté très cher. Disons, voyons, disons, vingt-huit mille dollars, je crois.

— Pour une robe de chambre ? questionna-t-il en éclatant de rire.

Cette femme avait toujours étonné Théo. Et pourtant, il connaissait bien la valeur des choses, même des vêtements féminins. Il savait aussi qu'elle ne mentait jamais. C'était une sorte de jeu entre eux, un jeu dans lequel il aimait entrer. Car il aimait les jeux.

— Eh bien, vois-tu, commença la jeune femme, j'ai remarqué une Américaine qui marchait sur la promenade de Cannes, elle portait un T-shirt, oh, c'était une fille sans poitrine du tout. Le T-shirt m'a beaucoup plu, il était si bien coupé et j'ai pensé qu'il m'irait beaucoup mieux. Je lui ai donc demandé où elle l'avait acheté et elle m'a répondu qu'elle l'avait eu dans une petite boutique sur l'avenue Madison.

— A New York, l'interrompit Théo, qui commençait à comprendre.

— Oui bien sûr. Mais, tu comprends, tu étais loin de moi, tu devais être quelque part au milieu des océans et je ne savais pas du tout quand tu rentrerais. Je m'ennuyais un peu, et puis, ce T-shirt était si beau. Il était fait pour moi, pour une femme comme moi, avec des seins bien formés. Et j'ai tout de suite ressenti une terrible envie de me promener sur l'avenue Madison.

— Mais comment as-tu pu dépenser vingt-huit mille dollars, Sophie ? demanda Théo en renouant sa cravate, un sourire indulgent aux lèvres, comme s'il avait eu à parler à une demeurée un peu folle, mais gentille.

— Eh bien..., une impulsion, mon chéri. Il fallait que je parte, comme cela, sur une impulsion.

— Oh oui, je comprends. Et alors ?

— Eh bien, tu sais parfaitement que je suis correcte avec toi, Théo ; j'ai bien sûr utilisé ta compagnie aérienne. Mais ils m'ont dit qu'il n'y avait pas de place libre ce soir-là. Qu'ils avaient tout vendu.

— Très bien, fit Théo en s'asseyant dans un fauteuil de satin bleu, tout à fait conscient que cette histoire, comme d'habitude, ne serait pas aussi amusante que prévu.

— Alors, j'ai dû... faire marcher quelque combine, comme tu me l'as si bien appris, mon chéri.

— Tu as fait annuler toutes les réservations et nous avons dû rembourser les billets, devina Théo.

— Oui.

— Salope.

— Mais, Théo, tu aimes cette robe de chambre, n'est-ce pas ?

— Qu'as-tu fait d'autre ? lui demanda-t-il. Car même un avion complet ne dépasse pas la somme de dix-sept mille dollars.

— J'ai acheté le T-shirt, ainsi que la robe de chambre, et puis j'avais besoin d'un manteau, il faisait si frais à New York en cette saison.

— Un vison ? demanda Théo.

— Non, un manteau en zibeline. Il fait vraiment très frais là-bas, en septembre.

— Sophie...

— Oui, mon amour généreux.

— Combien a coûté cette robe de chambre ?

— Je te l'ai dit. Vingt-huit mille dollars. Et un peu plus.

— Pour les pourboires sans doute.

— Non Théo. J'ai vraiment fait des économies à ce sujet. Je n'ai même pas passé la nuit là-bas, pas dépensé un centime pour les femmes de chambre et le concierge d'un hôtel. Pas même un taxi. Non, j'ai bien sûr loué une voiture avec un chauffeur, il était très beau d'ailleurs. Je lui ai simplement donné son salaire et puis quelque argent, car il avait été vraiment très gentil. Voilà, c'est tout.

— Très intelligent, murmura Théo.

— Je savais que tu serais content.

— On devrait t'écorcher vivante.

— Paysan.

— Putain.

— Ordure.

— Salope.

— Fais-moi un sourire, Théo.

— Fais-moi voir ton manteau.

— Il n'est pas ici. Il est dans une chambre froide à Paris. Il fait trop chaud ici. Cette pauvre petite bête serait mangée par les mites ici.

— Et le T-shirt ?

— Eh bien, il ne m'allait pas aussi bien que sur la jeune Américaine.

— Viens ici, Sophie.

— Tu es en colère ?

— Non, j'ai quelque chose à te dire.

Elle se lova contre lui, Théo sentit la soie délicate, leurs deux corps se pressèrent l'un contre l'autre, avec cette aisance que caractérise l'habitude. Théo lui caressa la cuisse.

— Simi m'a donné un ultimatum, fit Théo.

— Ce n'est pas la première fois.

— Mais, cette fois-ci, c'est sérieux. Et je suis tombé d'accord avec elle pour que tu ne viennes pas à la soirée que je donnerai cette nuit.

Sophie se dégagea brusquement de son étreinte. La colère l'étouffait, sa respiration devint sifflante comme celle d'un serpent, puis elle se mit à rire, à éclater de rire.

— Donc, je ne suis pas conviée à cette soirée sur *La Belle Simone,* cracha-t-elle avec force, je ne suis pas

assez bien pour être présentée à tes hôtes distingués !
Il faut alors que je reste ici, à ne rien faire d'autre que
marcher, me promener dans la propriété et attendre
ton bon plaisir. Non, Théo, ce n'est pas mon genre.
Ce n'est pas mon genre !

— Mais il le faut, Sophie. Il le faut pour un certain
temps.

— Ah ?

— Sinon, je ne te reverrai jamais plus.

— Tu oublies que je suis quelqu'un, moi aussi,
Théo. Je suis célèbre, et il est trop tard pour venir me
demander de jouer le rôle de la pauvre jeune fille en
fleur qui attend son amant. Je suis Matalas !

— Oui, et grâce à moi.

— Je suis Matalas, hurla-t-elle en se retournant
soudain vers lui, les poings fermés et levés en l'air.

— Bravo, fit Théo en applaudissant mollement.
Mais, maintenant, tais-toi et souris-moi.

— Va te faire foutre, Tomasis ! Je n'ai pas besoin
de toi !

— Au revoir, Sophie, fit Théo en se dirigeant vers
la porte.

Il s'attendait à ce qu'elle le retînt, à ce qu'elle se
jetât au-devant de lui pour l'empêcher de partir, mais
elle n'en fit rien. Théo se retourna alors et la vit,
immobile, figée dans une attitude de colère théâtrale,
reflétée par les trente miroirs de la chambre. Elle
semblait attendre la tombée du rideau.

— Je viendrai te voir après la soirée, lui dit-il. Je
viendrai et tu te jetteras à mes pieds en pleurant, en
faisant couler tes fausses larmes et en me demandant
de te baiser comme tu le mérites. Mais je serai tendre,

ma Sophie. Ce sera bien, très très bien. A tout à l'heure.

Théo partit en claquant la porte. L'actrice resta immobile quelques secondes, puis saisit avec violence un joli vase de Chine et, d'un geste dramatique et conventionnel, le jeta contre le bois d'acajou de la porte.

Sa Rolls Royce l'attendait, son chauffeur avait mis le moteur en marche. Théo lui demanda de passer par la forêt, derrière la villa et d'emprunter la route privée qui menait directement à sa propre maison. Cinq minutes plus tard, la limousine roulait sur la propriété de sa maison. Ici, les arbres avaient été placés de telle sorte qu'ils embellissaient le paysage. On voyait la mer de tous les côtés, sauf au Nord, où se découpaient les montagnes sauvages et arides. Il y avait quelque chose d'absolu dans ce domaine. Quelque chose d'absolu, de définitif autour de cette immense maison et de cette route sinueuse, bordée de fontaines et de statues. Tout semblait dire : vous êtes dans le royaume de Théo Tomasis. Théo Tomasis est l'unique propriétaire de tout cela, le monarque absolu. C'est un homme bon, amical, heureux, un peu trop généreux, un peu trop amoureux aussi, mais ne vous trompez pas, tout cela est à lui.

La limousine s'arrêta devant la maison. Théo se précipita hors de la Rolls, sans attendre que son chauffeur vienne lui ouvrir la porte.

— Simi ! cria-t-il.

Le son de sa voix alla se répercuter dans le grand hall de marbre et fit trembler l'énorme lustre de cristal. Les tapisseries qui couvraient les murs avaient été achetées à grand prix au gouvernement espagnol.

L'Etat espagnol les lui avait vendues très cher, mais cela valait le coup : l'Escurial, les montagnes arides autour de Madrid, tout cela avait conservé les teintes délicates du passé et appartenait maintenant à Théo Tomasis. Sur un autre mur du hall étaient accrochées des œuvres d'art, des Utrillo, Van Gogh, un Matisse et un Renoir. Leurs couleurs vives, leurs dessins modernes faisaient un contraste agréable avec les nuances subtiles des artistes de la Renaissance.

Théo attendit avec calme l'entrée de sa femme, il savoura avec plaisir la richesse de ses possessions, heureux et apaisé.

— Bienvenu à la maison, Théo.

Il regarda le haut du grand escalier et la vit.

Elle descendit les immenses marches avec une grâce et une noblesse qui lui étaient innées. Fille d'un riche armateur grec, elle avait épousé l'homme qui avait vaincu son père, qui l'avait dépassé en pouvoir et en richesse, elle jouait son rôle avec perfection. Simi Tomasis était de vingt ans plus jeune que son mari, elle avait un corps superbe, mince, une poitrine admirable. Malgré sa jeunesse, elle avait tout de suite compris qu'il lui fallait taire la passion qu'elle éprouvait pour lui, qu'il lui fallait rester calme et sereine comme il le désirait. Elle ne vieillirait jamais et ne permettrait pas au temps de marquer son visage d'une beauté absolue. Elle descendit les degrés de l'escalier lentement, comme elle savait qu'il le désirait. Théo contempla son élégance, admira son style purement classique, son allure mystérieuse et lointaine. Il avait deviné juste : sa robe était longue, blanche, simple, ornée seulement d'un motif grec dans le bas. Elle portait une ceinture d'argent, un seul diamant au doigt et ce lourd collier d'argent qu'il lui avait offert pour leur anniversaire de mariage, il y avait de cela cinq ans, peut-être dix ans, il ne se souvenait plus.

— Merveilleux, murmura Théo.

— Comment s'est passé ton voyage ? lui demanda-t-elle en souriant.

— Très bien, très bien, comme d'habitude. Ah, Simi, Simi...

Il sourit et tendit les bras vers elle. Simi se pressa avec plaisir contre lui. Il répéta son nom en soupirant, respirant avec délices l'odeur subtilement parfumée de ses magnifiques cheveux blonds coiffés en un chignon strict et bas, sur son cou de déesse grecque.

— Tu as beaucoup manqué ici, murmura-t-elle, comme si elle avait eu peur de laisser transpercer son émotion réelle. Bienvenu dans cette maison, Théo.

Pendant quelques secondes, on eût cru qu'il allait la prendre dans ses bras et la porter au haut des escaliers. Mais l'élégance sereine de sa femme — ce qu'il aimait d'ailleurs le plus en elle — son port aristocratique qu'il adorait et craignait à la fois, son allure noble qui le terrifiait parfois, tout cela le fit reculer d'un pas.

— Où est Nico ? demanda-t-il.

Il eût été impossible à quiconque de remarquer la déception qui voila un instant les yeux de Simi.

— Ton fils est parmi tes invités, répondit-elle.

Il lui prit la main et la conduisit à travers le grand salon vide où leurs pas résonnèrent. Ils dépassèrent les portes vitrées qui donnaient sur la pelouse, suivirent la petite allée bordée de rosiers, contournèrent les tennis et marchèrent sous les arbres fruitiers vers la piscine.

La piscine olympique dominait la plage privée et la

petite calanque qui servait à amarrer les bateaux. La piscine s'étendait sur cinquante mètres, où chaque matin, quand il était là, Théo avait l'habitude de nager, puis s'incurvait vers le fond pour former un cercle au milieu duquel s'élevait une fontaine en marbre représentant un petit garçon avec un poisson à chaque main. L'eau jaillissait en arc de la bouche de ses poissons et s'élevait à ses pieds pour arroser son visage enfantin. Les invités s'étaient rassemblés autour du cercle de la piscine et composaient un tableau insolite, certains étaient en maillot de bain, d'autres en bikinis très étroits, d'autres en habit du soir ou en djellaba. Il y avait un bruit de conversation où se mélangeaient différentes langues : là, par exemple, une starlette scandinave riait à gorge déployée, à côté de son ami, bien plus vieux qu'elle. Des domestiques, habillés de blanc, circulaient au milieu des invités, portant de lourds plateaux chargés de champagne frais et de différents amuse-gueules. Diplomates, magnats du pétrole, armateurs concurrents, vedettes connues, espions du monde entier se mêlaient avec les plus belles femmes. Tous ces gens étaient ceux qui faisaient marcher le monde, c'étaient les amis, ou ennemis, ou rivaux en affaires de Théo Tomasis, des gens qui étaient en affaires avec lui ou qui désiraient l'être.

— Ah, Théo ! Bienvenu.

Théo était enchanté de jouer son rôle d'hôte. Il aimait les gens, c'était pour lui le sens même de cette vie si mystérieuse et si captivante. Il alla serrer la main de chacun de ses invités, ceux-ci étaient heureux de le voir et se sentaient tout à fait différents après avoir été reçus par Théo. Peut-être à cause de son dynamisme si communicatif.

Théo fit le tour de la piscine, accueillant chacun d'entre eux, frappant de la main les hommes sur l'épaule, embrassant les femmes sur la joue, riant, tout en tenant un verre de champagne à la main. Il continua ainsi pendant un moment, puis se dirigea vers une jeune fille, allongée sur le ventre, qui se dorait au soleil, vêtue simplement d'un très petit bikini.

— Leila ! fit Théo.

— Oh, bonjour, répondit-elle, un sourire timide aux lèvres.

— Où est Nico ?

— Il doit être en train de faire du ski nautique.

— Sans toi ? Mais je croyais que Nico et toi, vous étiez... Théo laissa sa phrase en suspens et sourit.

Leila rougit et ne dit rien.

— Théo ! appela une voix de femme, une voix de gorge magnifique.

— Oh, bonjour Penny, fit Théo en délaissant Leila pour s'approcher de la meilleure amie de sa femme.

A trente ans, Penny était une femme étourdissante de beauté, aux formes très sensuelles. Elle portait ce soir-là une robe de satin noir, décolletée, lui laissant les épaules nues. Ses longues jambes bronzées étaient mises en valeur par de très jolies sandales ornées de bijoux chatoyants. Ses cheveux tombaient, lisses et brillants, sur ses épaules.

Elle passa un bras sous celui de Théo d'un geste familier et amical et l'entraîna vers la loggia qui bordait les cabines d'habillage un peu plus loin.

— Que s'est-il passé à Zurich ? lui demanda-t-elle dans un souffle. Je t'ai attendu toute une semaine.

— J'étais en train de chasser la baleine, Penny, répondit-il.

Leurs sourires, tout en parlant, ne démontraient qu'une conversation tout à fait amicale.

— Mais je te promets, continua Théo, que nous ferons quelque chose ensemble un peu plus tard.

— Oh ! oui, s'il te plaît, Théo, prévois quelque chose de bien. Paris serait très agréable, fit-elle d'une voix sensuelle et pleine de promesses que leurs attitudes ne laissaient pas percevoir.

— Paris ? reprit Simi Tomasis, qui venait de les rejoindre. Mais quand vas-tu à Paris, Penny ?

Simi embrassa son amie sur la joue. Penny, toujours un bras sous celui de Théo, sourit avec gentillesse.

— Bientôt, sans doute, c'est ce que je disais à Théo, très bientôt, j'espère, fit Penny.

— Pourrais-tu attendre quelques semaines de plus ? demanda Simi. Je pourrai ainsi venir avec toi. Mais, d'abord, Théo, Nico et moi, nous devons faire un petit voyage en mer. Tous les trois uniquement. Te souviens-tu, Théo ? Tu me l'as promis avant de partir pour cette chasse à la baleine.

Oui, Théo se souvint de cette promesse. Elle lui avait laissé le choix entre elle et Matalas. Et il était revenu directement chez lui, cela voulait donc dire qu'il lui avait donné la préférence, qu'il avait décidé de revenir à elle, rien qu'à elle. Mais Simi en avait-elle vraiment douté ? A-t-elle cru une seconde qu'il reste-rait avec Sophie Matalas ? Théo pensait à tout cela et se dit qu'après tout, ce serait très agréable de passer quelques jours en famille uniquement. Ce serait bien pour son fils aussi.

Théo laissa sa femme et sa maîtresse occasionnelle parler toutes les deux et pensa à tous ces gens qui étaient là. Il aimait cette variété de personnes, ce mélange de gens. Il y avait là les plus belles femmes du monde, les hommes les plus puissants du monde, le bruit de leurs voix résonna comme un air de triomphe aux oreilles de Théo. Il avait besoin de gens autour de lui. Et il appréciait particulièrement les nouvelles têtes, ceux qu'il ne connaissait pas encore, mais qui étaient venus le voir et qu'il pourrait bientôt conquérir par son hospitalité, son humour et son intelligence. Pour lui, tout dans la vie était une question de conquête et son sang bouillonnait à la perspective de gagner le respect, l'amitié et même l'amour du monde entier.

Théo parcourait des yeux les personnes autour de la piscine, et répondait par un geste amical chaque fois qu'une personne croisait son regard. Il y avait... Spyros, son frère et son concurrent en affaires ; sa belle-sœur Hélène, qui buvait trop, comme d'habitude ; des parents éloignés, de vieux amis, des connaissances plus récentes, ces visages se tournaient vers lui et lui souriaient. Un Iranien, bien potelé, vêtu d'une robe et portant le turban, leva son verre de vin à son attention, à l'autre bout de la piscine. Plus en contrebas, Théo vit un domestique porter un plateau chargé de nourriture et de champagne vers une table protégée par un parasol.

Théo connaissait un des hommes attablés, il en avait entendu parler par les journaux : un jeune sénateur américain. Il chercha un instant le nom et le trouva enfin : Cassidy. Le sénateur James Cassidy. Brillant, libéral doué, qui faisait son chemin dans le gouvernement. Il était aussi connu pour avoir épousé une très belle femme, du nom d'Elizabeth, dont les journaux parlaient beaucoup en la nommant Liz, ou parfois Eliza.

Théo la regarda à cette distance et sut, au léger mouvement de la jeune femme, qu'elle avait senti son regard se poser sur elle. Elle devait avoir trente ans, dix ans de moins à peu près que son mari. Ils formaient tous les deux un couple extraordinaire, brillant et éclatant de santé. La vie leur avait offert ce qu'elle avait de mieux sur la terre. Elle avait un menton volontaire, une aura magnifique émanait de cette femme nonchalamment assise, en maillot de bain.

— ... et nous désirons vraiment passer une semaine à Tragos, cela fait si longtemps que nous n'y sommes pas allés, disait Simi à Penny.

— Je me demande comment tu fais pour ne pas t'y ennuyer, là-bas, fit Penny, faisant semblant de ne pas avoir remarqué que Théo avait quitté son bras. Cette île entière avec uniquement des domestiques...

— Et comment s'est passé ton séjour à Zurich ? Tu ne m'as rien dit. Mais pourquoi es-tu allée là-bas ? demanda Simi d'une voix désinvolte, sur un ton aimable.

Théo s'éloigna peu à peu des deux femmes qui continuèrent à discuter. Il évolua parmi les invités, constamment arrêté par des poignées de main, des embrassades, des questions sur son expédition en Atlantique Nord jusqu'à ce qu'il tombât sur sa belle-sœur.

Hélène Tomasis était de quelques années plus jeune que Simi et aurait pu avoir le même port classique, mais elle s'habillait si différemment de sa sœur : elle portait une robe Givenchy, une sorte de toge de style grec qu'elle avait nouée très théâtralement autour de son corps. Elle portait aux oreilles de lourdes boucles, ses cheveux frisottés lui tombaient sur le front, ses yeux étaient très maquillés, ses lèvres très rouges. Hélène embrassa Théo sur la bouche et l'entoura de ses bras.

Derrière elle, son mari, Spyros, haussa les épaules et fit un grand geste de la main comme pour dire : « Que puis-je faire ? » Il souriait.

Spyros Tomasis était de la même trempe que son frère Théo. Comme lui, il aimait le jeu et en connaissait parfaitement les règles. Il approchait de la soixantaine, son corps était fortement bâti. Les deux frères avaient été rivaux même pour leurs mariages, puisqu'ils avaient épousé les deux filles d'un riche armateur grec. Tous les deux étaient devenus les concurrents du père de leurs femmes. Cela constituait trois forces indomptables qui entretenaient des relations au travers de leurs mariages respectifs, mais qui pouvaient se dévorer, tels des requins, en ce qui concerne les affaires. Heureusement, le marché était suffisamment vaste pour leurs appétits, mais chacun d'entre eux voulait posséder la totalité. Telle était leur façon de vivre.

Théo se dégagea doucement des bras de sa belle-sœur.

— Laisse-moi te regarder, lui dit-il en la tenant à bout de bras, tu es splendide.

— Tu m'aimes, Théo ? demanda-t-elle d'une voix

légèrement alourdie par le champagne mélangé certainement avec de la vodka.

— Mais pourquoi me poses-tu cette question ? fit Théo.

— Elle la pose à tout le monde, intervint Spyros en éclatant de rire.

— Mais pourquoi ne m'as-tu pas attendue ? demanda Hélène, en essayant de se lover contre Théo.

— Parce que Théo est un voleur, n'est-ce pas Théo ? fit Spyros.

Spyros enleva le verre vide des mains de sa femme et lui en remit un autre, plein. Elle le leva à ses lèvres sans quitter Théo des yeux.

— Tu aurais dû m'attendre, fit-elle en dodelinant de la tête et en prenant une grande lampée de champagne.

Mais Théo n'écoutait plus, il vit que la table où étaient installés les Cassidy était vide. Spyros mit la main sur l'épaule de son frère et l'entraîna à sa table, où ils s'installèrent. Hélène, abandonnée, fit une moue et avala son verre de champagne d'un coup. Puis, elle se dirigea vers un groupe de trois hommes qui parlaient sérieusement. Elle trébucha, se rattrapa à une table avec un sourire et les interrompit en leur distribuant des baisers.

— ... Mais, bon Dieu, disait Spyros, pourquoi aller chasser la baleine ? Qu'est-ce que cela veut dire ?

— Tu devrais essayer un jour, lui dit Théo, cela te ferait du bien et te changerait les idées. Un peu d'air frais dans tes poumons, cela ne peut pas te faire du mal.

— De la merde tout cela, fit Spyros avec dégoût.

Quoi, dans ce froid ? Hélène m'a dit que tu étais parti sur ce baleinier pour prendre le temps de réfléchir. Elle m'a confié que ta femme ne te laissait pas le choix : elle, ou l'actrice. Est-ce vrai ? Que vas-tu faire ? Divorcer d'avec Simi, ou abandonner Matalas ?

— Heu... pardon ? demanda Théo, qui n'avait pas écouté, trop occupé à regarder çà et là ses invités. Ta femme boit trop. Elle parle trop aussi, c'est dommage.

A peine sa phrase terminée, Théo se leva de table. Spyros le retint d'une main ferme.

— Attends, attends. Assieds-toi, Théo, j'ai quelque chose à te dire.

— Qu'as-tu à me dire ? Tu cherches une querelle ?

— Tu te souviens du *Selena* ? Tu sais, cet énorme pétrolier, lui dit simplement Spyros, satisfait de lui-même.

Théo connaissait parfaitement la valeur de cet immense bateau. Une lumière rouge indiquant un danger proche s'alluma aussitôt quelque part dans son cerveau. Mais il resta apparemment calme, ne trahissant aucune émotion. Il s'assit à nouveau et prit délibérément une pose ennuyée. Il regarda un moment son frère, puis jeta un coup d'œil circulaire sur la piscine, la pente douce de la pelouse vers la plage, regarda Spyros, puis le quitta des yeux pour voir derrière son frère Hélène Tomasis embrasser un homme en maillot de bain.

— Eh bien, continua Spyros, incapable de retenir plus longtemps son secret, il est à moi. J'en suis le propriétaire maintenant.

— Oh ? fit Théo d'un air d'ennui.

— Ton ami, Christopoulos, continua Spyros qui n'était pas dupe une seconde de l'attitude ennuyée de son frère, eh bien Christopoulos avait quelques ennuis d'argent. Il avait besoin d'un million tout de suite pour couvrir son débit à la banque. Et toi, Théo, où étais-tu pendant ce temps-là ? Avec les baleines ! Les ice-bergs ! C'est un beau bâtiment que le *Selena*. Tu l'as toujours désiré, n'est-ce pas, Théo ?

Spyros ne put contenir plus longtemps son plaisir. Il éclata de rire et martela la table de coups de poing.

— C'est vrai, répondit Théo avec calme, attendant la suite.

— Les papiers arriveront à Athènes demain. Je les signerai... Nous irons au Pirée. Veux-tu venir avec nous ?

Théo sourit brusquement, se leva et fit un geste de la main en direction d'Hélène.

— Va la voir. Prends soin de ta femme, lui dit Théo.

— J'aimerais la prêter à quelqu'un, fit Spyros dans un soupir.

— Tu pourrais plus facilement t'offrir cette belle noire, enchaîna Théo en lui indiquant une femme allongée sur le bord de la piscine. Elle raconte à qui veut l'entendre que tu cries des obscénités au lit. Ah, Spyros !

Il s'éloigna et recommença sa recherche des Cassidy parmi les invités. Un peu plus tard, il entendit la voix de Simi l'appeler. Théo se retourna et la vit en compagnie des Cassidy. Comme ils sont beaux, pensa-t-il. Simi ne détonnait pas du tout au milieu du sénateur et de sa femme. Simi, grâce à la vie facile et luxueuse, était très belle, même à côté de cette jeune femme américaine que la vie avait pourtant choyée.

— Tu ne connais pas encore le sénateur Cassidy et sa femme, lui dit Simi.

— Monsieur Tomasis, fit le sénateur en lui serrant cordialement la main, merci beaucoup de cette invitation.

— Vous devez partir tout de suite ? demanda Théo, qui ne put retenir son émotion. Mais pourquoi ? Pourquoi ?

— Nous le devons, murmura Elizabeth.

Théo se tourna alors vers elle et la regarda. Sa voix était douce. Liz était d'une beauté délicate, malgré sa bouche bien dessinée et ses grands yeux noirs. Il y avait quelque chose de fragile, de vulnérable en elle, et on sentait une chaleur vivre dans ce corps si aristocratique. A la seconde même, il sut qu'il l'aurait un jour. Un jour. Il pouvait attendre, cela en valait certainement la peine. Il n'avait jamais rencontré une telle femme. Leurs regards se croisèrent une seconde, puis Théo se retourna vers son mari.

— Restez un peu, dit-il au sénateur. Restez.

— J'ai bien peur que cela nous soit impossible, dit le sénateur. Mais peut-être un peu plus tard, avant que nous quittions Antibes.

— James, intervint sa femme, j'ai un peu froid.

Le léger tissu, en accord avec son maillot de bain vert pâle, voletait doucement dans la brise de l'après-midi. Et pourtant, il faisait chaud, le soleil resplendissait dans le ciel sans nuages. Théo comprit aussitôt qu'il y avait là quelque chose d'autre qu'un simple frisson dû au froid.

— Combien de temps restez-vous ici ? demanda Théo au sénateur.

— Je ne sais vraiment pas. Cela dépend.

— Mais nous donnons une soirée ce soir, à bord de *La Belle Simone*. Tout le monde sera là. Tout le monde !

En général, il était difficile de résister au dynamisme de Théo, mais il sembla que son charme ne marchât pas du tout sur la femme du sénateur.

Elle devait être habituée à d'autres choses, pensa Théo. Il lui en reconnut le droit et l'admira d'autant plus. Mais lui aussi avait ses habitudes, dont celle de gagner toujours. Elle était riche et belle, serait-elle ambitieuse ? Théo avait entendu des rumeurs courir sur le sénateur à propos des nouvelles élections. Et Liz Cassidy n'accepterait certainement pas de détruire la bonne réputation de son mari pour un simple caprice.

— Robert sera navré, fit soudain Théo en regardant le sénateur ; il voulait vous voir. Je veux parler de Robert Keith, termina-t-il.

— Le Premier Ministre a demandé à me voir ? demanda aussitôt le sénateur, vivement intéressé.

— Oui, c'est un de mes bons amis, dit Théo.

— James, nous avons prévu autre chose, intervint Liz Cassidy d'une voix douce et rauque.

— Je suis certain qu'ils comprendront, Liz, dit le sénateur.

— Merveilleux ! fit Théo.

Liz se contenta de sourire poliment. Ni Simi, ni James Cassidy ne s'étaient rendu compte du match qui venait de se jouer entre Théo et Liz. Mais il aurait parié un million de dollars que la femme du sénateur avait parfaitement compris.

— Un bateau viendra vous prendre à la nuit tombée, fit Théo avec un sourire.

— Ce n'est pas la peine, répondit James en lui serrant la main. Merci.

Ils saluèrent Simi et s'éloignèrent. Théo les regarda partir, descendre les rochers vers le quai. Le sénateur entoura la jeune femme de ses bras et lui dit quelque chose à l'oreille. Théo imagina très bien leur conversation.

Simi et Théo regardèrent le couple américain embarquer dans leur bateau à moteur. La plage formait une petite crique, bordée de sable blanc, où l'on pouvait aisément amarrer les bateaux. De hauts mâts s'élevaient des yachts, immobiles, au milieu d'embarcations plus modestes, de hors-bord et de vedettes rapides.

— Théo ? demanda Simi qui lui avait passé un bras autour de la taille.

— Oui ? fit-il en se retournant vers elle.

— Robert n'a pas demandé à voir le sénateur Cassidy. Tu n'as pas rencontré Robert depuis ton retour ici.

— Non, mais cela ne va pas tarder, fit-il en souriant.

Un hors-bord naviguait dans le petit port, entraînant derrière lui un skieur. Un homme très beau, qui tenait fermement la corde et qui évoluait sur l'eau comme un dieu. Théo poussa un profond soupir en pensant à sa jeunesse, à cette époque où lui aussi aurait pu devenir un athlète. Il aurait pu lui aussi modeler ses muscles, son corps, mais, aujourd'hui, il lui fallait lutter, lutter pour survivre.

— Est-ce que le sénateur est un homme très important ? lui demanda Simi.

— Oh, oui… Très, très important, répondit-il

d'une voix distraite, toujours sous le charme de la vision de ce skieur derrière le bateau à moteur rapide.

Il regardait le skieur qui s'approchait de la côte. Le hors-bord vira brusquement et reprit le large, pendant que le jeune athlète continuait à skier sur sa lancée pour atteindre enfin la côte et s'arrêter avec grâce.

— Nico!.,. Eh!... Nico! cria Théo en dévalant la pente douce qui menait à la plage.

Nico, qui n'avait pas entendu son père, déchaussa ses skis et se précipita dans les bras d'une jolie jeune fille en bikini couleur chair, qui l'attendait au bord de la plage. Le jeune homme serra la fille contre lui, puis se détacha d'elle quand il entendit la voix de Théo.

— Papa! cria-t-il, en tournant la tête d'un geste brusque.

Nico était la réplique même de sa mère, la nature l'avait doté d'un corps mince et aristocratique. Il n'avait pas hérité des traits grossiers et du corps massif de Théo. Nico avait des cheveux blonds bouclés, sa peau olive était transparente.

Le temps était venu pour lui de prendre maintenant des responsabilités. Théo lui en avait parlé une fois ou deux, mais Nico avait toujours plus ou moins évité le sujet et continuait à mener cette vie pleine de risques, comme de conduire un biplane, monter des chevaux sauvages, enfin une vie que Théo ne parvenait pas à comprendre. Ils pourraient faire une équipe formidable à tous les deux. Théo y pensait souvent. Et il en était temps. Le jeune homme lui parut si beau, sa silhouette gracieuse se découpait sur la clarté du soleil, son corps sculpté comme par les anciens brillait de mille gouttes d'eau.

— Nico... Nico..., fit Théo en le pressant contre lui.

— Je suis content de te revoir, dit simplement Nico.

— Comment vas-tu ? Tout va bien ?

— Oui, tout va bien.

— Tout va bien, eh ? Et les filles ? Comment cela va-t-il avec les filles ? demanda Théo dans un gros éclat de rire.

Nico se contenta de sourire et ne dit rien. Théo fit semblant de ne pas remarquer la légère froideur de son fils.

— Ah, c'est bon de te revoir, fit Théo.

Il serra un peu plus fort son fils contre lui. C'était difficile parfois, pensa Théo, de trouver quelque chose à dire à son fils. C'était étrange, car il avait toujours trouver le mot juste pour qui que ce fût, jusqu'à présent. En amour, en affaire ou en politique. Mais avec son fils, qui était pour lui la chose la plus importante du monde, il éprouvait une certaine gêne, surtout depuis quelque temps. Le garçon avait grandi. C'était presque un homme aujourd'hui. Un homme de vingt et un ans. Théo ne put s'empêcher de penser qu'à son âge, il avait joué et perdu son premier million de dollars.

— Tout va bien, alors, reprit Théo en entraînant son fils à l'écart. Les filles, le ski nautique. La vie est belle pour toi.

— Oui, Papa. Mais... il est temps que je commence à gagner ma vie. Que je me mette à travailler.

— Ah ! C'est ce dont je voulais te parler justement, le coupa Théo avec enthousiasme. Ecoute-moi : ton oncle Spyros m'a dit qu'il allait acheter le *Selena*. Le

con ! Nous allons le lui faucher sous son nez. Qu'en
dis-tu ?

Théo parlait avec enthousiasme en faisant de grands
gestes. Il regarda son fils pour écouter sa réponse, ce
dernier regardait le sable blanc à ses pieds.

— C'est une affaire entre toi et Spyros, dit simplement le garçon.

— Non ! Non ! Ecoute. C'est pour toi, Nico. Je vais
acheter le *Selena* pour toi. Qu'en penses-tu ?

— Pourquoi, Papa ? demanda Nico en regardant
son père dans les yeux, cette fois-ci.

Théo ne comprit pas la réaction de son fils. Bien
sûr, il avait été jeune lui aussi, mais il lui était difficile
de se souvenir de ses jeunes années. Peut-être aurait-il
posé la même question si quelqu'un lui avait proposé
de lui acheter un pétrolier, au même âge. Il pensa une
seconde à la différence de vie qu'il avait menée, à sa
soif de victoire et à la vie luxueuse que menait son fils
aujourd'hui. Ce n'était pas de la faute du garçon bien
sûr. Il lui faudrait lui expliquer, être patient avec lui,
un père était fait pour cela. Pour lui faire comprendre,
le façonner, en faire son héritier.

— Mais, ainsi, tu seras le propriétaire d'un magnifique pétrolier, dit Théo. Mon fils rentrera dans les
affaires, il aura des bateaux, comme son Papa.

Nico rit soudain, d'un rire amer.

— Qu'y a-t-il ? demanda Théo stupéfait et en
colère. Qu'as-tu à redire contre ce plan ?

— Rien, Papa, rien du tout, Papa, fit Nico, dont le
visage était tout d'un coup devenu sérieux avec une
expression de résignation. Rien du tout. C'est très
généreux de ta part. Tu me donnes tout, Papa. Et
aujourd'hui, tu veux m'acheter un pétrolier pour que

je me mette dans les affaires. Mais, Papa, laisse-moi commencer seul. Laisse-moi agir à ma façon.

— Quoi ? demanda Théo qui n'avait pas compris.

Théo se demanda où son fils voulait en venir. Bien sûr, il pourrait agir à sa guise plus tard avec le pétrolier. Il voulait simplement l'aider. Le *Selena* était vraiment magnifique et constituait un morceau de choix pour commencer dans les affaires. De plus, la perspective d'évincer Spyros le remplissait de joie. Pourquoi son fils ne comprenait-il pas cela ? Il n'y avait rien de mal à ce que son père l'aidât à démarrer.

— Laisse-moi acheter le pétrolier, fit enfin Nico. Laisse-moi me prouver à moi-même que je peux le faire sans ton aide. Je veux traiter l'affaire tout seul, l'affaire dans sa totalité. D'accord, Papa ?

— Bien, bien, Nico. C'est ce que j'attendais de toi.

— Sinon, si tu veux simplement te venger de l'oncle Spyros, eh bien, fais-le tout seul, conclut Nico.

Théo examina son fils. Il sentit la nature passionnée qu'il avait héritée de lui-même, mais qui était tempérée par ce contrôle de soi-même, cette froideur d'aristocrate de sa mère. Le garçon ira loin, pensa-t-il. Plus loin que son père.

— Attends, Nico, fit Théo en retenant son fils par le bras. Je suis d'accord, achète-le tout seul.

— Merci, Papa, fit Nico en lui souriant.

— Mais tu acccpteras bien un petit conseil de ton père, n'est-ce pas ? Je t'en donne un tout de suite. Téléphone à Christopoulos à Athènes et demande-lui d'annuler l'affaire avec Spyros. Marchande avec lui et propose un bon prix. S'il refuse, eh bien... dis-lui que j'ai certains papiers dans mon coffre-fort que le gouvernement serait heureux de lire.

— C'est du chantage ! s'écria Nico.

— Pas du tout. Ce sont les affaires. Bien, va acheter le pétrolier maintenant. Et puis, Nico, sois gentil. Christopoulos est un vieil ami. N'hésite pas à lui parler de ces documents dans mon coffre-fort... d'accord ?

Théo s'approcha de son fils, lui mit une main sur l'épaule. Elle était chaude et sèche maintenant. Nico ne se recula pas. Puis, il s'écarta et s'éloigna vers son amie, qui l'attendait à quelques mètres de là.

Théo alla rejoindre Simi, qui était en train de regarder au loin un bateau à moteur évoluer sur la mer. Théo suivit son regard.

James Cassidy était au volant et, derrière lui, un corps jeune et élancé se tenait sur les skis. Une vision magnifique, telle Aphrodite sortant du bain. Liz Cassidy skiait parfaitement.

— Elle est belle, n'est-ce pas, Théo ? murmura-t-elle.

— Trop mince, fit-il.

Il laissa tomber sa main le long du dos de Simi et lui caressa la hanche. Elle sourit et se retourna pour monter les escaliers et rejoindre ses invités. Il continua à la caresser en marchant, sans avoir remarqué que son fils et sa petite amie les regardaient s'éloigner du bas de la pente douce menant à la plage.

CHAPITRE III

« LA BELLE SIMONE » ETAIT AMARREE au port de Monte-Carlo, le seul endroit suffisamment vaste pour l'accueillir sur la Riviera. Il aurait pu faire construire un port particulier ailleurs, mais il n'y aurait personne pour regarder et admirer les lignes majestueuses de son fastueux bateau. Théo se reconnaissait cette faiblesse, il avait besoin de voir dans les yeux des autres l'admiration et l'envie pour jouir pleinement de son succès. Il avait besoin de recevoir les lauriers de la victoire. Il le savait et l'admettait parfaitement, allant même jusqu'à utiliser cette faiblesse comme une force. Le respect des autres à son égard le stimulait, le faisait aller plus loin encore. *La Belle Simone* était à juste titre connue du monde entier. Le navire lui avait coûté presque dix millions de dollars.

La Belle Simone, ancrée à quelques mètres de la plage, brillait de tous ses feux dans la nuit étoilée de la côte. Un projecteur éblouissait la plage, illuminant d'autres bateaux plus petits. Les invités arrivaient. Une vague incessante de femmes et d'hommes splendidement vêtus marchaient sur la passerelle menant au pont principal, où les accueillait leur hôtesse superbe.

L'hélicoptère et le petit hydravion étaient en sécurité sur le pont arrière. Une toile étanche recouvrait la Rolls Royce, quelques petits canots à moteur et une voiture de sport pour les protéger contre l'eau salée. Un peu plus bas, vers l'arrière, se trouvait la piscine dont l'eau translucide brillait doucement sous la lumière. Dans l'eau bleue, il y avait la statue de Poséidon brandissant avec colère son trident. Ses longs cheveux bouclés et sa barbe noire semblaient flotter dans l'élément liquide. Tout autour de lui étaient rassemblés les symboles du royaume sous-marin : un dauphin, dont l'air sympathique égalait la cruauté de la statue, un thon qui jouait devant un magnifique étalon qui se cabrait et un taureau qui semblait vouloir charger un pin magnifique d'où l'eau jaillissait sur toute la largeur de la piscine. Le Poséidon avait été l'objet de nombreux commentaires, surtout parmi les femmes, car il était nu, et ses attributs énormes semblaient les gêner ou les provoquer parfois. Théo avait toujours aimé les réactions des femmes à ce sujet. Le dieu Poséidon se préparait à la guerre contre Athéna pour la conquête d'Athènes, le centre de l'univers. Il perdra, comme le veut la légende. Mais, pour Théo, ce n'était pas une légende, il pensait que Poséidon était allé trop loin et qu'il devait donc perdre, mais continuer à régner sur son royaume sous-marin.

— Toujours jaloux des dieux ? fit une voix féminine dans son dos.

— Penny, fit Théo en se retournant avec un sourire, tu devrais savoir que Tomasis n'a rien à leur envier. Cette statue a été faite d'après moi.

— Oui, j'y ai pensé, mais cela fait si longtemps que j'avais complètement oublié, fit Penny en riant et en passant un bras sous celui de Théo.

— Attends encore un peu, Penny, mais ce ne sera pas trop long.

Ils marchèrent le long de la piscine, montèrent de grands escaliers et arrivèrent sur le pont promenade. Ils rencontrèrent quelques amis, dont une starlette venue ici pour chercher la gloire, savamment dénudée pour bien faire comprendre à tout le monde son désir de devenir vedette ; deux femmes d'un certain âge, mais qui semblaient prétendre à quelque conquête sexuelle ; en fait, on y retrouvait les mêmes visages que dans la réunion de l'après-midi, mais, cette fois-ci, ils rivalisaient tous et toutes en bijoux, robes du soir et smokings resplendissants.

Théo accueillit ses invités avec une joie non dissimulée et se dégagea gentiment de Penny Scott tout en parlant avec un banquier de Genève. Elle comprit son intention et se dirigea vers le grand salon où un orchestre jouait pour les danseurs. Quelques minutes plus tard, Théo quitta le banquier pour rejoindre sa femme sur le pont avant et recevoir les nouveaux arrivants. Il baisa la main de la femme de l'ambassadeur de France ; raconta une anecdote à un politicien lybien dans sa propre langue.

La soirée allait bon train, il y avait du champagne à profusion ainsi que de l'ouzo et du brandy. Un magnifique buffet était dressé dans la salle à manger. Tout le monde semblait s'amuser beaucoup. Deux ou trois personnes se promenaient sur tout le bateau

pour admirer les œuvres d'art que Théo avait dissémi-
nées çà et là.

En fait, Théo était à la recherche du couple qu'il
avait reçu une demi-heure plus tôt. Il avait présenté
James Cassidy au Premier Ministre Robert Keith, qui,
en fait, s'était montré très heureux de faire la connaissance du sénateur en vogue dont on disait qu'il serait
peut-être candidat à la future présidence des Etats-
Unis. Robert Keith avait été amusé par l'intrigue que
lui avait montée son ami Théo, amusé et curieux à la
fois. Il savait qu'avec Théo Tomasis, la vie n'était
jamais fade. De plus, il fut enchanté de faire la
connaissance de Liz Cassidy dont la beauté ne démen-
tit pas ce qu'on en disait dans les journaux.

— Je suis très heureux de faire votre connaissance,
avait dit Robert Keith au sénateur et à sa femme avec
sincérité.

— Peut-être trouverons-nous un endroit où parler
tranquillement ? avait demandé Cassidy.

Théo les avait conduits à la bibliothèque et avait été
enchanté du regard admiratif que la belle jeune
femme avait lancé sur les immenses rayonnages de
livres et sa collection de Picasso. Il les avait quittés un
certain temps, était allé faire un tour près de la
piscine, pour les rejoindre un peu plus tard.

— ... et telle fut notre politique à Postdam, était en
train de dire Keith lorsque Théo entra dans la
bibliothèque. Churchill a expressément insisté sur ce
point. Il a été très catégorique.

Théo observa avec attention Liz Cassidy, qui était
en train de boire à petites gorgées une coupe de
champagne, ses grands yeux de colombe fixés sur les

deux hommes penchés l'un vers l'autre et oublieux pour l'instant de sa présence.

— Tout cela à cause de votre Président, Monsieur Truman, dit Keith au sénateur. Il change d'avis constamment.

— Monsieur Truman m'a dit un jour, oh il y a de cela plusieurs années, qu'il voulait comprendre l'attitude de Staline, fit James Cassidy avec un grand sourire.

— Allons, reprit Keith, vous savez comme moi que votre président était parfaitement conscient que Staline avait rompu quarante-sept traités dès son arrivée au pouvoir.

— Pourquoi en vouloir à Truman ? intervint Théo. A Postdam, vous vous êtes tous fait avoir.

— Nous nous sommes fait avoir ? reprit Keith.

— Oui, tous baisés, fit Théo.

James et Liz Cassidy ne dirent rien, se contentant de lui jeter un drôle de regard, alors que Théo s'approchait du divan de cuir où ils étaient assis.

— C'est plutôt pittoresque comme expression, commenta Keith. Je n'y avais jamais pensé auparavant. « Baisés ».

Il y eut un silence glacial, pendant lequel Keith semblait rêver sur le mot « baisés ». Puis, Keith posa son verre, tira une bouffée de son cigare et se leva.

— Voulez-vous me pardonner une seconde ? demanda-t-il aux Cassidy, qui acquiescèrent avec politesse. Je reviens dans un moment.

Keith quitta la pièce.

« Je suis allé trop loin, pensa Théo, désespéré. Elle pense... ils pensent tous... ils ont raison aussi... je ne suis qu'un paysan stupide et grotesque. J'ai mis le pied dans le plat comme un idiot. Et, maintenant, Keith m'en veut, et les Américains aussi. Quel idiot... quel idiot, en fait... »

Théo regarda en silence le couple, puis se leva et quitta la pièce.

— Théo chéri! Mais où étais-tu passé? Tes invités t'ont à peine vu ce soir. Si on dansait? Tu ne veux pas danser avec moi?

— C'est une soirée merveilleuse, n'est-ce pas? répondit Théo.

Il se faufila parmi les gens qui l'entouraient et trouva Robert Keith, qui fumait son cigare, tout seul, contemplant la mer sombre dans la nuit.

— Je suis désolé, fit Théo. Je ne suis qu'un vulgaire paysan. Je n'aurais pas dû dire cela.

Keith se retourna vers lui et le regarda sans rien dire. Théo était complètement désespéré. Sa bonne humeur bien connue, son dynamisme pouvaient aussitôt se transformer en tristesse et en questions sur lui-même. Tout l'argent du monde, le pouvoir absolu, rien ne pouvait le muer en homme de bonne éducation. Comment avait-il pu croire qu'il pourrait égaler les gens de bonne famille?

— Oh, Dieu! Je suis navré, murmura Théo comme à lui-même.

— Théo, tu n'es pas un paysan, lui dit calmement Keith. Tu es un homme très intelligent, très instruit. Ton instruction vient de la vie elle-même, de cette incroyable compréhension des autres, du monde tel qu'il est. Je ne suis pas en colère contre toi, Théo. Je suis en colère contre moi-même.

— Contre toi-même? demanda Théo sans comprendre.

Keith continua à parler et Théo comprit qu'il disait la vérité et que ce n'était pas facile pour lui. Son éducation conventionnelle l'empêchait d'être franc. Il l'avait remarqué souvent. Il avait si souvent souffert justement de son honnêteté naturelle, qu'il avait dû taire souvent pour traiter avec des hommes politiques, des hommes d'affaires ou bien avec les femmes...

— Parce que tu as simplement dit la vérité, dit Keith. Nous nous sommes fait baiser à Postdam.

— Mais, Robert..., commença Théo.

— Non, ne te reprends pas maintenant, le coupa Keith, je te suis reconnaissant d'avoir si bien résumé l'affaire. Un ami comme toi est rare et précieux. Bien, où sont les toilettes sur cette péniche ?

Eclatant de rire, Théo le prit par le bras et le conduisit vers la porte qui donnait sur le grand escalier. Là, il lui indiqua de la main un long couloir avec un tapis rouge au sol.

— Fais comme chez toi, lui dit Théo. Il y a des chambres, des salles de bains, un sauna, une salle de massages et un salon. Passe la nuit ici.

— Ce ne sera pas nécessaire, dit Robert en riant. Mais quel est ce vacarme ?

Keith secoua la tête et partit en riant dans le couloir. Théo revint vers la rambarde et, comme beaucoup d'autres personnes, essaya de comprendre ce qui se passait. Plusieurs bateaux à moteurs se ruaient à toute vitesse vers *La Belle Simone,* pendant que des flashes d'appareils photographiques crépitaient. On pouvait entendre des cris. Cela ressemblait à une marche triomphale. Le bateau en tête portait une jeune femme souriante et resplendissante, dont l'écharpe de soie blanche voletait dans le vent, telle une figure de proue.

Devenue le centre d'attraction de tout Monaco, Sophie Matalas rayonnait de plaisir. Elle était parfaitement dans son élément, au milieu de l'admiration unanime et des éclairages qui jouaient sur elle. Les photographes ne cessaient de la questionner et de la prendre en photographie ; à bord de *La Belle Simone,* les invités s'étaient rués sur le pont pour jouir gratuitement de l'entrée théâtrale de la célèbre actrice.

Théo se pencha par-dessus bord, pour contempler cette femme qui allait bientôt monter sur son bateau. Il était partagé entre la colère et l'amusement. Bon Dieu ! pensa-t-il, cette femme est quelqu'un.

— Sophie ! Oh ! Sophie ! hurlaient les journalistes pour retenir son attention.

— Mademoiselle Matalas ? Partez-vous en mer ? Ou assistez-vous simplement à la soirée ?

— Combien de temps resterez-vous à bord ?

— Je ne sais pas, répondit-elle à haute voix et en faisant de grands gestes. Cela dépend... *que sera, sera !*

Les journalistes éclatèrent de rire, les appareils photographiques crépitèrent à nouveau et transpercèrent la nuit comme un feu d'artifice. Sophie emprunta la passerelle qui menait au bateau de Théo, atteignit le pont d'où elle se retourna pour saluer ses admirateurs. Il y eut une dernière salve de flashes, des cris et des applaudissements. Le steward en chef la conduisit sur le pont, où elle fut immédiatement entourée par les invités. Simi Tomasis avait disparu.

— Bon Dieu! jura Théo entre ses dents, sans pourtant s'empêcher de sourire.

Il traversa le pont pour aller l'accueillir, tout en pensant qu'ils étaient tous les deux de la même race. C'est une paysanne, comme moi, se dit-il.

— Théo! C'est merveilleux. J'ai pu m'arranger pour venir après tout, s'écria-t-elle en avançant vers lui.

Elle allait l'enlacer, mais Théo la prit fermement par la main et la conduisit de force vers le salon.

— Mets ton cul ici, et arrête de faire tant de bruit, lui souffla-t-il à l'oreille.

Elle le regarda et partit d'un éclat de rire, comme s'il venait de lui dire un mot très gentil.

— Un verre? offrit Théo d'une voix sourde.

— Comme c'est gentil, répondit-elle en acquiesçant de la tête, alors qu'ils se dirigeaient vers le bar.

Elle souriait tout en marchant, et saluait les gens comme si la soirée avait été donnée en son honneur. Un garçon leur présenta un plateau, elle prit une coupe de champagne et l'éleva ostensiblement vers Théo avant de la vider.

L'orchestre interpréta à ce moment un air très sensuel. Sophie déposa sa coupe vide sur le plateau d'un domestique qui passait à côté d'elle. Théo secoua imperceptiblement la tête et se pencha vers un diplomate qui avait essayé de retenir son attention depuis le début de la soirée.

— On m'a dit que vous étiez à la chasse à la baleine, Monsieur Tomasis? Mais c'est illégal en cette période de l'année.

— J'étais invité à bord d'un vaisseau japonais. C'était merveilleux, expliqua Théo, il n'y a rien de tel que l'air de l'Atlantique Nord pour vous refaire une santé.

— Mais ce devait être sûrement votre navire ?

— Uniquement au début du voyage, dit Théo.

Il passa son bras par-dessus l'épaule de son interlocuteur et lui raconta toute l'histoire. Sophie Matalas était tout près de lui et, de l'extérieur, on aurait pu croire qu'ils conspiraient quelque chose tous les deux, elle l'actrice célèbre, et lui, l'homme d'affaires richissime. Théo savait bien raconter les histoires. Il disait toujours la vérité, mais d'une façon si extraordinaire que tout le monde ne pouvait s'empêcher d'éclater de rire à la fin. Et, comme d'habitude, il y eut un immense éclat de rire, dominé par celui de Sophie.

— CELA ne veut rien dire, Maman. Je suis certain qu'il ne l'a pas invitée.

— Tu en es sûr Nico ? Oui, tu as sans doute raison. Mais, elle a du culot. Cependant, il semble très heureux de la revoir.

Tout en parlant, Simi continuait à sourire gracieusement, comme s'il ne se passait rien. Un observateur attentif n'aurait pu déceler le drame qui se jouait en elle.

— Il ne pouvait pas la recevoir autrement, fit Nico. En face de tout le monde, c'était impossible. Cela ne veut rien dire.

— Nico, ne prends pas la défense de ton père. Pas devant moi. Tout va bien, tu ne devrais pas prêter attention à ces choses. Mais où est ta jolie petite amie ?

— Elle danse avec Spyros. Mais regarde-le, il a ses mains partout. Pourquoi ont-ils tous les deux ce même cou de taureau ?

— Nico, je ne veux pas que tu parles de ton père, et de ton oncle aussi, de cette façon. En voilà assez.

— Il t'avait promis qu'il ne la reverrait pas, n'est-ce pas ?

— Cela ne te regarde pas, Nico. Ce qui se passe entre ton père et moi ne te regarde pas.

— Mais le monde entier sait que tu lui as donné un ultimatum, alors...

— Bonsoir, Votre Altesse Sérénissime. Quelle jolie robe ! dit Simi à une invitée qui passait à côté d'elle.

Sans insister plus longtemps, Nico quitta sa mère et alla vers son amie, qui semblait éprouver du plaisir à danser d'une façon démodée avec son oncle. Il la prit dans ses bras. L'orchestre se mit à jouer quelque chose de plus enjoué, un rock and roll. Aussitôt, la piste de danse fut envahie par de nombreux couples, comme s'ils avaient attendu le signal de leur hôte.

Sans un mot, Théo et Sophie se mêlèrent aux danseurs. Certains dansaient le rock, d'autres évoluaient seuls sur la piste. Théo et Sophie dansèrent sans se toucher, suivant exactement le rythme de l'orchestre, leurs corps se répondant mutuellement. Simi Tomasis ne dansait pas, mais était présente. Les invités qui l'entouraient, trop polis pour observer la scène, se contentaient de discuter de choses et d'autres. Lorsque l'orchestre donna la dernière note, Théo dit à sa partenaire :

— Cela suffit, Sophie. Maintenant, il faut être raisonnable.

— Oh ! mais je ne veux pas te causer d'ennuis, répondit-elle aimablement.

En fait, elle avait parfaitement compris ce que Théo avait voulu lui dire et disparut au milieu de nombreux admirateurs qui la convoitaient d'un œil gourmand. Théo soupira et se retourna pour jeter un coup d'œil général. Il aperçut les Cassidy, qui s'étaient installés avec Robert Keith dans une alcôve protégée par une paroi de verre. Liz Cassidy semblait écouter attentivement la conversation des deux hommes. Sans perdre plus de temps, Théo se dirigea vers eux.

— ... et de Gaulle n'aimait pas Pleven, disait James Cassidy, il préférait Daladier.

— Tout à fait vrai, acquiesça Keith. Je vois que vous connaissez bien l'histoire, sénateur.

Théo avait deviné juste : les deux hommes avaient beaucoup de choses à se dire. Cela avait été une bonne idée de les réunir. A son approche, les deux hommes le regardèrent et lui firent un signe de la main, sans pour autant interrompre leur conversation. Liz Cassidy le regarda aussi et observa à nouveau les deux hommes.

— A Tours... juste avant la défaite... de Gaulle, le vin rouge et les sardines... Connaissez-vous cette histoire, James ?

A ce moment-là, Théo se pencha vers la jeune femme et mit sa main sur la sienne.

— Venez, dit-il, ils sont en pleine discussion, ils n'ont pas besoin de vous. Venez, venez.

— J'en ai écouté plusieurs versions, était en train de dire James Cassidy, mais j'aimerais connaître la vôtre.

Keith se mit aussitôt à raconter l'histoire en détail.

Théo pressa un moment sa main contre celle de la jeune femme, qui n'avait pas bougé.

— Allons...

— Quoi ? demanda-t-elle.

— Vous verrez. Je vais vous montrer. Vous verrez, fit Théo en souriant.

Elle baissa les yeux et regarda un moment leurs deux mains, celle de Théo, large et carrée, posée sur la sienne, immobile et calme.

Puis, elle se décida à se lever. Il lui tenait toujours la main. Elle hésita une seconde en regardant son mari, toujours occupé à écouter l'histoire de Keith.

— ... et voilà mon de Gaulle tout prêt à crier « en avant », mais il n'y eut pas un seul coup de feu, le front était complètement désarçonné. Il n'y eut pas de bataille.

Elle se dégagea de l'étreinte de Théo et posa une main sur l'épaule de son mari, en passant derrière lui. Ce dernier leva une seconde les yeux vers elle et acquiesça d'un air distrait, revenant aussitôt à l'histoire de son interlocuteur.

Elle suivit Théo hors de la pièce et s'arrêta une seconde sur le pont pour respirer l'air de la mer. Un rayon de lune joua un moment dans ses cheveux noirs. Elle savait qu'il la regardait, il y avait entre eux comme un courant électrique qu'il leur était impossible d'ignorer. Elle se retourna et lui sourit, d'un vrai sourire, le premier depuis leur rencontre.

— Qu'allez-vous me montrer, Monsieur Tomasis ? lui demanda-t-elle en s'appuyant contre la rambarde.

— Une gravure, dit-il.

Elle se contenta de sourire sans rien dire. Son expression montrait son ennui, ou son amusement, ou sa déception. Puis, elle se retourna à nouveau pour contempler la mer.

— Venez, lui dit Théo en touchant son bras nu.

Elle acquiesça de la tête et le suivit, sans rien dire, d'un air distrait, comme si ses pensées étaient ailleurs. Ils traversèrent le pont promenade, croisèrent quelques invités et arrivèrent enfin devant le grand escalier de marbre. Théo se demanda si elle avait hésité derrière lui, quand ils avaient atteint le hall recouvert d'un tapis et lorsqu'il sortit une clé de sa poche. Non, se dit-il, ce doit être mon imagination. Une Américaine aussi distinguée, aussi connue que la femme du sénateur ne pouvait pas hésiter. Il ouvrit une porte et s'effaça pour la laisser entrer.

Elle eut le souffle coupé. Non pas à cause de l'ampleur de la pièce, ou de son élégance. Non pas à cause du magnifique plafond voûté, ni de la luxueuse moquette de velours blanc qui recouvrait la pièce, ou bien de l'immense cheminée. Non pas non plus à cause des toiles sans prix pendues au mur, telles Rouault, Manet, Lautrec, Miro, Dufy et Picasso, dont elle connaissait la valeur. Mais, tout simplement, à cause d'une petite gravure représentant un homme en pied.

Il avait eu raison au sujet de cette femme, pensa Théo. Elle était parfaitement bien éduquée. Il serait difficile, peut-être impossible, de la tromper. Mais il voulait gagner sa confiance, son amitié et rien de plus. Il ne pensa pas à autre chose, peut-être par candeur, ou honnêteté. C'était exactement ce qu'il avait ressenti dès qu'il l'avait vue. Il ne se trompait jamais sur les gens. Il savait que Liz Cassidy était une personne remarquable.

— Mon père, expliqua Théo simplement, mon père Platon.

— Comme il domine la pièce, s'exclama-t-elle, cette immense pièce. Cette petite gravure... cette incroyable pièce... cet homme, votre père, attire le regard. Que lui est-il arrivé ?

— Vous voulez vraiment le savoir ? demanda-t-il avec timidité.

Il se sentit envahi d'une émotion incontrôlable. Mais, il l'avait conduite ici pour une raison très particulière ; presque personne ne venait dans cette pièce, mis à part Simi et Nico, bien sûr. Pourquoi avait-il emmené cette Américaine ici, pourquoi se sentait-il comme un petit garçon en face d'elle ? Il y avait beaucoup plus que la simple excitation de la séduction. En fait, elle ne l'intéressait pas sexuellement, car elle était trop mince à son avis. Et il aurait parié n'importe quoi qu'elle devait être fidèle à son mari. Mais pourquoi avait-il ressenti l'impérieuse nécessité de lui montrer cette gravure ? Il comprit au regard qu'elle lui lança qu'il avait eu raison d'agir ainsi. Elle s'était adoucie maintenant, et le regardait d'un œil intelligent et intéressé, voulant en savoir plus. Elle s'assit sur une des chaises rouges, en face de la gravure, et ne le quitta pas des yeux, attendant qu'il lui donnât des explications.

— Vous voulez connaître l'histoire de mon père... de ce portrait... c'était une nuit, je me souviens... vous voulez vraiment le savoir ?

— Oui.

— C'était étrange, reprit-il en s'adossant contre le mur pour mieux la regarder. Il avait beaucoup plu cette nuit-là, je me souviens. Soudain, cela arriva comme si la lune avait explosé... une fulgurante lumière... vous voyez ce que je veux dire ?

Elle était assise, légèrement penchée en avant, les coudes sur les genoux, appuyant la tête contre sa main. Elle regarda un instant le portrait et acquiesça sans rien dire.

— La ville, continua Théo, fut illuminée par la lune, il y eut des cris et des clameurs... et de l'orage, des explosions, des coups de feu. Vous voyez, il n'y avait pas que la lune... j'étais un tout petit garçon, trop jeune pour comprendre ce qui se passait. J'ai pensé que ce devait être la lune qui explosait.

Soudain, Théo sourit, de façon inattendue, complètement plongé dans les arcanes des souvenirs, dans les méandres de sa mémoire. Il se pencha en avant.

— Mon père... vous voulez savoir ? Mon père s'appelait Platon. Quel nom, n'est-ce pas ?

Il se retourna pour regarder le portrait. Ils le contemplèrent un instant tous les deux. L'homme de carrure massive était habillé d'un vêtement grec très simple et portait de grosses moustaches bouclées. Il avait des yeux terribles, comme ceux de Théo.

— Platon... répéta-t-il.

Liz Cassidy se sentit soudain mal à son aise, mais ne put s'empêcher de fixer son interlocuteur, envahi d'une émotion très forte. On aurait dit qu'il donnait libre cours à son trouble, comme s'il avait été seul.

Elle connaissait les hommes comme lui, ou croyait du moins les connaître : ces nouveaux riches, fiers d'eux-mêmes et de leurs succès, qui s'entouraient d'œuvres d'art coûteuses comme pour prouver qu'ils y étaient sensibles, ou, peut-être, pour faire du commerce sur les émotions des autres. Mais, cette fois-ci, elle se sentit étrangère à cette démonstration sans fard d'un sentiment trop fort. La force de ce moment la troubla. Mais elle voulait en savoir plus aussi.

— Mon père me prit dans ses bras. Il courait. Tout le monde courait. L'église était en feu. Les soldats turcs avaient mis le feu à l'église.

Sa voix se fit plus grave et se brisa. Elle attendit.

— Le prêtre... Je me souviens du prêtre... Il transportait une énorme croix d'argent hors de l'église. Ils saisirent le prêtre et l'adossèrent contre un mur, sous un rayon de lune... contre le long mur blanc... et ils le fusillèrent.

Théo sentit la rage monter en lui, à ce moment du récit. Son visage exprima avec force la colère et la blessure profonde. Puis, il se reprit et sourit.

— Ah! Les Turcs! dit-il.

— Et votre père? demanda la jeune femme.

— Et mon père, reprit-il... Il me cacha dans un lieu où ils ne purent pas me trouver. Et, plus tard, le matin... depuis le pont sur le fleuve... avec d'autres, tous alignés le long des deux côtés du pont... il pendait à un arbre.

Liz resta silencieuse. Elle aurait voulu se pencher vers lui, lui prendre la main, mais elle n'en fit rien. Toujours réservée, ne montrant jamais ses sentiments, elle observa son beau visage, bien modelé, maintenant tendu par le souvenir douloureux. Elle savait qu'il continuerait, elle savait aussi que l'histoire était vraie.

— Mon Dieu, je me souviens! fit Théo. Ma mère m'a dit qu'ils avaient demandé de l'argent pour ne pas le pendre. Mais il n'y avait pas d'argent. Et, ce jour-là, j'ai juré que la famille Tomasis ne manquerait plus jamais d'argent.

Liz se leva, incertaine. Elle fit un pas vers lui, puis s'arrêta devant la gravure et se tourna pour la regarder à nouveau.

— Il est très beau, dit-elle simplement.

Théo la regardait. Leurs regards se croisèrent enfin et il comprit qu'il l'avait troublée. Ce fut un court instant de parfaite communion entre ces deux êtres, comme un sacrement. Ce fut très bref, mais ni l'un ni l'autre ne l'oublierait jamais.

Oui, il l'avait conduite ici pour lui montrer ce qu'il y avait en lui, pour lui faire comprendre qu'il était humain, vulnérable, sentimental. Qu'il était aussi autre chose que le vulgaire paysan qui s'était révélé un peu plus tôt dans la bibliothèque. Sûr de sa force, il n'avait jamais peur de révéler ses faiblesses aux autres ; et pourtant personne n'était venu dans cette pièce. Il l'avait emmenée ici, car c'était le seul moyen de l'attendrir, de la gagner. C'était fait. Mais lui aussi était touché. Il se demanda une seconde lequel des deux avait le plus été troublé.

Elle le quitta du regard et contempla le portrait.

— En fait, reprit-il après un silence, d'une voix plus assurée, ce portrait ne ressemble peut-être pas du tout à mon père. Il se pourrait que ce fût un homme maigre et petit... Je ne sais pas. Mais j'étais si petit ; si jeune. Quelques années plus tard, alors que j'étais encore un jeune homme et que j'avais gagné de l'argent en Amérique du Sud, je suis allé voir un artiste peintre et lui racontai ce dont je me souvenais de mon père. Et cette gravure est la représentation du souvenir que je garde de lui.

— Vous êtes un homme complexe, dit-elle d'une voix rêveuse et douce, comme celle d'un enfant. Pourquoi vouliez-vous me raconter cette histoire ?

Elle le regardait en toute candeur, comme si elle n'avait pas été témoin de ce moment si fort qui s'était passé entre eux.

— Afin que vous me connaissiez, répondit-il.

— Pourquoi ? demanda-t-elle, troublée, faisant semblant de ne pas comprendre.

— Parce que, Eliza... Puis-je vous appeler Eliza ? Elle acquiesça de la tête.

— ... Parce que, reprit-il, si je vous choque parfois, vous pourrez alors vous dire : « C'est normal, c'est un paysan. Turc, Grec ; un rien du tout, un provincial. Barbare. Un Levantin. Bref quelqu'un de très commun. »

Elle le quitta des yeux et cacha sa déception, car elle avait compris qu'il jouait un jeu maintenant.

— Non, vous n'êtes pas commun, Théo, dit-elle lentement en regardant la pièce magnifique, les tableaux et l'élégant mobilier.

— J'aime entendre mon nom dans votre bouche, dit-il.

— Et comment pourriez-vous me choquer ? demanda-t-elle en haussant les épaules.

— Oh ! j'y arriverai, j'y arriverai. Laissez-moi le temps, fit Théo d'une voix sensuelle qui la troubla.

Cela avait été dit d'un ton sérieux. Elle se sentit mal à l'aise. Quelque chose en elle l'émut, ce n'était pas de la compassion ni de la curiosité, non, quelque chose comme un désir qu'elle ne voulut pas nommer. Il était temps de revenir vers les autres, vers la société polissée dont elle comprenait parfaitement les règles.

Elle fit un pas vers la porte, Théo la conduisit par le bras. Ils ne dirent rien en marchant le long du couloir. Ils avaient atteint les escaliers, quand Théo s'arrêta et lui indiqua de la main un escalier plus petit qui descendait vers le pont inférieur.

— Voulez-vous voir une autre œuvre d'art ? lui demanda-t-il.

Liz hésita une seconde fois puis acquiesça d'un signe de tête. Elle le suivit dans les escaliers, puis dans un autre couloir bordé de portes de bois noir. Elles étaient toutes fermées. Théo fit un signe à un steward qui était au garde-à-vous. Le jeune garçon sortit rapidement un énorme trousseau de clés et courut vers une des portes.

Le jeune homme ouvrit la porte, Théo entra et pressa sur un bouton, une lumière formant un cercle bien limité éclaira la pièce sombre. Au centre de la lumière se tenait une voluptueuse statue de bronze représentant une femmme nue, une épée dans une main, une pomme dans l'autre. Elle avait à peu près quatre-vingts centimètres de haut et était surélevée sur un simple socle de bois dont la patine ancienne brillait sous l'éclairage. Autour de la statue, les murs étaient d'un blanc pur, et le projecteur était braqué sur elle.

Liz Cassidy était impressionnée et son émotion ne provenait pas seulement de la beauté éblouissante de cette œuvre d'art. Elle quitta le cercle lumineux des yeux et regarda l'homme qui se tenait à côté d'elle, dans l'obscurité. Derrière eux, la porte ouverte laissait filtrer la lumière du couloir sur laquelle se détachait le dos large et mystérieux de l'homme. Elle regarda à nouveau la statue et fit un pas vers elle.

— Déméter, fit Théo, la déesse de la fécondité.

Il s'approcha de la petite statue dénudée et la toucha de sa main épaisse. Ses doigts coururent le long de son épaule ronde et lisse, parcoururent le dessin d'un de ses seins tendus.

— Elle est belle, n'est-ce pas ? murmura-t-il.

— Oui, fit-elle doucement.

C'était une pièce splendide, une pièce de musée vieille de plusieurs milliers d'années, délicatement ciselée par un artiste inconnu. Il y avait en elle la force de la vie, de la terre, de l'abondance, intelligemment et artistement créée dans ce matériau froid qu'est le bronze.

Le trouble que ressentit Liz devant cet homme si complexe dépassa son admiration pour cette statue. Les changements d'humeur imprévisibles de Théo, sa jovialité, sa tristesse soudaine, sa sensibilité envers de telles œuvres d'art ainsi que sa soif d'argent et de pouvoir, tout cela la surprenait. Fascinée, elle ne pouvait détacher les yeux de ses mains qui caressaient sensuellement la nudité de la statue.

Elle n'avait jamais rencontré un tel homme.

— La femme à l'épée d'or. La femme aux fruits de l'abondance. La femme aux nombreux mystères. Je l'aime, dit-il.

Liz Cassidy voulut détacher son regard des mains de Théo qui continuait à caresser la statue, mais il était impossible de regarder ailleurs. De plus, le projecteur n'éclairait que cette partie de la pièce, laissant le reste dans l'obscurité.

— La femme aux nombreux mystères, reprit-elle d'une voix moqueuse pour cacher son trouble. Est-ce la raison pour laquelle vous l'aimez ?

— Oh, non, dit Théo, en se retournant vers la jeune femme.

— Alors, pourquoi ? insista-t-elle.

— Parce qu'elle a de gros seins, dit Théo.

Surprise, Liz rejeta sa tête en arrière et rit.

— C'est une chose très importante, continua-t-il, d'un ton moqueur.

— Dans une statue ?

— Chez toute femme, dans toute forme de création. J'aime toutes les femmes. Déméter, mon épouse, vous. Vous comprenez ?

— Je... oui, bien sûr. Je crois que nous devrions revenir vers les autres maintenant, Théo.

— Et je vous aime aussi. C'est très important, dit-il lorsqu'ils quittèrent la pièce.

Le steward, qui s'était éloigné de quelques mètres dans le couloir, ferma la porte derrière eux.

— Je vous aime aussi, Théo, dit-elle en souriant, le remerciant intérieurement de l'avoir mise à son aise à nouveau.

— Vous n'avez vu que quelques facettes de moi-même, fit-il remarquer.

Ils atteignirent l'escalier et commencèrent à monter vers le pont supérieur.

Il la reconduisit au salon, où la soirée battait son plein. Il y avait plus de danseurs que tout à l'heure. Les jeunes gens avaient littéralement envahi la piste, pendant que les personnes plus tranquilles s'étaient dispersées dans les différentes pièces du bateau. La table où avaient été assis James Cassidy et Robert Keith était vide.

Le steward en chef vint vers eux, porteur d'un message.

— Le sénateur Cassidy m'a prié de vous faire savoir qu'il vous attendrait dans la bibliothèque, avertit-il.

Seul dans la bibliothèque, le sénateur faisait les cent pas, jetant de temps en temps un coup d'œil sur les rayonnages couverts de livres.

— Enfin, vous voilà ! s'exclama-t-il avec un sourire à leur entrée.

— Je suis désolé de vous avoir retenu trop long-temps, dit Théo, mais votre femme est connaisseuse en œuvres d'art et cela a été un plaisir de lui montrer mes trésors favoris.

— Je suis certain qu'elle a beaucoup apprécié. Mais la question est que... j'ai reçu un coup de téléphone des Etats-Unis et j'ai bien peur que nous ne devions partir tout de suite. J'en suis navré.

— Un coup de téléphone ! répéta Liz.

Théo sentit l'excitation gagner la jeune femme qui s'avança vers son mari et le prit par le bras, le visage tendu vers lui.

James Cassidy fit un mouvement de tête et ne put réprimer un grand sourire.

— La Commission Nationale, dit-il. Une décision a enfin été prise.

— Oh ! James ! Je suis si heureuse.

Ils regardèrent tous les deux Théo en souriant, ne cachant pas leur joie.

— La Commission Nationale ? Mais c'est une nou-velle magnifique ! fit Théo, qui avait parfaitement compris ce que cela signifiait.

— La Commission veut l'annoncer en privé, vous comprenez, lui expliqua James Cassidy, il n'y a encore rien d'officiel.

— Bien sûr, bien sûr, je comprends. Puis-je me permettre de vous féliciter, sénateur ? dit Théo.

Il s'avança et serra la main du sénateur, puis celle de sa femme. Elle répondit chaleureusement à sa poignée de main, rayonnante de joie.

— Mon hélicoptère va vous ramener chez vous, si vous le désirez, puis à l'aéroport, proposa Théo en les accompagnant le long du pont principal.

— Merci. Merci beaucoup, dit James Cassidy.

Théo les conduisit à l'hélicoptère, parla un moment avec le pilote qui attendait. Quelques secondes plus tard, les pales se mirent en route, pendant que le sénateur et sa femme montaient à bord.

— Théo, merci pour cette soirée que je n'oublierai pas, lui dit Liz, dont les pensées étaient ailleurs.

— Vous serez toujours les bienvenus, hurla Théo pour couvrir le bruit de l'engin. Bon voyage et bonne chance !

L'hélicoptère s'éleva en l'air. Un petit groupe de curieux s'était formé sur le pont arrière. Les têtes étaient tournées vers Théo, le regard interrogateur.

— Le futur président des Etats-Unis et sa femme viennent de partir, leur expliqua-t-il.

Il y eut des murmures de voix, certains levèrent leurs verres en direction de l'hélicoptère comme pour dire : « Attendez, je n'ai pas eu la chance de vous parler ! »

Mais l'hélicoptère survolait déjà le port pour s'enfoncer un instant plus tard dans la nuit.

CHAPITRE IV

— EST-CE VRAI, PAPA ? EST-CE QU'IL va devenir Président ?

— Ah, Nico ! Alors, tu t'amuses bien ?

Théo passa un bras par-dessus les épaules de son fils. Ils marchèrent tous les deux le long de la piscine, croisant plusieurs personnes qui se promenaient sur le pont. Théo s'arrêta au bord de la piscine et contempla encore une fois le Poséidon, toujours en guerre contre les éléments.

— Comment cela s'est passé avec le *Selena* ? demanda Théo.

— Eh bien, c'est fait. Je n'ai pas pu t'en parler avant, tu étais si occupé avec les invités, dit Nico avec fierté.

— Ah ! Nico ! Nico ! Raconte-moi. Donne-moi les détails, fit Théo en ouvrant grand ses bras.

Le garçon hésita une seconde, puis se précipita dans les bras de son père.

— J'ai eu un coup de téléphone d'Athènes, il y a une heure à peu près, expliqua-t-il. Evangelou, grâce à ses attributions de procureur, a réussi à faire signer les papiers. Tu es maintenant le propriétaire du pétrolier.

— Non ! Il est à toi, Nico. A toi. Tu comprends ?

— Oh ! Papa ! Je voudrais... commença Nico dans un soupir de tristesse.

— Quoi, Nico ? Nico ? Que veux-tu ? Allons, parle. Nous allons marcher un petit peu et tu me raconteras tout, comment cela s'est passé, tous les détails. Cette nuit est si belle.

Ils marchèrent un moment sur le pont promenade, pendant que Nico lui racontait toute l'histoire. Son père acquiesçait de la tête, et partait parfois d'un grand éclat de rire, faisant de grands gestes avec les mains, ou tapant parfois l'épaule de son fils pour lui manifester son plaisir.

— J'ai alors dit à Evangelou d'utiliser les fonds subsidiaires de la Banque Eolienne, et il a accepté, disait Nico.

— Tu as tout compris, s'exclama Théo. Tout ! Et combien as-tu payé ?

— J'ai offert le même prix que Spyros..., peut-être un peu plus. Je n'ai pas oublié de faire état de la lettre de ton coffre-fort.

— Aussi fort que moi ! l'interrompit Théo dans un cri de joie. Bon Dieu, Nico, tu as fait quelque chose de merveilleux aujourd'hui. Tu as acheté un pétrolier... Tu vas bâtir un empire. Plus grand que le mien ! Encore plus grand !

Tout à son excitation, Théo ne remarqua pas le silence de son fils.

— Tu vois ! Tu vois ! continua Théo, tu rentres dans les affaires. C'est la seule façon, Nico. Attaquer ! Attaquer avec un fusil chargé, pour ramener de la chair humaine. Voilà le marché, Nico. Ce sont les affaires. Le commerce... Tout. Crois-moi, Nico, c'est la vie, c'est le feu. C'est tout !

Théo se calma. Le silence de son fils avait établi comme un mur entre eux. Le premier coup était-il si difficile ? Il ne put pas se rappeler, mais il était certain de n'avoir éprouvé aucun remords quant à lui. Oui, mais c'était différent. Lui n'avait pas eu de papa derrière lui pour l'aider, l'épauler, lui donner une chance. Le garçon était encore sous l'influence de sa mère. Il était encore trop doux. Ce n'était pas un mal d'être doux, mais il fallait durcir le métal avec le feu de la vie même. Il apprenait maintenant. Peut-être, s'était-il brûlé ? Mais ce n'était rien, le succès viendrait à bout de ses premières blessures.

— Ah ! Nico... dit Théo avec tendresse, plus que tout... plus que tout au monde, je voudrais que... nous soyons tous les deux ensemble.

Théo s'arrêta de parler, pris par l'émotion qui l'envahissait malgré lui.

— Papa ! Je ne comprends pas, fit Nico, en tournant vers lui un visage torturé par le chagrin.

— Quoi ? demanda Théo, perdu.

Nico ne comprenait pas son propre père. Il ne comprenait pas son rêve de travailler ensemble. Son rêve depuis si longtemps.

— Pourquoi l'as-tu amenée ici ? demanda soudain Nico.

— Elle, mais qui ? Qui ? Nico ?

Théo pensa une seconde à la froide et ravissante Américaine qui venait de partir. Mais Nico lui fit comprendre en lui indiquant d'un geste de la main un

groupe de gens parmi lesquels se détachait le rire
cristallin de Sophie Matalas.

— Comment as-tu pu oser, Papa ? Je ne comprends
pas. Je ne pourrai jamais comprendre.

— Comprendre quoi ? Qu'y a-t-il à comprendre ?
demanda Théo. Eh ! bien je suis grec, comme toi. Un
Levantin !

Pour lui, cela expliquait tout, son envie de profiter
de chaque instant de la vie, le soleil brûlant qui faisait
vibrer son corps, sa soif inassouvie de tout connaître,
la possession de tout, sa faim de jouir de tout. Les
petites mesquineries, les conventions n'étaient pas
faites pour des hommes comme lui, ou comme son fils.
Les lois des autres n'existaient pas pour eux. Et,
surtout, les règles suivant lesquelles les femmes
vivaient ne les atteignaient pas. Mais, qu'avait donc
Nico ? Allait-il se mettre à faire la morale à son père ?
A l'homme qui lui avait donné la vie, qui pouvait le
combler d'une fortune immense en un instant ?

— J'ai le droit, et toi aussi, reprit Théo d'une voix
qu'il se força à rendre douce, j'ai le droit, mon fils, de
vivre comme je l'entends, comme un homme...

— Un homme, le coupa Nico. Et tu penses qu'un
homme doit obligatoirement se conduire comme une
brute, comme un animal. Je ne comprends pas. Je ne
veux pas comprendre. Ne vois-tu pas que ma mère est
blessée, qu'elle est indignée et bafouée aux yeux de
tous par le fait que tu aies amené ta putain ici, qui a
fait une entrée comme... comme...

Sans pouvoir finir sa phrase, Nico s'éloigna de
quelques pas et s'appuya contre la rampe.

— Nico, Nico, fit Théo d'une voix caressante.

Il voulut le prendre par le bras, mais le garçon

refusa d'un haussement d'épaules, puis s'éloigna vers le salon, où la soirée continuait à battre son plein.

— Nico ! cria Théo.

Quelques personnes qui se tenaient à côté d'eux cessèrent de rire et plaisanter pour observer la scène. Théo était parfaitement conscient de leurs regards. Parmi eux, il y avait Sophie, toujours resplendissante, qui le regardait.

— Nico ! hurla Théo avec plus de force.

Nico se tourna à moitié, sa silhouette blanche se découpait contre les lumières du salon, son visage était pâle. Ils se regardèrent un moment par-dessus les têtes des personnes qui les séparaient, puis le garçon se retourna et disparut.

Théo sentit la fureur monter en lui, cette rage aveugle qui lui tordait les boyaux, cette douleur insupportable propre à l'abandon. Le groupe à côté de lui était silencieux.

Le visage tendu, il marcha vers eux, prit Sophie par le bras. Il l'aurait forcée à le suivre si elle avait offert la moindre résistance, mais celle-ci, au contraire, se porta en avant, comme pour anticiper les pas de Théo.

Ils dépassèrent le groupe de gens, trop polis pour murmurer quoi que ce fût, et atteignirent un peu plus tard la passerelle. Théo descendit les marches deux par deux, Sophie Matalas courait à côté de lui pour rester à sa hauteur. Ils montèrent à bord d'une vedette et Théo ordonna au pilote de foncer. Le bateau marcha à toute vitesse vers la côte. Quelques personnes les regardèrent s'éloigner, puis certaines décidèrent de remplir leurs verres et d'autres de dire bonsoir à leur hôtesse.

Théo ne prononça pas un mot dans la vedette. Ses

lèvres étaient tordues par une grimace que Matalas connaissait bien. Elle savait se taire dans ces moments-là, mais, du coin de l'œil, elle aperçut les journalistes qui les attendaient sur le quai. Elle s'installa confortablement contre le siège, prit son miroir de poche dans son sac du soir et se mit à se refaire une beauté pour les photographes. Ses cheveux flottaient au vent et lui donnaient cet air fou que les couvertures de magazines recherchaient toujours. La vedette s'approcha du quai et commença ses manœuvres, les journalistes se précipitèrent sur eux, faisant déjà crépiter leurs appareils. Théo grogna et jura entre ses dents. Sophie riait et pausa une seconde, avant qu'il ne l'entraînât sur le quai.

Un très jeune photographe s'était agenouillé très près d'eux pour faire un gros plan, Théo envoya l'appareil en l'air d'un coup de pied.

— Fous le camp ! Salopard ! hurla-t-il.

Le jeune homme s'écroula au sol. Les autres photographes continuaient à les mitrailler de flashes, pendant que Théo se taillait de force un chemin au milieu d'eux.

Sophie continuait à sourire de toutes ses dents, faisant semblant de ne prêter aucune attention à la douleur de son bras. Théo la tenait fermement à l'endroit même de son bracelet en diamants, qui lui rentrait dans la chair. Mais Sophie souriait et riait toujours. Elle était certaine qu'elle aurait une cicatrice. Théo lui paierait cela, un peu plus tard, se disait-elle.

Sa voiture de sport les attendait au bout du quai. Un autre photographe, grand et brun, était posté contre la portière de la Maserati, son appareil pointé vers le haut. Théo lâcha Sophie et courut vers la voiture. D'un nouveau coup de pied, il fit voler l'appareil photo en l'air, ouvrit la porte.

— Entre là-dedans, cria-t-il à Sophie.

Sophie s'approcha lentement et se jeta contre Théo en l'entourant de ses deux bras. Les flashes crépitèrent à nouveau. Théo se dégagea des bras de la femme et la poussa de force dans la voiture, puis claqua violemment la portière, manquant de peu d'écraser les doigts d'un reporter.

Il fit ensuite le tour de l'automobile et se précipita sur le siège du conducteur. Sophie souriait toujours et faisait de grands signes de la main aux photographes.

— Folle ! Sale garce ! lui fit Théo.

Elle éclata de rire. Théo démarra en trombe, parcourut la jetée à toute allure, puis emprunta la route sinueuse de la Corniche sans ralentir. Il roulait à cent quinze kilomètres à l'heure, Sophie s'installa confortablement dans le fauteuil comme pour profiter d'une gentille promenade.

Il faillit manquer un virage en épingle à cheveu, la Maserati dérapa, une roue arrière complètement dans le vide, elle frôla le précipice, puis se rétablit sur la route. Sophie restait calme, un bras passé derrière Théo. Elle le regardait en souriant. Théo se détendit un peu, haussa les épaules et accéléra encore sur la petite route toute en lacets.

La voiture s'arrêta avec un hurlement de pneumatiques devant la villa de Sophie. Théo coupa le moteur. Il y eut un silence uniquement coupé par la brise qui jouait dans les arbres qui les entouraient.

— Eh bien, Théo, parce que tu es en colère contre Nico, tu veux nous tuer tous les deux, dit-elle.

— Mais que veut-il, bon Dieu ? cria-t-il.

Il frappait le volant gainé de cuir de coups de poing. Puis, il sembla se calmer. Il se retourna vers Sophie, qui le regardait en souriant, d'un sourire compatissant et plein de compréhension.

— Viens, dit-elle, en lui caressant la nuque.

Elle ouvrit la porte et descendit. Théo poussa un soupir de résignation et la suivit, puis fit le tour de la voiture pour la prendre dans ses bras. Un rayon de lune se faufilait à travers les feuillages et jouait dans les cheveux magnifiques de l'actrice. Ses seins extraordinaires se pressaient contre sa robe, sa bouche rouge lui répondit avec vigueur. Ils entrèrent dans la demeure et montèrent directement à leur chambre.

— Il intervient dans ma vie, mais il ne veut pas que j'intervienne dans la sienne, dit Théo en déboutonnant sa chemise et en dénouant sa cravate.

— C'est un homme, maintenant, lui dit Sophie.

Elle se haussa sur la pointe des pieds pour lui caresser la poitrine de ses doigts longs et manucurés. Il la pressa contre lui, pendant que ses mains faisaient descendre la fermeture-éclair dans le dos. Une seconde plus tard, elle était complètement nue, aussi nue que sa chère statue de Démétra. La déesse de la maternité. Il pensa une seconde à la femme américaine. En fait, ce n'était plus une femme, elle allait devenir l'épouse du Président. Il l'appréciait beaucoup, mais ce n'était pas pour lui un être de chair et de sang. Dommage. Tant pis. Il sentit la chaleur de Sophie contre lui et oublia tout entre ses bras. Le désir passionné fut comblé.

Plus tard, ils étaient encore allongés, l'un contre l'autre, dans le plaisir connu et familier de leurs deux corps apaisés. Il alluma une cigarette et contempla la fumée qui montait dans le rayon de lune passant au travers de la fenêtre.

— Je ne peux pas lui parler, Sophie, murmura-t-il. Je ne peux pas lui faire comprendre. Et il signifie tant de choses pour moi. Cependant, je ne peux pas...

La tête contre l'oreiller, il la regarda. Elle était apaisée, calme, elle dormait maintenant. La beauté de Sophie était très importante pour lui. Elle ferait n'importe quoi pour lui, seulement pour lui, et pas tout le temps. Il lui fallait la combattre, la dépasser, et parfois subir même ses insolences, mais elle valait le coup. C'était une femme terrible. Ils étaient pareils tous les deux, de la même race. Rien ne les séparait. Ils venaient du même égout : son village en Italie, son village en Grèce. C'était la même chose.

Elle avait ouvert les yeux maintenant, sa bouche avait perdu le rouge. Elle l'écoutait. Il pouvait lui parler comme à personne d'autre.

— Pourquoi ne puis-je pas parler à mon fils ? Toi et moi, nous nous disons les choses, même les plus banales. Nous parlons. Mais, avec Nico... nous ne parlons pas la même langue. Je ne comprends pas. Que veut-il ? Dis-moi ? Dis-moi ?

— Théo, nous nous parlons parce que nous sommes amis, fit Sophie dans un soupir. Nous sommes amis, et nous nous retrouvons quand nous le voulons. Fais la même chose avec Nico. Arrête de le traiter comme un enfant.

— Un enfant ? C'est un homme et je le lui ai dit.

— Et tu en es vraiment persuadé ?

— Bien sûr ! Mais de quoi me parles-tu ? Bien sûr, c'est un homme... plein de filles autour de lui... tous les jours ; elles sont folles de lui, ils font l'amour… de quoi parles-tu ? Il est comme son Papa. Un Grec ! termina Théo en se couchant sur elle comme pour lui montrer ce qu'était un homme.

— Dieu ! je suis fatiguée, fit Sophie.

— Enfin ! C'est bien, dit Théo en riant et en retombant sur son oreiller.

— Il ne m'aime pas, n'est-ce pas ? Nico ? dit-elle en mettant sa tête sur sa poitrine.

— Non.

Elle se redressa et mit ses bras autour de son cou.

— Il a peur que tu quittes Simi, murmura-t-elle d'une voix sensuelle contre sa gorge. Il a peur que nous nous mariions.

— Mariions ? reprit Théo stupéfait.

Il la fixa des yeux dans le clair de lune qui allait bientôt disparaître au lever du jour. Soudain, il la saisit et la fit tomber du lit. Elle criait, s'accrochait aux draps, furieuse.

— Je suis déjà marié, fit Théo en colère.

Il la regarda. Elle était toujours au sol, nue et lovée comme un serpent prêt à mordre.

— Espèce de salaud ! hurla-t-elle.

— Toi aussi, tu es mariée, fit-il d'un ton compréhensif, comme s'il parlait à une demeurée.

— Aucun homme ne doit me jeter de son lit, fit-elle d'une voix menaçante en se rapprochant lentement de lui.

— Et pourtant, fit-il tranquillement, c'est ce qui vient de se passer.

— Personne ne peut se débarrasser de moi de cette façon, dit-elle les dents serrées.

Elle leva un bras en l'air et s'apprêta à le frapper de

son poing fermé. Il l'arrêta dans son geste et lui tordit le bras dans le dos. Elle tomba sur lui.

— *Cara mia,* ma chérie, fit-il d'une voix douce et caressante.

Elle lui mordit violemment le nez. Théo la lâcha pour calmer la blessure, éclata de rire et se coucha sur elle.

— Laisse-moi... espèce de salaud... salopard. Laisse-moi. Je vais te tuer, fils de pute !

Tous ongles dehors, elle mordait et criait, prête à tuer. Théo riait, la pressant contre lui, aimant le contact de cette chair échauffée par la rage.

— Si nous nous mariions, fit Théo à haute voix pour couvrir les cris de Sophie, si nous nous mariions... allons, Sophie nous nous battrions tous les jours... non, non, je préférerais épouser une danseuse étoile... une chanteuse d'opéra ! Tu serais très malheureuse, Sophie...

Soudain, il hurla de douleur. Elle lui serrait les testicules dans sa main, elle serra violemment jusqu'à ce qu'il tombât à la renverse.

— Oh Dieu !... Oh Dieu... ! gémit Théo.

Elle s'agenouilla sur lui, maintenant toujours sa prise, les larmes coulaient sur ses joues.

— Cela fait mal ? demanda Sophie d'une voix faussement compatissante.

Il réussit à grogner d'une façon inaudible.

— Ne mens pas, reprit-elle calmement en serrant un peu plus fort.

— CELA FAIT MAL. OUI. MAIS QUE CHERCHES-TU ? hurla-t-il.

Elle relâcha son étreinte, se pencha sur lui et l'embrassa doucement sur les lèvres. Théo grogna.

— Tu ne veux pas m'épouser ? demanda Sophie.

— T'épouser... reprit Théo, étonné. Non, laisse-moi partir, Sophie.

Il essaya de se dégager. Elle le regarda avec attention quelques secondes puis le libéra lentement pour aller s'allonger à ses côtés, sans le toucher.

Théo se mit en chien de fusil pour calmer sa douleur, puis se redressa sur un coude pour la regarder avec étonnement. Elle dormait. Plongée dans le sommeil, elle dormait d'un souffle régulier.

CHAPITRE V

AU SOMMET D'UN IMMEUBLE, PERDUE dans les nuages bas qui voilaient le ciel de Manhattan, la salle de conférences tout à fait conventionnelle semblait suspendue dans le vide. Avec ses trois murs recouverts de soie sombre, où étaient accrochés çà et là quelques tableaux minutieusement choisis pour leur discrétion, la pièce avait une atmosphère de travail sérieux. Une grande table de bois poli trônait au centre. Il y avait un mur tout en verre qui donnait sur le blanc des nuages.

Théo Tomasis était assis dans un grand fauteuil de cuir, à la tête de la longue table de conférence. A côté de lui, se trouvait son avocat, Michel Corey, qui récapitulait les données de l'affaire. Les dix autres personnes écoutaient. Certains jouaient avec leur crayon sur leur buvard et leur bloc de papier blanc, d'autres prenaient des notes, ou écrivaient quelques chiffres. Tout le monde écoutait avec attention. Ils constituaient tous un groupe important, chacun d'entre eux représentant des intérêts majeurs dans l'économie américaine.

Il y avait un général de l'armée, un sénateur, un

actionnaire du Musée des Arts de New York, et un directeur d'Université. Chacun d'entre eux était à la tête d'une grande fortune ou représentait une société d'importance.

A quelques mètres de Théo, était discrètement assise la seule femme de la réunion, occupée à taper à la machine.

— ... et finalement, messieurs, comme il est dit dans le paragraphe 19 du Code américain de la Marine Marchande, seuls les citoyens américains ou les corporations contrôlées par ces citoyens sont autorisés à acheter ces pétroliers en surnombre...

Michel Corey était le meilleur avocat. Il se faisait payer très cher. Allant vers la cinquantaine, il dirigeait une société d'avocats, la plus connue de New York. Il était grand et mince, de belle allure et vêtu avec élégance. Sa veste écossaise rouge était la seule couleur de la pièce ; il parlait doucement avec l'assurance d'un homme qui connaissait son métier et celui des autres. Michel Corey sourit avec politesse lorsque Théo le coupa pour prendre la parole.

— Je voudrais que vous compreniez, fit-il en se penchant en avant, que vous serez les propriétaires de ces navires. Ils vous appartiendront à vous et à la nouvelle société que nous allons former. Quant à moi, je ne ferai que les rentabiliser. Du commerce.

Théo jeta un coup d'œil circulaire sur son auditoire. Une ou deux têtes acquiescèrent à ses paroles, les autres restèrent immobiles et attentifs. Théo fit alors signe à son avocat de continuer.

— Maintenant, reprit Michel Corey, puisque ces bâtiments ne pourront pas être rentabilisés en voguant

sous un drapeau étranger, j'ai préparé à votre attention ces différents documents.

A ce moment il fit un signe de la main, et un jeune
homme un peu rougissant prit dans ses mains un
paquet de documents minutieusement rangés. Il fit le
tour de la table et les distribua à chacun des membres.

— Vous contrôlerez cinquante et un pour cent des
intérêts, continua Michel Corey. Monsieur Tomasis
détiendra les quarante-neuf pour cent restant.

Les hommes ouvrirent les dossiers dont chacun
portait leur nom.

— Je dois dire, messieurs, fit tout à coup Théo, que
je n'ai jamais eu l'honneur d'avoir des associés aussi
éminents que vous. C'est un grand jour pour moi, qui
ne suis qu'un paysan…

— Messieurs, le coupa doucement Corey, Monsieur Tomasis procurera les fonds nécessaires à
l'achat, comme nous vous l'avons dit. Quatre millions
de dollars pour chaque bâtiment. Il y en a vingt, ce qui
fait donc un total de quatre-vingts millions de dollars.
Monsieur Tomasis vous met sur l'affaire et s'engage
sur votre simple signature.

Il s'arrêta pour regarder l'assistance. Les trois
hommes, qui n'avaient pas encore signé, le firent
aussitôt. Michel Corey sourit et regarda sa montre.

— Je crois que nous venons de passer ensemble une
heure très fructueuse, conclut-il. Et maintenant, je
vous remercie beaucoup.

Pendant que le jeune assistant rassemblait les
documents signés, les hommes se levèrent de table et
se serrèrent la main avec des sourires qui accompagnaient habituellement la conclusion de telles réu-

nions. Théo souriait d'un plaisir non dissimulé et serra la main de chacun d'entre eux.

— Mes associés, s'exclama-t-il à plusieurs reprises, en serrant les mains et en donnant parfois une tape sur l'épaule.

Le groupe quitta la pièce.

— Ah! Michel, voilà qui est fait! fit Théo en souriant.

— Cela n'a pas été trop difficile, fit Corey.

— Ils semblent tous très bien, Michel. Tous.

— Oui, ce sont de braves hommes, honnêtes, dit Corey.

Théo se retourna pour regarder par la fenêtre. Le ciel était toujours couvert, il y avait de l'humidité sur la paroi de verre.

— Il n'y a aucune raison de vous inquiéter, dit Corey.

— Tout est légal, hein? demanda Théo.

— Ecoutez, fit Corey, aussi longtemps que vous aurez cet appui à la Maison Blanche...

— Quel appui? demanda Théo. Cassidy n'a passé que quelques heures à bord de *La Belle Simone,* et ceci avant d'avoir été élu. Ce n'est pas un piston.

— Peut-être pas, fit Corey en souriant. Peut-être pas avec James Cassidy en personne, mais... il vous a invité, n'est-ce pas? Si vous rencontrez par hasard son frère, quand vous serez là-bas... eh bien, cela ne pourrait être que pour le mieux, car il est Procureur Général, Théo.

Corey ferma son attaché-case et contourna la grande table pour aller serrer la main de Théo.

— Vous présenterez mes amitiés au Président, fit-il avec chaleur.

Théo resta seul dans la pièce et contempla d'un air pensif la vue à travers la paroi de verre, comme s'il y avait quelque chose à regarder. Un petit sourire joua un moment sur ses lèvres, puis il se tourna et se dirigea vers la porte conduisant à son bureau personnel, où il pourrait prendre une douche et passer au sauna avant de partir pour Washington.

LA soirée de gala à la Maison Blanche était devenue célèbre non seulement à Washington mais dans le monde entier, grâce à la présence de la Première Dame des Etats-Unis. Son charme et sa beauté étaient mondialement connus. Pendant le gouvernement précédent, artistes, poètes et musiciens exilés de divers pays en guerre s'étaient vu refuser leurs places à la Maison Blanche, mais, maintenant, tout semblait être oublié avec le nouveau gouvernement exercé par le jeune et beau couple qui avait délaissé les manières un peu tristes de la vieille garde.

Théo se demanda si elle avait changé, depuis leur rencontre à bord de *La Belle Simone*. Il ne s'était même pas demandé si elle avait oublié ou non ce moment qu'ils avaient connu ensemble. Non, elle devait se souvenir. Elle était enceinte et parfaitement à sa place, telle Déméter, la déesse de la maternité. Elle n'était plus mortelle puisque la vie bougeait en son ventre. Comme elle était belle, ces derniers jours — son portrait couvrait tous les magazines et les couvertures des journaux les plus célèbres du monde entier ; on l'avait prise en photographie lors d'une visite d'hôpitaux, ou bien accompagnant son mari jeune et beau à travers les Etats-Unis, ou bien dans des soirées officielles, recevant des invités renommés.

— Monsieur Tomasis, c'est un grand plaisir de vous revoir. Mais vous n'avez pas votre femme avec vous ? demanda-t-elle en souriant.

— Non, mais elle vous fait part de ses pensées les meilleures, dit-il en lui tenant la main une brève seconde pendant que la foule de gens attendaient derrière lui. C'est un très grand événement pour vous d'attendre un enfant. Le temps passe. Un enfant dans la Maison Blanche est quelque chose d'important, cela vous portera chance...

Elle était aussi délicate qu'une fleur qui vient d'éclore. Elle souriait, radieuse.

— Je crois me souvenir que votre père était un sacré homme, répondit-elle sérieusement.

Le Président les observait, il était debout à côté de sa femme. Théo sourit avec fierté et lui tendit la main.

— Et puis, continua Théo à l'adresse de ses deux interlocuteurs, je veux vous dire à tous les deux que, lorsque vous serez fatigués de la présidence, lorsque vous aurez besoin de repos, n'hésitez pas à venir à bord de *La Belle Simone*. Et ceci à n'importe quelle date, n'importe quel lieu. Nous ferons une croisière très agréable.

— Merci et transmettez mes meilleures pensées à votre magnifique famille, dit le Président en souriant.

Théo acquiesça d'un signe de tête et continua son chemin vers la réception.

— Je parlais sérieusement, dit-il un peu plus tard à la Première Dame des Etats-Unis, alors que l'orchestre entamait le dernier morceau et que les invités se préparaient à partir. Quand vous le voudrez, une croisière sur *La Belle Simone*.

— Merci, murmura-t-elle. Oh. John ! Avez-vous fait connaissance de Monsieur Tomasis, dit-elle soudain au frère du Président qui se tenait à côté d'eux.

— Monsieur le Procureur Général, fit Théo.

Les deux hommes se serrèrent la main, pendant que Liz Cassidy les quittait pour aller accueillir un romancier connu.

— Je suis heureux de faire votre connaissance, dit Théo. Je viens justement d'inviter le Président et sa femme pour une croisière sur mon yacht, peut-être que vous accepteriez de venir vous et votre femme ?

— Nous l'aimerions beaucoup, répondit John avec chaleur, mais des vacances... Je ne les vois pas encore poindre à l'horizon pour le moment.

— Oui, je comprends. La politique, les affaires... C'est toujours la même chose lorsqu'on aime le travail. Je suis de même, moi aussi. Cependant, il faut savoir se réserver du temps pour le plaisir.

— Très juste, Monsieur Tomasis.

— Appelez-moi Théo.

— Théo.

— Et pourrais-je vous appeler John, Monsieur le Procureur Général ?

— Bien naturellement.

Ils se serrèrent la main avec chaleur et rejoignirent les autres invités, qui, sur un discret signal du chef du protocole, s'étaient préparés à souhaiter une bonne nuit à leurs hôtes.

THEO revint à New York par avion après la soirée pour trouver Sophie qui faisait les cent pas dans la salle de séjour de sa suite à une heure du matin. Son visage s'éclaira lorsqu'elle entendit la clé dans la serrure. Ne voulant pas lui montrer sa colère, elle sourit aussitôt et lui ouvrit grand les bras.

— Raconte-moi, raconte-moi, le pressa-t-elle en le conduisant vers un des canapés. Qui était là ? Que portait la Première Dame ? Qui y avait-il ? Quelque star célèbre ? Des gens importants ?

Théo résista à ce déluge de questions et lui indiqua du doigt sa chemise de nuit.

— Prête à aller au lit ? lui dit-il. Que se passe-t-il ? Tu es fatiguée ? Allons, va t'habiller, nous allons sortir, nous amuser.

— Merveilleux ! s'exclama-t-elle, en lui donnant un gros baiser sur la joue. Mais viens dans la chambre pendant que je m'habille, tu me raconteras tout. Etait-ce bien ? Fantastique ? Ou assommant ?

— Non pas assommant, mais très officiel, dit-il en la suivant dans sa chambre, son haut-de-forme à la main.

— Oui, cela semble plutôt assommant, dit-elle en enfilant sa robe du soir.

— Eh bien, Sophie, la Maison Blanche n'est pas comme les Folies-Bergère, tu sais. J'ai fait la connaissance de gens très distingués, comme le Procureur Général, quelques ambassadeurs et, bien sûr, Madame Cassidy a été très sympathique. Je crois qu'ils ont été heureux de me revoir.

— Que portait-elle ? demanda Sophie, assise en face de sa coiffeuse pour se maquiller. — Elle ne quitta pas une seconde le miroir des yeux, jusqu'à ce que son masque social fût parfait.

— Une robe longue, bleue, très simple. Elle est très belle, très triste, je crois. Elle est trop mince, ajouta Théo devant la grimace que lui lança Sophie.

Ils fréquentaient les boîtes de nuit à la mode, les derniers disco-clubs en vogue, les endroits les plus chics où se retrouvait toute la faune nocturne. La voiture attendait à la sortie de chaque boîte de nuit, où Théo devenait un membre immédiat en payant la note de trois cents dollars. Ils eurent les meilleures tables partout où ils allèrent. Ils s'amusèrent beaucoup, dansèrent et burent de grandes quantités d'alcool. Ils réussirent même à avaler de délicieux beefsteaks, rencontrant partout des gens qui les connaissaient ou voulaient faire leur connaissance. Puis, ils décidèrent de quitter la Cinquième Avenue pour aller écouter dans une cave un chanteur encore inconnu mais qui attirait la foule chic de New York. Leur voiture était en tête d'un cortège d'automobiles transportant dans les rues désertes à cette heure-là des amis et des photographes.

Sophie était toute à son aise, Théo, quant à lui, appréciait vivement le changement d'atmosphère après sa réception à la Maison Blanche. Il aimait regarder Sophie qui posait pour les photographes, l'écouter dire du mal d'autres femmes célèbres : en cela ils se ressemblaient bien. Il restait assis et écoutait cette femme rire, parler, commenter et vivre, l'aimant pour cette facette de lui-même qu'elle symbolisait. Il aimait aussi tous ces gens qui cherchaient à avoir leurs noms dans les colonnes des journaux le lendemain matin, toutes ces personnes désireuses de mondanités

et de célébrité. Il payait partout avec générosité, à
l'étonnement des garçons ou du chanteur obscur ou
d'un pianiste élégant qui jouait quelque vieille chanson de Cole Porter. La plus grande, la plus folle et la
plus éclatante des grandes villes du monde lui appartenait cette nuit-là. Tout lui appartenait. Tout! Dans
une boîte de nuit, une fille de dix-sept ans, très jolie,
se jeta dans ses bras en lui demandant de la prendre,
ses yeux étaient voilés par la drogue. Sophie lui jeta
un regard farouche et la força à danser avec elle d'une
façon grotesque.

Les activités matinales avaient déjà repris lorsqu'ils
décidèrent de rentrer à leur hôtel. Les gens se
pressaient pour aller travailler sur la Cinquième
Avenue, les rideaux de métal se levaient paresseusement sur les célèbres bijoutiers et boutiques qui
parsemaient l'avenue.

Ils entrèrent en riant dans le hall de l'hôtel,
richement décoré de couleur marron et or. Seuls, deux
hommes d'affaires fumant leur premier cigare en
lisant les pages économiques du *Times* et du *Wall
Street Journal* étaient là.

Mario, le directeur de l'hôtel, les attendait et se
précipita vers eux dès qu'ils pénétrèrent dans le hall.
Au détriment de sa dignité, il courut tout le long du
hall.

— Monsieur Tomasis! Oh! Monsieur Tomasis,
Dieu merci, vous êtes enfin là. J'ai essayé de vous
joindre par téléphone partout... même à la Maison
Blanche... aux différentes boîtes de nuit... C'est
terrible. Je suis désolé.

— Mario, que se passe-t-il? demanda Théo.

Théo prit le message des mains du directeur, le lut rapidement et pâlit.

— Faites venir ma voiture, appelez l'aéroport, je veux que mon avion soit prêt à décoller tout de suite, fit-il.

Le directeur dépassé par les événements se rua à son bureau.

— Que se passe-t-il, Théo ? demanda Sophie, qui essayait de le suivre marchant à grandes enjambées dans le couloir.

— Appelez ma femme par téléphone, hurla-t-il dans la direction de la réception en s'arrêtant devant la porte de l'ascenseur.

Derrière son bureau, l'opératrice était prise de panique.

— C'est Nico, expliqua Théo à Sophie dans l'ascenseur. Il vient d'avoir un accident. Je repars là-bas. Je t'appellerai un peu plus tard.

— Oh, Théo ! murmura-t-elle, ses grands yeux noirs cernés de mascara, grands ouverts, emplis de compassion.

Elle sortit de la cabine, lui fit un signe de tête amical et disparut dans le couloir, pendant que Théo continuait à monter vers son appartement, pour attendre la communication téléphonique.

— Mais où est sa femme ? grogna l'opératrice, assise derrière un clavier constellé de touches.

— Elle a appelé depuis *La Belle Simone,* idiote, lui dit Mario.

Des lumières rouges et jaunes clignotèrent avec frénésie sur le clavier. L'opératrice, en larmes, enfonça des touches au hasard. Elle pleurait tout en compulsant la liste des numéros de téléphone de Théo

Tomasis. Elle trouva le numéro du yacht et demanda la ligne internationale.

Dans le hall d'entrée, personne n'avait remarqué la confusion qui régnait. Quelques instants plus tard, la sonnerie de téléphone se fit entendre dans la suite de Théo, pour lequel la vie s'était arrêtée.

— Comment va Nico? demanda-t-il aussitôt à Simi.

— On ne le sait pas encore, répondit-elle. Le docteur est avec lui. C'est grave.

Théo tremblait. Son corps entier fut parcouru d'un frisson impossible à contrôler. Il eut l'impression d'un rideau noir soudain devant ses yeux. Sa main était pliée contre le rebord de la table qui lui rentrait dans la chair.

— Simi... Nico ne va pas...? fit-il d'une voix terrifiée, cassée.

— Reviens, dit-elle.

— Tout de suite, hurla-t-il. Et toi, Simi, ça va?

— Oui, répondit-elle froidement, mais inquiète.

— D'accord, j'arrive tout de suite.

Il raccrocha et se rua dans la suite, pensant à changer d'avion.

Dans la voiture, il appela l'aéroport au téléphone et demanda son pilote.

— Trouvez l'avion le plus rapide possible, lui dit-il. Cherchez s'il n'y a pas un 707 prêt à décoller tout de suite. Faites ce que vous pouvez, le plus vite possible et rappelez-moi aussitôt.

Théo n'arrêtait pas de bouger sur la banquette arrière. Il y avait peu de circulation à cette heure matinale, la limousine traversa Long Island sans ralentir. Les voitures de police se mirent un moment en chasse de la limousine, puis aperçurent son imma-triculation spéciale et abandonnèrent la course.

Le téléphone sonna alors qu'ils roulaient sur la voie express qui menait à l'autoroute de l'aéroport.

— Oui ? aboya Théo.

— Désolé, patron, dit le pilote... votre avion est ce qu'il y a de plus rapide. Cela prendrait trop de temps d'en affréter un autre. Nous pourrons décoller dès votre arrivée, la météo est bonne pour l'instant.

— D'accord, je serai là dans dix minutes.

Théo ne put trouver le sommeil dans l'avion. Il resta six heures dans sa chaise longue, face à son lit, incapable de lire, pensant toujours à son fils. Le garçon ne se souciait pas de sa propre vie, on aurait dit qu'elle ne comptait pas pour lui. Il avait le diable dans le corps, mais comment se faisait-il que, si jeune, il ne se rendait pas compte que la vie était un cadeau précieux pour lui ?

Le jet solitaire volait dans le ciel à huit mille mètres d'altitude au-dessus de l'Atlantique. Théo voulait qu'il allât plus vite encore. Il somnola un peu et se réveilla plusieurs fois avec toujours l'image de son fils dans la tête.

Sur sa vedette la plus rapide de toute la côte, Nico prit des risques énormes en passant à toute vitesse entre deux rochers très proches l'un de l'autre. Le bateau semblait voguer au-dessus de la surface lisse de la mer, comme une course contre la mort. A la barre, les cheveux au vent, le garçon évitait de justesse un rocher énorme, se précipitait sur un autre bateau pour virer à la dernière seconde. La Méditerranée lui appartenait. Puis, il ne vit pas cette épave qui émergeait à peine de la surface de l'eau, ou bien quelque débris de bois, ou un morceau de métal...

L'avion volait dans l'obscurité du ciel. Dans son sommeil, Théo bougeait, voulant retenir son fils, l'avertir du danger. Attention !... Attention ! hurla-t-il dans son cauchemar. Il voulut prendre la barre, mais ne le put pas. Théo vit le bateau heurter de plein fouet l'obstacle et le corps, le magnifique corps de son fils, être projeté en l'air pour retomber dans la mer, inconscient. Il allait sombrer, se noyer, mais heureusement des pêcheurs plongèrent et le rattrapèrent.

Encore en vie, avait dit Simi. L'avait-elle dit ? Elle ne mentait jamais. Elle n'avait jamais menti. Il fallait qu'il soit encore en vie.

Théo se réveilla, prit le téléphone intérieur et demanda leur position au pilote. Encore des heures à passer. Des heures qui lui apparurent comme des siècles. Il essaya de dormir, de se calmer, de penser au marché important qu'il avait conclu à New York, ou de cette relation extraordinaire qu'il venait d'établir à la Maison Blanche, à la beauté de cette femme au sang chaud qui, il le savait, avait été heureuse de le revoir.

Pour la cinquième fois, il appela *La Belle Simone* au téléphone. Il n'y avait aucun changement. Nico vivait. Il ne put chasser de son esprit la vision du corps de son fils projeté en l'air. C'était une image emplie d'un destin tragique, porteuse de mauvais sort. Théo pensa aux légendes. Le fils survivait toujours à son père, souvent par parricide. Vis, jura-t-il, vis même pour me tuer, si tu le dois, mais vis. Ne meurs pas, mon fils unique.

La Belle Simone était ancrée au large de Mykonos.

L'avion survola les collines, les petites maisons blanches accrochées aux versants, les moulins à vent dominant le village. Le pilote fit atterrir l'avion sur la piste étroite. Théo sortit en trombe de la cabine et se précipita vers l'hélicoptère qui attendait un peu plus loin. Quelques instants plus tard, ils atterrissaient sur le pont du yacht.

— Comment va-t-il, Simi ? hurla Théo pour couvrir le bruit du moteur.

— Il vivra, dit Simi. Il vivra.

Sa robe de soie voletait autour d'elle sous le vent des pales de l'hélicoptère. Théo la serra contre lui. Il se laissa aller contre la douce chaleur de sa femme, intimidée devant les domestiques qui se hâtaient autour d'eux. Elle se dégagea de son étreinte et le conduisit vers les escaliers.

— Nico..., murmura Théo en s'approchant du lit.

— Je suis désolé... Papa... Pardonne-moi..., réussit à articuler le garçon étourdi par les médicaments.

— Il doit dormir maintenant, intervint l'infirmière avec fermeté.

Théo s'agenouilla près du lit, voulant s'assurer que son fils était bien en vie.

— Pardonne-moi, Papa...

— Ne dis pas cela, fit Théo.

Les yeux du garçon se fermèrent, Théo se laissa conduire hors de la chambre.

Simi l'attendait dans leur chambre. Soudain, Théo se sentit fatigué. Il sentit l'accumulation des dernières vingt-quatre heures. Après tout, il n'était plus assez jeune pour passer une nuit blanche. Il bâilla et commença à se déshabiller, tout en marchant et en parlant à sa femme d'une voix excitée.

— Tu sais ce qu'il a dit ? Il a dit : « Pardonne-moi, Papa, je suis désolé ». Mais qu'est-ce que cela veut dire ? Mais qu'est-ce qu'il croit ? Qu'il m'a fait de la peine ?

Simi ne disait rien, assise dans un fauteuil blanc, elle le regardait.

— Ce foutu garçon... continua Théo. Il est fou ! Il aurait pu se tuer dans ce sacré bateau en conduisant aussi vite. Je vais te dire quelque chose... plus de bateaux, plus de motocyclettes, plus d'aéroplanes ! Il est tout fou. Il veut se tuer. Non, plus rien. Et puis, je ne veux plus penser à Nico.

Il s'assit pour enlever ses chaussures. Simi se leva et se tint debout devant lui.

— Je veux divorcer, dit-elle d'une voix calme.

Théo leva la tête pour la regarder.

— Notre fils, commença-t-il, gît dans son lit presque mort. Mais, bon Dieu, de quoi me parles-tu ?

D'un geste de colère, il lança sa chaussure de côté et se leva.

— Je veux divorcer, répéta-t-elle tranquillement en le retenant par le bras.

— Non, dit-il, non.

En secouant la tête, Théo se dégagea d'elle et alla vers le lit.

— Cela fait longtemps que je ne t'ai rien demandé, continua Simi. J'ai attendu. Mais rien n'a changé. Je ne veux plus continuer à mener cette vie.

— Cette vie ? explosa Théo. Mais tu vis comme une déesse. Tu as tout ce que tu veux. Tout ! Comme aucune autre femme au monde.

— Tu ne comprends pas, n'est-ce pas ?

Son calme le faisait encore plus enrager que ses

paroles. Il avait mal aux jambes, il devenait vieux. Mais ne voyait-elle pas qu'il était exténué? Théo s'assit lourdement sur le rebord du lit.

— Je n'ai pas ton amour. Je n'ai rien de toi. Rien, dit-elle tristement.

Emu, Théo sentit sa colère se calmer. Il étendit les bras vers elle, mais elle ne bougea pas. Simi le regardait, attendant qu'il parle, qu'il trouve quelque formule magique pour qu'ils restent encore ensemble. Elle savait qu'il avait horreur qu'on le force à parler, mais il n'y avait aucune autre solution.

— Ecoute, je t'aime.

Simi secoua tristement la tête.

— Bon Dieu, je t'ai aimée dès tes dix-sept ans! Je t'ai aimée pendant vingt ans, non vingt-deux ans maintenant. Simi, je t'aime, je t'aime, termina-t-il d'une voix plus douce.

— Oui, tu m'aimes, mais comme un objet que tu possèdes, c'est cela, n'est-ce pas, Théo?

— Mais, que racontes-tu?

Il bondit hors du lit et vint vers elle. Raide comme une statue, Simi ne bougea pas. Il retira la robe de soie et découvrit ses épaules. Théo vit la peur dans les yeux de sa femme et comprit ce que cela voulait dire. Elle devait penser qu'il n'était qu'une bête, une bête qui lui volerait son corps, que faire l'amour remplacerait le vrai amour.

Théo comprit tout cela mais continua à la déshabiller. Elle était nue maintenant, nue contre son corps nu. Sa peau était douce et fraîche. Elle restait immobile, ni consentante, ni troublée par lui.

— Théo... Théo..., sanglota-t-elle.

— Tu es ma femme. Je t'aime, fit-il d'une voix d'enfant blessé qui cherche à se rassurer lui-même.

— Oh, mon Dieu...

La robe tomba à ses pieds. Il fit semblant de ne pas comprendre qu'elle ne répondait pas à son désir. Ce serait bien, pensa-t-il. Comme d'habitude. Il fallait que ce soit bien. Théo savait qu'elle se haïssait elle-même en cet instant, car elle allait lui succomber, il ne pouvait en être autrement.

— Tu vois, Simi, il n'y a aucune raison de divorcer. Aucune.

Il la pressa contre lui et l'entraîna vers le lit, en l'ensevelissant dans la douceur de son amour.

A Washington, un matin, le Président était en conférence avec son frère.

— Une amnistie de ta part serait bien reçue.

— Je n'en suis pas sûr, Johnny.

— C'est possible, fit John Cassidy en regardant par la fenêtre qui donnait sur les Jardins Roses.

Sa femme recevait les épouses de plusieurs des membres du Cabinet. Liz Cassidy aurait en fait dû être présente à la réception, mais elle avait une grossesse difficile. Il aperçut sa femme, enceinte elle aussi, mais éclatante de santé. Il sourit, satisfait.

— Une des meilleures choses que tu aies accomplies en tant que Procureur Général a été de le faire emprisonner, disait le Président. Il dérobait les fonds des pensions et tu l'as prouvé. Alors, comment peux-tu aujourd'hui expliquer une amnistie ?

A ce moment-là, le téléphone privé se mit à sonner.

— Oui ? fit le Président.

Un instant plus tard, John Cassidy entendit son frère crier :

— Oh, Dieu !

Le Président raccrocha le téléphone et fit signe à John de le suivre, en ouvrant la porte de la Chambre Ovale qui donnait sur le couloir Est de la Maison Blanche.

Quelques minutes plus tard, la limousine noire se ruait en pleine circulation, escortée par des motards de chaque côté. Elle atteignit l'hôpital dix minutes plus tard exactement.

— Pourquoi ne m'as-tu rien dit ? demanda le Président à sa femme en se penchant sur son lit.

— Tu étais occupé... cela est arrivé si vite... Je ne croyais pas que... Oh, Jim... J'ai perdu notre enfant... C'était un garçon...

— Liz, Liz, ne t'accable pas toi-même. Le docteur a dit que...

— C'était notre bébé. C'était notre fils. Notre fils, fit-elle en sanglotant.

— Il y en aura un autre, dit-il avec douceur.

De grosses larmes coulèrent sur ses joues blêmes, que ses longs cheveux noirs encadraient. Il ne l'avait jamais vue aussi belle, aussi vulnérable.

— Oh, ma chérie, ne pleure pas. Nous pourrons avoir un autre garçon.

— Oui... oh, oui... fit-elle en tendant ses bras vers lui.

Il se pencha vers elle, il y avait aussi des larmes sur ses joues.

NICO Tomasis guérit rapidement grâce à la résistance de son jeune âge. Les reproches de son père contre les hors-bords, les aéroplanes, les chevaux pur-sang et les voitures rapides furent oubliés lorsqu'on lui retira ses points de suture. Nico savait que son père était fier de ses prouesses, de son courage. Et c'était pour lui la seule façon de vivre, sans aucune comparaison avec la vie de son père.

Théo fut profondément ému par les mauvaises nouvelles des Etats-Unis. Perdre un enfant alors qu'il venait de naître ! Il plaignit de tout son cœur les Cassidy pour cette perte terrible et tragique. Etre le Président d'une nation riche, immense, être jeune et doué, bien éduqué, entouré de richesses, adulé par des millions de gens, avoir tout et en même temps ne posséder rien, parce que son fils était mort. Ils étaient jeunes bien sûr, ils auraient d'autres enfants, mais le destin était ironique, comme dans les tragédies grecques. Théo se trouva préservé du sort, son fils vivait. Nico était vivant, beau et fort.

Il téléphona personnellement aux Cassidy pour leur faire part de son chagrin. Ils accueillirent son coup de fil avec sympathie. Il n'était qu'un des milliers.

— Viens avec moi aujourd'hui, dit un jour Théo à son fils. Je dois traiter quelque affaire dans le village. Viens, tu apprendras quelque chose.

— Dans le village ? demanda Nico avec un sourire.

Ils étaient à bord de *La Belle Simone,* et le soleil grec brûlait déjà malgré l'heure matinale. A quelques mètres de là, des pêcheurs étaient déjà au travail. Sur la côte, les petites maisons blanches brillaient au soleil.

— Allons, viens. Nous jouerons au *tavli* avec des hommes dans le *kafenion*. Je dois rencontrer quelqu'un là-bas, un Arabe.

— Papa ! fit Nico amusé, tu parais si grec ici. *Tavli ? Kafenion ?* Tu emploies des mots grecs comme si tu voulais me rappeler mes racines.

— C'est peut-être vrai, fit Théo en souriant.

— Ne t'inquiète pas, Papa, je suis fier d'être grec et fier d'être ton fils, fit Nico en se levant pour l'embrasser d'un mouvement un peu timide.

Théo sentit en lui une vague d'émotion, trop grande pour son cœur, elle lui emplissait la poitrine. Il tint son fils serré contre lui.

— Ah, Nico... Nico...

— Allons-y, Papa, dit-il.

Il se retira doucement de son étreinte, comme d'habitude un peu gêné par ces démonstrations de sentiments. Mais, lui aussi avait appris ces dernières semaines qu'il était mortel. Il était presque content d'avoir eu cet accident, cela semblait les avoir réunis, tous les trois. Théo ne s'absentait que pour des affaires uniquement et seulement de temps en temps. Simi était toujours aussi calme, mais son expression de tristesse l'avait quittée ces derniers temps. Nico s'était persuadé que tout se passait bien entre son père et sa mère. Ses craintes, ses soucis semblaient s'apaiser, pendant que le yacht voguait sur le bleu de la Mer Egée, parsemée d'îles sous un ciel sans nuage.

Hier, il avait fait du ski nautique, et s'était trouvé en bonne forme, souple et confiant. Il se sentit à nouveau la force de combattre ses sentiments compliqués vis-à-vis de son père, des sentiments où se mêlaient l'amour et la colère.

Sur la place du village, tout le monde regarda avec curiosité la Rolls Royce, tout le monde sauf Théo Tomasis, attentif au jeu. Il venait de tirer un double six aux dés, le jeu était presque gagné pour lui. Le vieil homme qui jouait avec lui ne put s'empêcher d'observer par la porte ouverte l'agitation de l'extérieur.

La grosse limousine négocia un virage, fit demi-tour et s'arrêta devant le café, manquant de peu d'écraser une chèvre. Sur l'aile droite, flottait le fanion diplomatique d'un petit pays producteur de pétrole.

La voiture attendait, tel un cheval de Troie géant, empli d'envahisseurs. Rien ne bougea à l'extérieur, si ce n'est une vieille femme et quelques enfants qui s'approchèrent de la limousine pour regarder à l'intérieur. Mais les glaces ne reflétèrent que leurs propres images. La poussière retomba.

— Ton tour de jouer, fit Théo à son adversaire.

Le vieil homme jeta un coup d'œil à la voiture à l'extérieur du café, puis regarda Théo et haussa les épaules en jetant les dés sur la table.

Théo joua à son tour et tira un double quatre. Il mit sa mise en jeu à nouveau.

— Tu veux bien me pardonner ? fit Théo en se levant.

Le vieil homme fit un signe de la tête.

— Viens, Nico, fit Théo.

Il se leva, prit son attaché-case à ses pieds et sortit, suivi de son fils. A leur approche, la porte de la Rolls Royce s'ouvrit. Théo y pénétra aussitôt, ainsi que Nico.

Un homme seul, qui attendait déjà depuis un certain temps dans la voiture, les accueillit.

— Tahlib, mon ami, dit Théo. Voici mon fils, Nico.

Nico se pencha par-dessus son père pour serrer la main de l'Arabe, potelé et de petite taille. Ce dernier le remarqua à peine et tourna son attention aussitôt sur Théo. Il lui tendit un gros portefeuille de cuir sombre.

— Sa Majesté est intéressée par votre flotte de cargos, dit-il sans préambule. En voici les documents. Etudiez ses propositions et faites-moi savoir si elles vous conviennent.

— Dites à votre Majesté que je ne pense pas qu'il y ait de problèmes, fit Théo. Faites-lui savoir que notre accord sera avantageux pour l'avenir, mais qu'il sera mauvais pour tous ceux qui veulent exploiter les ressources de votre pays. Pour votre gentillesse, veuillez accepter ceci.

Théo ouvrit son attaché-case et lui tendit une enveloppe. Tahlib la prit et la soupesa d'un air perplexe.

— En la présentant à la Banque Nationale de Zurich, lui expliqua Théo, vous serez assuré de mon estime et de mon respect.

Les traits rudes de l'Arabe se fendirent en un grand sourire, constellé par ses dents en or. Puis, Tahlib se tourna vers Nico pour lui serrer la main. Théo sortit de la voiture et attendit son fils, qui s'attarda un moment à observer l'Arabe et l'enveloppe qu'il gardait dans ses mains. Puis, Nico suivit son père sous le soleil brûlant de la petite place. La porte de la Rolls claqua et le chauffeur démarra en soulevant derrière lui un nuage de poussière.

— Encore un pot-de-vin, Papa ? demanda Nico.

— Je t'expliquerai tout un peu plus tard, mon fils.

Mais je dois d'abord terminer cette partie. Dimitri a joué exactement comme je le voulais. Viens.

Ils entrèrent à nouveau dans le café sombre, le village reprit son atmosphère coutumière avec les chèvres et les poulets et les vieux hommes qui somnolaient sur la petite place.

CHAPITRE VI

— NICO ET MOI ALLONS PARTIR UN peu en Suisse, Théo. La station thermale de Crans-sur-Sierre serait bien pour son dos. Il ne va pas très bien, tu sais... Nous..., nous en avons besoin tous les deux.

— Partir ! reprit Théo, énervé, mais *La Belle Simone* peut nous emmener partout où tu désires aller. Même en Chine, si tu le veux. Mais, bon Dieu, je ne te comprends pas, Simi !

— Quelques semaines, Théo. Pour les eaux, c'est tout.

— Il a besoin des eaux ? Dis plutôt qu'il a besoin de quitter son Papa, oui. Et toi, Simi, tu ne fais rien depuis des semaines entières. Tu ne veux pas donner des soirées ? Recevoir des gens ? Acheter de nouveaux vêtements ? Je t'offre tout ce que tu veux. Et puis, qu'est-ce que c'est que cette histoire de dos ? Nico se baigne tous les jours, fait du ski nautique comme s'il cherchait à se tuer. Vous n'êtes pas heureux tous les deux sur *La Belle Simone* ? Nous pouvons aller n'importe où. Les îles, Corfou... La Crète... Rhodes...

Venise. Aimerais-tu aller à Venise ? Mais, bon Dieu, qu'est-ce que tu veux, Simi ?

— Quelques semaines en Suisse, c'est tout, répondit-elle calmement. Ce n'est pas si terrible, après tout, Théo.

— Et Tragos. Allons à Tragos.

Simi poussa un long soupir.

— Très bien, très bien, fit Théo, partez dans vos foutues montagnes ! Tu en as assez du soleil, tu veux de la neige, très bien. Tu en as peut-être assez de moi, aussi ? Je croyais que tu désirais que nous soyons tous les trois uniquement. C'est ce que tu m'avais dit, n'est-ce pas ? Et maintenant tu en as marre ?

— Théo, tu n'es pas très souvent avec nous. Tu t'absentes tous les jours, parfois même plusieurs jours et nuits de suite. Alors, j'ai pensé avec Nico que... Oh, et puis arrête de faire tant d'histoires, Théo. Nous partons.

— Très bien, très bien, partez.

Ma chère Liz,

Pourquoi votre mari et vous-même ne viendriez-vous pas à bord de La Belle Simone *? Je pense à vous maintenant qu'il fait froid à Washington ; il fait un temps merveilleux ici, le soleil est chaud, il n'y a plus de touristes. Les îles attendent votre visite, promise depuis si longtemps.*

La légende dit que la douce brise des Cyclades efface les ennuis et les soucis de cette vie d'ici-bas. Je suis en mesure de vous préparer une croisière intime avec tout le confort que La Belle Simone *peut vous donner. Si vous venez, j'inviterai d'autres personnes pour le plaisir de la conversation. Même le Président des Etats-Unis doit parfois se reposer de sa tâche. Ce serait un grand honneur et un immense plaisir pour moi de vous accueillir à bord et de vous faire découvrir la beauté des îles de ma patrie.*

J'attends votre réponse avec l'espoir de pouvoir commencer très vite à préparer cette croisière.

Avec mes chaleureuses pensées ;

Respectueusement vôtre,

Théo TOMASIS.

James Cassidy regarda la lettre manuscrite que Liz avait déposée devant lui pour ensuite regagner sa place à la table de famille. Il la lut et leva les yeux pour observer sa femme. Il ne voulut pas trop se presser à répondre, mais, d'instinct, il sentait qu'il devait dire non.

Il ne pouvait trouver aucune raison de refuser cette invitation. Théo Tomasis était un homme charmant, sa richesse et son pouvoir avaient été acquis, d'après ce que Cassidy en savait, tout à fait honnêtement. Il y avait bien sûr ces rumeurs qui contribuaient à dire que Théo avait parfois abusé de son pouvoir et peut-être même exécuté des manœuvres pas tout à fait légales. Mais ce n'était là que des rumeurs. Pas de preuves. Tout le monde savait que Théo Tomasis plaisait aussi bien aux hommes qu'aux femmes. James Cassidy n'était pas jaloux de tempérament et n'avait aucune raison de l'être. Sa femme était au-dessus de tout soupçon, leur amour était solide et vrai. James Cassidy ne voulait pas prendre une décision, pour une affaire minime soit-elle, uniquement sur son instinct.

A travers la lumière de la bougie, il vit le regard étincelant de sa femme qui attendait une réponse. Elle ne lui aurait pas montré cette lettre si elle n'avait pas eu le désir d'accepter l'invitation. Elle en recevait des centaines tous les jours, et répondait elle-même sans le consulter. Mais, cette fois-ci, Liz attendait sa réponse, les yeux brillants d'une excitation qu'il ne lui avait pas vue depuis longtemps.

— Je ne sais pas, Liz, commença-t-il avec prudence, je ne peux pas m'absenter. Tomasis nous a invités à participer à une croisière, termina-t-il à l'adresse de son frère John.

— Pourquoi pas? intervint Nancy, la femme de John. Cela me paraît très amusant. J'ai entendu dire que ce yacht était incroyable.

Liz était immobile au bout de la table. Elle était assise, très droite sur sa chaise, un sourire fixé aux lèvres, dans l'attente de la décision de son mari.

— Tu pourrais te reposer quelques jours, suggéra John Cassidy.

— Impossible maintenant, répondit James.

— Le frère de Tomasis, Spyros, je crois, vient de recevoir la Princesse Margaret à bord de son yacht, intervint Nancy.

— Eh bien, fit le Président, je ne m'intéresse pas beaucoup à Tomasis. Il simule l'amitié, et on a toujours l'impression qu'il veut se servir de vous en fin de compte.

— S'est-il déjà servi de toi? demanda Liz calmement.

— Non, et il ne le fera pas, répondit James.

— Qui n'essaie pas de profiter de l'amitié du Président? demanda John.

— James, je veux y aller, fit Liz d'une voix sourde qui attira l'attention des autres. Je crois que cela me ferait du bien.

— Il y a tant de choses que tu peux faire ici, intervint Nancy toujours conciliatrice. Il faut toujours s'occuper de quelque chose, c'est le meilleur remède que je connaisse. Cela ne fait pas si longtemps après tout que tu as perdu cet enfant, Liz. Tu es déprimée, et c'est normal. Mais il faut te trouver une occupation.

— Cela fera un an en mai. C'est long, dit Liz.

Il y eut un silence. John et Nancy avaient plusieurs enfants, sains et robustes et il leur était difficile de remonter le moral de Liz. Nancy allait encore être enceinte, il n'y avait aucun signe de cette sorte pour Liz.

Le domestique apparut pour servir le poulet, puis quitta la pièce.

— Quand veux-tu partir ? demanda James.

— Je ne sais pas, bientôt, répondit Liz en jouant avec sa fourchette.

— Très bien, reprit le Président. Mais ne pourrais-tu pas attendre un peu ? Laisser passer les fêtes de Noël. Le ministre russe doit venir et tu sais qu'il t'aime beaucoup. Il y aura aussi la délégation japonaise...

— James, le coupa Liz d'une voix vibrante, tout à fait inhabituelle chez elle. Je m'ennuie ! La politique m'ennuie, les ambassadeurs m'ennuient, tous ces gens avec lesquels il faut parler d'un ton conventionnel m'ennuient... Je veux partir !

Il y eut un silence, Liz froissait sa serviette dans sa main avec tellement de force que ses doigts étaient devenus blancs. La Première Dame des Etats-Unis, toujours sur la réserve, avait été trop longtemps l'objet de la curiosité publique. Le moindre instant de sa vie, la moindre parole, le moindre mouvement étaient aussitôt mis en première page des magazines ou des journaux. Elle venait de perdre un enfant, elle avait trop lutté pour cacher son chagrin.

— Alors, tu devrais partir, intervint enfin Nancy Cassidy. Si tu te sens aussi mal, il faut partir. Tu as besoin de te changer les idées.

— Je suis fatiguée, Nancy. Je veux partir en vacances, répéta Liz avec un peu plus de force.

Liz se leva de table et regarda sa belle-sœur droit dans les yeux, pour ne pas voir l'expression de son mari.

— Je suis lasse, répéta-t-elle. Et je veux partir en vacances.

Personne ne dit mot. Une telle démonstration de sentiments devenait embarrassante, et même scandaleuse. Et Liz était encore plus furieuse de voir qu'ils la plaignaient.

Liz se retourna et quitta la pièce, froissant toujours la serviette dans sa main.

— Je suis certaine que c'est ce qu'elle a de mieux à faire. Elle a beaucoup trop souffert ces derniers temps, fit Nancy en posant une main sur le bras du Président pour le réconforter.

— Il faudra que tu la remplaces, dit simplement James, lors des réunions officielles.

— Bien sûr, fit Nancy avec entrain. Ils seront tous déçus, les Japonais et les Russes. Je crois que je porterai un kimono en soie rouge.

LIZ Cassidy arriva sur le pont, un hélicoptère déversa des pétales de roses qui s'éparpillèrent sur le pont de *La Belle Simone*. Elle souriait et affichait cette attitude officielle bien connue du monde entier.

Des musiciens en costume du pays jouaient des airs de bouzouki à l'autre bout du pont. Un peu plus bas, l'équipage s'occupait de transporter les quarante-deux valises en cuir d'agneau beige. Il y eut un grand éclat de rire lorsqu'un pétale de rose alla se poser sur les cheveux noirs et bouclés d'un colosse en train de soulever sur ses épaules une des valises de Liz.

Le pont du yacht ressemblait à un jardin : partout où l'œil se posait, il y avait des urnes, des vases, des pots remplis de fleurs. Une longue table recouverte d'une nappe blanche, étincelante sous le soleil, était dressée sur le côté tribord, emplie de seaux à champagne et de nourriture. Les invités de la croisière, au nombre de huit, quatre hommes et quatre femmes, habillés avec recherche, attendaient d'être présentés. Des serviteurs en uniforme et veste blanche étaient prêts à servir. Tout le monde souriait.

Deux agents spéciaux des Services secrets américains avaient embarqué sur le yacht avant Liz Cassidy.

— Bienvenue à bord... Bienvenue, bienvenue, répéta Théo avec enthousiasme, les bras largement ouverts pour l'accueillir.

— Merci, répondit-elle poliment en lui tendant la main.

L'hélicoptère vola un moment en cercles concentriques à basse altitude, soulevant une légère brise. Le vacarme de l'engin était couvert par la musique très gaie des quatorze bouzoukis qui entamaient de joyeux airs d'accueil.

Liz Cassidy porta une main à ses cheveux pour y enlever un pétale de rose qui s'y était accroché, Théo fit alors un signe discret au pilote. L'hélicoptère reprit de l'altitude.

— Laissez-moi vous présenter aux autres invités qui seront nos compagnons pendant cette croisière, lui dit Théo en l'accompagnant vers le groupe de personnes qui attendaient.

Chacun d'entre eux avait été bien sûr minutieusement choisi, leurs dossiers avaient été contrôlés par la Maison Blanche, les Services secrets américains et Liz Cassidy elle-même. Elle serra la main de chacun d'eux, avec toujours ce sourire bien connu sur les lèvres, un sourire charmant mais qui, pour le moment, restait officiel.

Les femmes étaient habillées de vêtements de couleurs blanches et pastel, avec des robes courtes, à la mode. Elles portaient des bijoux amusants, qui devaient coûter cher, mais que l'on remarquait plus pour leur côté exotique que pour leur valeur intrinsèque. Dans son simple costume de voyage blanc, Liz Cassidy détonnait. Elle savait que ce costume très simple mettrait les autres femmes mal à leur aise, car elles se sentiraient trop habillées par rapport à elle ; mais Liz ne l'avait pas fait exprès et savait par expérience que les autres femmes avaient toujours cette impression quoi qu'elle portât. De plus, cette croisière n'était pas une compétition de mondanités. Il avait été prévu qu'il n'y aurait ni photographes, ni reporters ou journalistes à l'affût de la moindre parole, du plus petit geste, de la Première Dame des

Etats-Unis. Liz observa chacun des invités, recher-
chant dans leurs gestes et leurs regards l'assurance
qu'elle était comme eux, qu'elle pourrait se reposer un
peu de son attitude officielle.

Mais les présentations et les sourires chaleureux
restèrent malgré tout conventionnels. Liz avait parfaitement conscience qu'elle affichait elle aussi le même
personnage. Combien de temps lui faudrait-il pour
quitter cette horrible solitude qui était la sienne?
Solitude étrange puisqu'elle était liée à la célébrité.

— Lord et Lady Allison, dit Théo. Jean-Luc Four-
nier. Je crois que vous connaissez déjà sa femme,
Camille?

— Oui, nous nous sommes rencontrées, murmura
Liz en serrant poliment les mains tendues.

— Bela Nin... et Magda, continua Théo. Ram
Karadj. Jefferson Navarro... Angela... Madame
Naya.

— Bonjour... Comment allez-vous?... Bonjour...
Comment allez-vous?

Ils la regardaient tous, lui souriaient...

Les bouzoukis continuaient à jouer leurs airs entraî-
nants, les pétales de roses brillaient sur le pont de bois
du yacht, et, au loin, la mer Egée étincelait sous le
soleil resplendissant.

Debout à côté d'elle, Théo rayonnait de joie. Il lui
touchait légèrement le bras de sa main ; il émanait de
lui une force magnétique dont elle était consciente. Le
plaisir qu'il manifestait était aussi fort et réel que ce
qu'il avait préparé pour l'accueillir, les fleurs, la
musique, la nourriture, le vin, les couverts en argent,
les verres en cristal, les invités qu'il avait choisis.
Aussi fort et réel que les ondes qui émanaient de lui.

Elle se sentait très lasse, terriblement lasse.

— Puis-je aller me rafraîchir ? demanda-t-elle à Théo, une fois les présentations terminées.

— Bien sûr, bien sûr, fit-il.

Théo se retourna vers les autres convives et leur conseilla de boire et d'attaquer le buffet. Puis, il revint vers Liz et la prit par le bras pour la conduire à ses appartements.

— Votre suite s'appelle Déméter, continua-t-il. Vous vous souvenez d'elle ?

— Déméter ? reprit Liz en le regardant d'un œil vide d'expression.

— Ma statue... la femme à l'épée d'or et aux magnifiques...

A ses mots, Théo s'arrêta de marcher et fit de ses mains un geste qui esquissait la poitrine d'une femme, en arrondissant largement les seins.

Mais que faisait-elle ici ? se demanda Liz. Pourquoi avait-elle risqué de décevoir son mari ? Ce Tomasis était une brute, elle se sentit prise dans un piège. Aucune personne parmi les convives ne lui avait paru particulièrement intéressante, et puis, il y avait à côté d'elle ce grand Grec qui semblait persuadé de pouvoir lui raconter ce qui lui passait par la tête, qui faisait des gestes obscènes... Oui, elle était sa prisonnière maintenant, à bord de ce yacht...

Liz sourit d'un sourire automatique, lui faisant comprendre qu'elle n'était pas amusée une seconde. Elle se souvenait de la statue, oui, vaguement, et de cet instant étrange avec Tomasis dans la pièce, lorsqu'il caressait la chair de la femme, non pas la chair, mais le bronze. La statue, oui.

Derrière eux, un des hommes des Services secrets

vit les grands gestes de Tomasis et porta aussitôt la main dans la poche intérieure de sa veste.

Théo frappa à la porte de la suite de Déméter. Liz lui sourit, passa devant lui et referma la porte doucement.

Théo se retourna et aperçut l'homme de la Sécurité américaine.

— Votre nom ? demanda Théo.

— Henry, fit l'autre laconiquement.

— Eh bien, Henry, j'espère que vous aimerez cette croisière.

Théo le laissa là et partit rejoindre ses invités.

La Belle Simone leva l'ancre au coucher du soleil, le dîner avait été servi sur le pont, juste devant la grande salle principale. Liz Cassidy apparut enfin, vêtue d'une simple robe du soir rose, ne portant aucun bijou. Elle semblait fragile et resplendissait de beauté et de charme. Liz resta polie et se contenta de répondre aux questions qui lui étaient directement posées.

Théo restait persuadé qu'après quelques jours de soleil et de mer, la jeune femme aurait retrouvé son entrain. Sa tristesse était profonde, elle avait besoin de beaucoup plus que de simples vacances. Il avait hâte de recréer cet instant qu'ils avaient connu, le premier soir où ils s'étaient rencontrés. Mais, aujourd'hui, il y avait plus que les années qui les séparaient. Elle était mondialement connue maintenant et avait perdu son unique enfant. Liz se promenait avec eux, souriait et riait même parfois, elle nageait dans la piscine ou se dorait au soleil, se mêlant à la conversation des autres convives... Et pourtant elle ne semblait pas être tout à fait présente. Théo ne savait que faire pour la consoler, pour la faire revivre. Il lui sembla que la femme qu'il avait connue avait complètement disparu pour laisser place à cette statue froide et polie, parfaitement réservée.

Un soir, avant leur premier accostage, les convives s'étaient réunis devant le grand salon pour profiter du magnifique coucher de soleil. Liz n'avait pas encore fait son entrée. Elle ne prenait pas d'apéritifs et restait souvent seule entre le déjeuner et le dîner. Théo était en train de parler avec Magda Nin et Lady Allison lorsqu'il aperçut du coin de l'œil Henry, le garde du corps, toujours en costume gris, qui se dirigeait vers le pont promenade.

— Excusez-moi, fit Théo en se levant.

Les deux femmes firent un signe de tête et reprirent leur conversation. Magda avait commencé à raconter une ancienne légende hongroise qui ressemblait étrangement à l'un des mythes attribués à l'île de Cos, qui se dessinait à un mille en avant du yacht.

Théo se précipita vers le pont inférieur et s'arrêta pour la contempler : elle lui tournait le dos et se tenait debout contre la rambarde. Sa silhouette se découpait sur le ciel rouge du coucher de soleil. Ses cheveux, qui ondulaient dans la brise légère, la faisaient ressembler à une figure de proue. Théo dépassa Henry, toujours présent, et son collègue, dont il ne connaissait pas encore le nom, dans son éternel costume bleu, qui faisait les cent pas sur le yacht, à la recherche de Dieu sait quoi. Les deux hommes étaient maintenant à une certaine distance de la jeune femme. Elle ne semblait pas savoir qu'ils étaient là et que Théo s'approchait d'elle. Liz avait un verre à la main et était plongée dans ses pensées secrètes.

— Bonsoir, dit doucement Théo.

Elle fit un signe de tête sans répondre et continua à contempler le soir tranquille de la mer en face d'eux.

Théo s'accouda à la rambarde et contempla lui aussi les collines qui s'élevaient de la petite île à l'horizon.

— C'est l'île de Cos, dit-il. Une charmante île, Eliza, que le Temps semble avoir oubliée.

— Merveilleux, murmura-t-elle.

— Et laissez-moi vous dire quelque chose, Eliza, fit-il d'une voix lente, cette partie du monde, la Mer Egée, les îles... tout cela peut transformer une personne pour la vie. Je le crois sincèrement.

Elle acquiesça d'un signe de tête sans rien dire, continuant à contempler l'horizon.

— Vous allez bien, Eliza ? demanda-t-il.

— Très bien, dit-elle en se retournant vers lui.

— C'est à cause de l'enfant, n'est-ce pas ?

— Je vais très bien, dit-elle.

— Les invités sont... très gentils, poursuivit-il en désespoir de cause, voulant la toucher, l'émouvoir par quelque chose, n'importe quoi.

— Oui, répondit-elle d'une voix lointaine.

— La nourriture ? Aimez-vous la nourriture grecque ?

Elle fit non d'un signe de tête. Théo en fut heureux, car il pouvait alors remédier à quelque chose. Enfin quelque chose qu'il pourrait faire pour lui plaire !

— Oh Liz ? Dites-moi, dites-moi quelle cuisine vous voudriez ? Italienne ? Espagnole ? Française ?...

— Oui, française, fit-elle avec un sourire.

Théo éclata de rire et ouvrit les bras comme s'il allait ramasser les fruits d'une corne d'abondance.

— On la fera venir tous les jours de chez Maxim's.

Ce n'est pas compliqué, fit-il en riant toujours. Qu'en dites-vous ?

Elle rit aussi, ce qui l'encouragea à la prendre par le bras et la conduire doucement vers le salon.

— Ce soir, j'en suis désolé, nous aurons de la *moussaka* et de l'*avgolemone*... mais demain ? Ce sera du foie gras, des huîtres, du steak au poivre, je ferai venir un cuisinier de chez Maxim's ! Quelqu'un qui nous préparera chaque soir de la haute cuisine. C'est exactement ce dont nous avons besoin. Mais pourquoi n'y ai-je pas pensé plus tôt ?

Il savait très bien que ce ne serait pas aussi simple, bien sûr.

Le lendemain matin, ils ancrèrent dans le petit port de Mykonos. Parmi les convives, les femmes se trouvèrent prêtes de bonne heure ; éloignées de la civilisation pendant trois jours, elles avaient hâte de retrouver les boutiques et l'animation du port. Liz était prête, elle aussi. Elle portait une jupe en coton, un chemisier et de simples sandales blanches. Elle avait pris la précaution de porter des lunettes de soleil, mais ce fut inutile : une foule de gens les suivirent dans les petites ruelles du village. Henry et son collègue bloquèrent les portes d'une boutique de bijoux, ne laissant entrer que les convives du yacht.

La saison touristique était pourtant terminée, ce qui n'empêcha pas une foule d'étrangers de se mêler aux autochtones. Des femmes vêtues de noir bavardaient entre elles et attendaient de voir passer la célèbre femme du Président américain, accompagnée des autres dames habillées de rose et aux épaules nues.

Dans la boutique, les convives essayèrent des bijoux, se drapèrent dans de magnifiques tissus brodés

à la main, tout en se regardant dans les glaces. Liz
Cassidy fut le centre d'attraction. Ce fut elle qui
décida du choix des achats pour ses amies. Elle choisit
un bracelet pour elle-même. Et, après avoir payé, elle
donna le signal du départ.

— Les voilà... Ils sortent... Là, regardez, elle est
là... Tu peux la voir ?...

Les murmures couraient dans la foule qui se pressait, certains avaient pris leurs enfants sur leurs
épaules pour qu'ils puissent mieux voir. Liz souriait
gentiment, pendant que les deux gardes du corps
s'affairaient à écarter les gens.

— Comme elle est belle... Comme elle est belle...

Pendant ce temps-là, Théo et ses invités masculins
étaient entrés dans un café pour jouer aux dés et boire
de l'ouzo. Théo avait beaucoup d'amis à Mykonos. Ils
étaient tous très heureux de le revoir. Il y eut de
grandes acclamations, des toasts portés en l'honneur
de sa visite, Théo les invita tous à boire. On aurait dit
que le village entier était dehors pour les accueillir.

Liz Cassidy conduisit le petit groupe de femmes vers
d'autres boutiques où s'entassaient des chandails faits
main, de petits tapis, des vases en terre, et de la
poterie locale. Les stewards qui les avaient accompa-
gnées se retrouvèrent surchargés de paquets. La foule
était rieuse.

— Avez-vous passé un bon moment ? lui demanda
Théo, alors qu'ils s'apprêtaient tous à regagner *La
Belle Simone,* à bord de la vedette.

— Trop de gens... Trop chaud, répondit-elle d'une
voix qui ne se plaignait pas, mais qui laissait percevoir
une tristesse infinie.

— Ah, Eliza... Si vous pouviez contempler les îles

comme il faut le faire, soupira Théo. Je vais essayer de vous montrer.

— C'est difficile pour moi d'en sortir, fit Liz, ce sera même peut-être impossible, mais je sais que vous voulez m'y aider et je vous en suis reconnaissante.

Théo avait vraiment de la peine pour elle. Il cacha ses sentiments en plaisantant ensuite avec Lord Allison qui venait de perdre plusieurs centaines de drachmes en jouant au poker avec le jeune fils du propriétaire du café.

— C'est un tricheur, lui dit Théo en pouffant de rire, mais rassurez-vous, vous avez été battu par le meilleur joueur du pays. Même moi, je suis perdant avec lui.

Ce soir-là, les dames s'habillèrent de robes folkloriques grecques pour le dîner. Pendant la soirée, Théo se rendit compte qu'il y avait quelque chose qui n'allait pas chez Liz Cassidy, en dépit de ses manières exquises. Et, comme d'habitude, elle pria ses amis de l'excuser puis se retira de bonne heure dans sa suite.

Delos devait être la prochaine escale, un des lieux favoris de Théo. Il était certain que Liz serait touchée par la beauté extraordinaire et l'ancienneté de cette île. Là-bas, il n'y aurait pas de foule pour les accueillir, du moins pas là où il l'emmènerait.

Delos était un site particulier qui vous coupait le souffle. Le Mont Kinthos, petite montagne facile d'accès, abritait un temple, dont il ne restait que les immenses piliers et quelques traces de pierre. Tout autour, comme posés sur l'immensité bleutée, étaient quelques îlots, comme dans un paysage de rêve.

Assis sur une colonne renversée au sommet de la colline, Théo fit signe à Liz de venir le rejoindre, pendant que les autres se promenaient çà et là, à la recherche de quelques pierres, ou de quelque bonne place pour prendre des photographies. Les deux agents des Services secrets étaient à quelques mètres de là, toujours en costume et cravate. Leur présence était tellement incongrue qu'on pouvait se demander si c'était vraiment des agents secrets.

Liz vint s'asseoir à côté de lui.

— C'est très beau, murmura-t-elle, en regardant en bas la mer.

— Oui, dit Théo, très beau et donc triste.

— Triste ?

— Oui, parce que la beauté ne dure pas. C'est vrai, n'est-ce pas ? demanda-t-il en la fixant.

— Je ne sais pas, murmura-t-elle.

Il se pencha vers elle et la prit par les épaules. Elle eut une seconde d'hésitation, puis ne bougea plus. Gentiment, il la fit tourner vers le sud.

— Vous voyez ? demanda-t-il d'une voix remplie d'émotion.

Elle vit le chapelet d'îles, à l'horizon, qui se découpaient sur le bleu du ciel et de la mer. Elles faisaient des taches plus sombres dans l'immensité bleutée.

— Des îles, ce ne sont que des îles, fit-elle, troublée par ses mains posées sur ses épaules et par l'émotion de sa voix.

Elle portait une simple jupe de coton avec un corsage noué à la taille. Il se pencha et posa un doigt au creux de son estomac laissé nu par le corsage.

— Syros, dit-il.

Liz s'éloigna soudain de lui, détacha son regard des ruines de Délos et aperçut les deux gardes du corps.

— Que faites-vous ? lui demanda-t-elle d'une voix glaciale.

— Eh bien, je vous montre où nous sommes, fit Théo, surpris par sa réaction.

— Vous le montrez sur moi ?

— Oui, j'ai besoin de votre nombril pour que cela marche.

Elle le regarda en se demandant un instant si elle avait affaire à un fou ou à un obsédé sexuel, puis se rapprocha de lui.

Ses doigts se posèrent aussitôt sur son ventre.

— Là se trouve Syros... et là Kithos, puis Seriphos... Paros... Mykonos. Vous voyez Mykonos ?

Son doigt indiquait chaque île sur le ventre de Liz. Il avait l'air très concentré, très attentif à ce qu'il lui racontait.

Liz baissa les yeux sur son ventre nu, vit le doigt de son compagnon posé sur sa chair et acquiesça malgré elle d'un signe de tête.

— Là-bas, c'est Tinos, continua-t-il. Et c'est ici que nous sommes, en plein milieu, termina-t-il en lui touchant le nombril.

Elle le regarda et lui sourit, oublieuse de sa lassitude.

— Vous comprenez maintenant pourquoi j'avais besoin de votre nombril ? lui demanda-t-il.

Elle éclata de rire. Théo sentit en lui une vague de plaisir qui n'avait rien à voir avec son contact avec la chair nue de la jeune femme.

— Venez, continua-t-il, je vais vous montrer le chemin de la procession et le reste du temple.

Elle le suivit le long de la petite montagne, les deux hommes en costume sombre derrière eux.

— Voici les lions, expliqua Théo. On les appelle les Lions Naxiens. Vous voyez comme ils sont lisses. Je pense qu'il fut un temps où leurs gueules et leurs museaux devaient être anguleux, mais, aujourd'hui, ils sont tout lisses.

Théo tendit la main pour toucher l'une des pattes du lion géant qui bordait le chemin processionnaire.

— Voulez-vous connaître la légende de Léto ?... C'était la mère d'Apollon, vous savez. Voulez-vous que je vous raconte comment elle est venue ici pour donner naissance à son fils ?

Théo observa avec attention la jeune femme, elle semblait captivée par ses paroles, peut-être plus sous le charme de son talent de conteur que du récit en lui-même.

— Oui, dites-moi, fit-elle en marchant à côté de lui sur le plateau ensoleillé, enjambant çà et là quelques ruines du Temple d'Apollon.

Ils marchèrent lentement, Théo lui raconta l'histoire, elle écoutait avec fascination le récit de ce mythe qui avait survécu malgré les siècles.

— ... et le dieu Zeus dit à sa sœur : « Eh ! Léto. Tu veux voir le soleil danser ? Regarde. » Le soleil se mit alors à danser, Léto donna un coup de pied à Zeus qui la transporta dans un nuage très haut dans le ciel, où il la baisa.

A ce point du récit, Théo fit une pause pour observer son auditrice.

— Est-ce que je vous ai offensée ? lui demanda-t-il.

— Eh bien, cela n'a pas offensé Léto, dit-elle avec un grand sourire.

Théo éclata de rire. Cette femme était merveilleuse. Merveilleuse. Sa tristesse, son ennui, ses défenses éternelles contre l'agression publique était en train de s'effondrer. Le chaud soleil de la Grèce, le sens de l'histoire qui faisait sentir combien la vie est fugitive, sa propre personnalité... enfin, elle apparaissait cette femme au sang chaud qui se dissimulait sous le bronze froid.

— Pas Léto, reprit-il, Léto ne fut pas offensée, au contraire. Mais sa sœur Héra. Sa jalouse sœur Héra, la femme de Zeus, vous savez ?

Liz acquiesça de la tête. Ils s'arrêtèrent devant une énorme colonne de plusieurs mètres de diamètre. Liz le regarda, ayant l'air de lui demander de continuer.

— Alors, Héra fit venir un serpent qui poursuivit Léto partout, mais cette dernière avait trouvé un refuge... et devinez où ?

— Dans mon nombril, fit-elle en souriant et en pointant un doigt manucuré vers son ventre.

— Oui ! ici même ! Sur cette île de Délos ! Elle a enfanté le dieu du soleil. Et Artémis, sa sœur jumelle, bien sûr. Ici même, c'est vrai. C'est fantastique ?

Liz fut complètement prise par son enthousiasme et sa joie. Leurs éclats de rire poussèrent les autres à s'approcher d'eux. Puis, il y eut soudain des photographies prises. Un homme en jean et T-shirt courait le long des ruines, puis s'arrêtait et s'allongeait sur le sol pour prendre à nouveau des photos. Magda et Lord Allison ainsi que les autres tentèrent aussitôt d'entourer Liz et Théo pour les protéger, mais la bonne humeur avait disparu.

Ils descendirent la montagne aussi vite qu'ils le purent et s'embarquèrent sur la vedette qui devait les emmener vers *La Belle Simone*.

Quelques heures plus tard, le téléphone sonna dans la suite de Liz. Clara, sa femme de chambre, frappa à la porte de la salle de bains, où Liz se préparait pour le dîner.

— Une communication outre-Atlantique, Madame Cassidy. C'est la Maison Blanche, dit Clara.

— Très bien, je le prends ici, dit Liz en prenant l'appareil au-dessus de la baignoire.

— Bonjour.

— Un moment, s'il vous plaît, dit l'opératrice. Vous avez le Président en ligne.

— Liz ?

— Bonjour, Jim. Comment vas-tu ?

— Liz... Je voudrais que tu reviennes.

— Mais pourquoi ? Je m'amuse bien ici. Je commence à peine à pouvoir profiter de mon séjour. Il fait chaud et bon, Jim. Et la Grèce est...

— Liz, je voudrais que tu reviennes tout de suite, je t'en prie !

Elle attendit quelques secondes avant de lui répondre. Dans son bain, elle éleva une jambe hors de l'eau et admira sa couleur bronzée.

— Je ne suis pas encore prête pour rentrer, Jim.

— Liz... Est-ce que tu sais ce que l'on dit de toi à cause de ce voyage ?

— Mais je suis en pleine mer, Jim.

— Les journaux te montrent partout, chaque fois que tu poses un pied à terre... Et ils te décrivent comme si tu participais à une orgie extraordinaire.

— Qu'y puis-je ?

— Reviens.

— Je ne suis pas encore prête, Jim, répéta-t-elle. Il y eut un silence au bout du fil.

— Peut-être dans quelques jours... une semaine...
Laisse-moi prendre des vacances encore un peu, dit
Liz.

— Est-il si difficile pour toi de revenir ?

— Ce n'est pas à cause de toi. Tu me manques.
Mais c'est tout le reste... Je ne suis pas prête.

— Très bien, Liz, très bien.

— Je sais pourquoi tu me parles comme cela.

— Que veux-tu dire ?

— Je suis sûre que tu as plusieurs coups de fil
importants en attente, n'est-ce pas ?

— Qu'est-ce qui te le fait penser ?

— Est-ce que tu m'aimes ?

— Oui.

— Merci, Monsieur le Président.

— Liz...

— Oui ?...

— Amuse-toi bien.

— Merci, chéri.

Elle raccrocha en souriant.

CHAPITRE VII

— ET VOICI TRAGOS, DIT THEO EN montrant du doigt un pic qui pointait à l'horizon.

Juste à côté se trouvait une autre colline qui se dessinait sur la mer bleue.

— C'est mon île, continua-t-il fièrement. Mon île.

Le yacht fendait les flots rapidement, comme s'il était pressé de rentrer chez lui. Les autres convives admiraient aussi la vue toujours mouvante des îles. Théo et Liz se tenaient à une certaine distance.

— Il n'y avait pas d'eau courante, expliqua Théo. Tout le monde a cru que j'étais devenu fou lorsque j'ai voulu rendre cette île habitable. C'est la façon dont les gens raisonnent en général, et c'est pourquoi ils ne deviennent pas grands.

Théo se pencha un peu plus par-dessus la rambarde, comme pour faire accélérer son bateau, pour le faire arriver plus vite à sa destination. Liz s'accouda aussi à la rambarde et contempla le visage de son hôte, où se peignaient le plaisir, la fierté alors qu'il lui décrivait le paradis qu'il avait créé de ses propres mains. Ce n'est pas qu'il se vantait, mais il aimait raconter ce qu'il avait fait, sincèrement. Liz se surprit elle-même à trouver une certaine émotion dans son récit. Elle le regardait et sentait au fond d'elle-même l'excitation qui la gagnait aussi.

— J'ai fait venir l'eau, lui expliqua-t-il. Chaque jour, trois cargos entiers d'eau. Et vingt mille kilogrammes d'huile d'olive, la meilleure que l'on puisse trouver dans toute la Grèce. Il y a des vaches pour le lait, et des poneys pour les enfants. Des amandes. Un réseau pour l'essence. J'ai fait découper les montagnes pour construire des routes. Et, aujourd'hui, il y a des fraises qui poussent sur l'île de Tragos. Dans quelques années, ce sera les oliviers, et le raisin...

— Incroyable, murmura-t-elle.

— Il est important d'avoir un lieu à soi... pour s'évader... pour fuir l'agression du monde.

— Un lieu où l'on puisse revenir, que l'on peut quitter pour le retrouver ensuite, oui, je comprends, dit Liz.

La Belle Simone fonçait directement sur les îles qui grossissaient à vue d'œil.

— Mais il y a deux îles, dit-elle en souriant d'un sourire taquin, en l'observant pour voir sa réaction.

— Oui, fit-il en haussant les épaules, comme pour dire qu'il s'agissait d'un hasard, d'un bouleversement naturel qui n'avait aucune importance.

Mais Liz insista, incapable de résister à l'impulsion qui la forçait à se moquer gentiment de lui.

— Est-ce qu'elle chante une tyrolienne du sommet de cette colline pour vous avertir qu'elle est là ?

Liz montrait la petite montagne qui se découpait à côté de Tragos. Et sans attendre sa réponse, elle partit d'un éclat de rire, en se tournant franchement vers lui.

— Alors, Théo, fit-elle en imitant son accent prononcé, votre actrice ? Elle a son île, elle aussi ?... Matalas ? Mais qui n'est pas au courant ? Sophie ! Le monde entier le sait.

— Mais, de quoi me parlez-vous ? demanda Théo, gêné, surpris et intimidé à la fois.

Liz se calma un peu et s'appuya un peu plus sur la rambarde pour contempler la vue.

— Mais de quoi me parlez-vous ? répéta-t-elle en imitant son accent, cette fois-ci avec gentillesse et même une sorte de tristesse dans la voix.

Théo haussa les épaules encore une fois, dans un geste de capitulation, de confession et d'indifférence.

— Elle voulait une île, expliqua-t-il, je lui ai acheté celle-ci à bon prix. Une très petite île, n'est-ce pas, Eliza ?

— Je suis désolée, Théo, cela ne me regarde pas, bien sûr. Je voulais plaisanter.

— J'aime vous voir plaisanter. Ma vie est ouverte aux yeux du monde, qui en rit et en parle, mais je m'en fiche. Ce qui compte c'est que vous m'aimez bien, c'est tout.

Liz se détourna de lui pour admirer le paysage, au fur et à mesure que le bateau entamait ses manœuvres pour entrer dans le port de l'île.

— Mais ce sont des maisons que je vois là-bas, s'exclama-t-elle. Combien de personnes vivent dans votre fief, Théo ?

Cette masse volcanique de cendres noires vieille de plusieurs milliers d'années, solidifiée ensuite en rochers nus, avait été dotée de la vie par cet homme à côté d'elle. Liz eut le souffle coupé devant le panorama qui se dévoilait peu à peu sous ses yeux : les arbres verts qui ombrageaient les petites maisons blanches accrochées aux rochers et épousant leurs contours. L'île plus petite se trouvait maintenant derrière eux, le yacht se faufila doucement entre les jetées pour retrouver sa place dans le petit port spécialement créé pour lui ; il semblait que le monde extérieur disparaissait peu à peu, qu'il n'était plus qu'un rêve vague dont on venait de se réveiller.

Une musique lointaine, encore des bouzoukis, venait de l'île, comme pour enchanter les passagers qui allaient l'aborder, on aurait dit le chant des sirènes du célèbre Ulysse. Mais, à la différence de la légende, les voyageurs n'avaient rien à craindre ici, les rochers avaient été taillés pour laisser la place à de joyeux chemins qui serpentaient le long des montagnes, et ce n'était pas des sirènes qui les attendaient sur le quai, mais des hommes, des femmes et des enfants qui étaient venus pour les accueillir avec joie, avec des chevaux attelés à des carrioles aux couleurs vives.

— Trois cents personnes, dit Théo, tous citoyens libres de Tragos. Ils sont heureux ici et libres de partir, s'ils le désirent. Mais aucun d'eux n'est parti. Il y a une école, des boutiques, des magasins, tout ce qu'il faut pour eux. Ils travaillent dur, mais c'est un bon travail. Nous sommes tous des amis ici, vous verrez.

— Je suis désolée que Simi n'ait pas pu venir avec nous. Se porte-t-elle mieux maintenant ?

— Oui, très bien, très bien, fit Théo en haussant les épaules. Elle m'a téléphoné ce matin et m'a prié de vous présenter ses pensées les meilleures. La neige, m'a-t-elle dit, fait beaucoup de bien à Nico. La neige !

Trois ponts en dessous d'eux, le capitaine hurla

l'ordre de jeter l'ancre, la grosse chaîne sortit peu à peu du bateau en gémissant.

— Ce soir il y aura une grande soirée à la *taverna,* une soirée de bienvenue à Tragos. Vous ferez la connaissance de certains de mes gens, il y aura de la danse, des rires et de la boisson. Cela vous plaît-il ?

Liz ne répondit pas, mais Théo, remarqua un imperceptible pincement de lèvres.

— Eliza, reprit Théo, tant que vous n'aurez pas dansé dans la *taverna* sous un flot d'ouzo et de retsina, avec une musique endiablée et des assiettes volant en éclats sous les cris de *Opa :...,* eh bien c'est comme si vous n'aviez jamais vu de danse de votre vie. Cela vous plaira ?

— Je suis sûre que ce sera merveilleux, Théo, dit-elle.

— Eliza, les caméras sont interdites à Tragos. Pas de photographes. Vous êtes en sécurité ici. Pas de publicité, mais pas de peine de cœur, non plus, finit-il en lui prenant la main.

Elle lui sourit, puis ils se retournèrent pour descendre vers la passerelle.

L'attelage à cheval était le moyen de transport par excellence de Tragos. Les carrioles étaient toutes alignées le long du quai, gaiement décorées, aux couleurs bleu, jaune et rouge. Les chevaux étaient eux-mêmes harnachés, des rubans de couleur voletaient au-dessus de leurs queues et de leurs têtes. Les convives y montèrent en riant et en criant de joie.

On chargea les bagages et quand tout le monde fut installé, convives, équipage, les deux agents secrets, les attelages s'ébranlèrent et commencèrent à monter la colline, formant une joyeuse parade. Des petites clochettes de cuivre attachées aux roues entamèrent une musique enfantine et douce le long du chemin qui montait doucement.

La route avait été construite de façon à donner une vue magnifique sur le port et la mer à chaque virage. Les carrioles de quatre places chacune comportaient des dossiers et des coussins moelleux pour que leurs passagers puissent s'installer confortablement et se laisser aller à la féerie du paysage. Théo, Liz et Henry étaient dans la carriole de tête.

Liz poussa une exclamation d'admiration à la vue de la maison. La route serpentait jusqu'au point culminant de Tragos, offrant une vue magnifique, pour ensuite sillonner au milieu d'oliviers et déboucher sur une pelouse verdoyante. La maison se découpait sur le bleu du ciel, étincelante avec ses murs blancs traditionnels. A première vue, on aurait dit une petite maison sans prétention. D'architecture de style grec, basse, elle avait en fait coûté trois millions de dollars. Sa façade très simple était en trompe-l'œil et donnait au visiteur l'impression qu'elle dissimulait mille surprises à venir.

Les larges couloirs étaient bordés des deux côtés de longues fenêtres qui laissaient entrer les rayons de soleil dans tous les coins. Chaque détail avait été exécuté par une main de maître, mais plus importante encore était la maîtrise absolue de la notion de l'espace et de la lumière qui ne pouvait provenir que d'un homme dévoué à la beauté et à la tradition. L'œil se posait avec plaisir sur les voûtes de bois noir qui marquaient chacune des pièces. Les murs blancs donnaient de la valeur aux toiles primitives et aux couleurs irréelles des tapisseries anciennes ; des niches savamment éclairées abritaient des trésors de bronze et de marbre, qui avaient rendu la Grèce si célèbre de par le monde.

La maison s'étendait sur plus d'un kilomètre, avec différentes ailes, comme un labyrinthe le long de la douce pente naturelle. A chacun des invités étaient attribués d'accueillants serviteurs, qui les accompagnaient vers leurs suites privées, comprenant salons, balcon avec vue sur la mer, et une chambre confortable élégante et simple à la fois.

Les convives s'installèrent dans leurs appartements, puis se retrouvèrent dans l'atrium central de la maison, composé d'un jardin clos donnant sur une piscine où l'eau coulait en permanence d'une exquise vasque en marbre surmontée de la statue de Perséphone. Elaboré suivant un plan très ancien trouvé dans quelque ruine antique, l'atrium était de forme hexagonale ; chacun des six côtés donnait sur une partie différente de la maison elle-même. Les arbres avaient été minutieusement entretenus, importés du Mont Olympe, ils étaient régulièrement taillés. Le sol était recouvert de tuiles noires et blanches suivant un motif antique, reproduit deux mille ans plus tard. Des tables et des chaises confortables avaient été placées sous les feuillages des arbres et des fleurs et faisaient tous face à la piscine avec sa déesse de la fertilité et de la mort.

— Pour devenir immortel, était en train de dire Théo au moment où Liz les rejoignait, il est nécessaire de mourir puis de renaître. On trouve cela dans toutes les religions. Selon la mythologie grecque, Perséphone passait une partie de l'année dans les mondes souterrains, et une autre partie sur la terre. Mais n'en est-il pas de même dans la mythologie chrétienne ?

— Vous invoquez si souvent les dieux anciens que je me demande vraiment si vous y croyez, plaisanta Lady Allison.

— Je crois en tout, répondit Théo avec sérieux. En tout.

— Votre maison est si belle, Théo, dit Liz Cassidy en s'installant dans une chaise. Il y règne une atmosphère d'éternité, de paix. Oui, on pourrait croire...

Liz ne termina pas sa phrase. Lady Allison la regarda en souriant, comme d'un air de dire qu'elle avait compris.

Un serviteur apparut et parla un moment à Théo à voix basse.

— Dis-lui que je suis occupé pour l'instant, répondit Théo.

L'homme ne bougea pas, regardant son maître avec insistance, comme le suppliant de venir répondre à l'appel urgent. Théo poussa un soupir et se leva.

— Voulez-vous me pardonner un instant ? Un coup de téléphone urgent, dit-il simplement.

— Ainsi, intervint Liz en riant, elle ne chante pas des tyroliennes après tout.

Théo fit une grimace puis éclata de rire, puis il suivit son domestique et quitta l'atrium par une des portes vitrées.

— Mais que vouliez-vous dire ? demanda Lady Allison, prête à quelque commérage.

— Oh, c'est une petite blague entre nous, murmura Liz. Mais quelle jolie robe que la vôtre ! Vient-elle de chez Yves Saint-Laurent ?

Quelques minutes plus tard, le groupe monta à

nouveau dans les carrioles. Le soleil se couchait, les étoiles commençaient déjà à briller. La descente vers le village avait été soigneusement préparée pour qu'à chaque virage, les gens puissent découvrir la lune qui s'éclairait chaque fois un peu plus.

Magnifiquement vêtus, ils entrèrent dans la *taverna,* où ils furent accueillis avec chaleur par des marins, des pêcheurs, des paysans, ainsi que leurs épouses, leurs filles et leurs enfants. Théo fut acclamé avec enthousiasme. La musique devint de plus en plus forte, au fur et à mesure que les joueurs s'échauffaient en buvant de l'ouzo, assis ou debout, tout en tenant amoureusement entre leurs mains leurs bouzoukis. Leurs doigts couraient sur les cordes, la musique était irrésistible.

Soudain, un paysan aux joues rouges et en pantalons bouffants noirs sauta au milieu de la piste en criant : *Opa !*

Ses yeux brillaient d'une excitation sauvage due au plaisir et à l'alcool. Il se retourna, prit une assiette dans ses mains et la lança à toute volée sur le plancher de bois, au centre de la pièce. L'assiette se brisa bruyamment, des morceaux de porcelaine allèrent voler dans toutes les directions. Et avant qu'elle ne se brisât, l'homme commençait à évoluer suivant l'antique pas de danse du *syrtaki.*

Deux autres danseurs se précipitèrent sur la piste, un vieil homme et une grosse femme âgée ; ils évoluèrent ensemble en poussant des cris suivant le rythme de la danse. A la fois sensuels et sauvages, ils semblaient défier le temps lui-même ; ils tournèrent et tournèrent, perdus dans le plaisir de cet instant.

Opa ! Opa ! hurla tout le village. Un immense tas d'assiettes brisées commença à s'élever sur le plancher, sur lequel évoluaient les pieds agiles et souples des trois danseurs.

On apporta des plateaux couverts de nourriture, emplis de *souvlakia, zatziki, dolmathes, taramasalata.* Des bouteilles de vin rouge résiné, d'ouzo blanc, et de bière. Des piles d'assiettes furent déposées à côté des invités pour qu'ils se servent eux-mêmes.

Liz Cassidy était assise et regardait l'assistance. La musique, trop forte, lui faisait mal aux oreilles. Elle était dégoûtée et terrifiée à la fois par le spectacle de ces paysans bondissant sur le plancher au milieu des éclats de porcelaine brisée. Elle regarda Théo un moment. Il mangeait avec voracité, son assiette était pleine de grains de raisin, de boules de viande, de salades et de fromage de chèvre. Tout semblait baigner dans de l'huile d'olive. Devant Liz, il y avait une assiette vide.

Théo détourna un moment son attention des danseurs et regarda Liz, la bouche pleine. Il mâchait lentement tout en la fixant des yeux, puis lui fit un signe avec sa fourchette.

— Jetez-la, lui dit-il en pointant sa fourchette vers l'assiette vide de Liz.

— Quoi ?

Théo prit une assiette de la pile et se leva. Il regarda un instant les danseurs sur la piste, puis hurla : *Opa !* Il jeta ensuite le plat de toutes ses forces sur le plancher.

— Comme cela, dit-il en se rasseyant. Puisque vous ne mangez pas, il faut jeter l'assiette.

Liz secoua la tête, faisant un effort pour ne pas frissonner.

Théo haussa les épaules et se remit à manger, la bouche brillante d'huile d'olive.

Liz le regarda sans rien dire pendant quelques minutes.

— Je veux un steak, fit-elle un peu plus tard.

— Non. Pas de steak, répondit Théo sérieusement et calmement. Sur *La Belle Simone,* cuisine française uniquement pour vous. Ici, il y a *souvlakia, zatziki...* tout est grec. Peut-être, voulez-vous un peu de *galaktoboureko ?*

— Mais qu'est-ce que c'est ? demanda Liz.

Soudain la musique s'arrêta. Tout le monde applaudit avec enthousiasme le vieux couple de danseurs qui rougirent et allèrent s'asseoir. Ils étaient tout d'un coup devenus plus vieux. Le paysan saisit une bouteille d'ouzo et parada un moment sur la piste, souriant et avalant par instants de longues gorgées du breuvage blanc et laiteux.

La musique reprit presque immédiatement sur un rythme plus lent, mais jouant toujours aussi fort. Les bouzoukis jouaient un air moins endiablé mais d'une sensualité ancienne, comme pour séduire Terpsichore.

— Vous voulez danser ? demanda Théo à Liz, tout en pointant vers le centre de la pièce avec sa fourchette.

Elle refusa d'un signe de tête. Théo acquiesça d'un air de dire qu'il s'y attendait. Il jeta un regard circulaire autour de la pièce, puis se figea, attentif et tout d'un coup excité par quelque chose. Liz suivit son regard.

Une jeune femme splendide, d'une trentaine d'années marchait lentement vers le centre de la piste en suivant le rythme langoureux de la musique. Ses mouvements étaient très voluptueux, mais elle semblait très attentive à elle-même, très concentrée. Elle dansait pour le plaisir, pour répondre simplement à l'appel incessant des bouzoukis d'où émanaient des sons graves. Son visage sérieux était magnifique ; on se sentait comme un intrus à observer son plaisir. Ses longs cheveux noirs pendaient sur ses épaules. Sa robe de coton blanc très simple ne parvenait pas à cacher ses formes pleines et rondes ; chacun de ses muscles frissonnait sous le rythme de la musique, faisant corps avec elle.

Liz observa Théo qui regardait la paysanne avec des yeux brillants d'envie. Il posa sa serviette d'un geste lent et se leva. Un moment plus tard, Théo avançait à pas lents vers la fille, le dos tourné à ses invités. L'assemblée entière retint son souffle à la vue de cet homme qui avançait, les yeux fixés sur sa partenaire.

Puis, des cris de *Opa !* éclatèrent de toutes les directions, des verres de vin se renversèrent sur la table et une assiette alla s'écraser aux pieds de Théo chaussés de chaussures en chevreau. Il évoluait avec grâce et agilité au rythme de la danse rituelle, son attention entièrement concentrée sur la jeune femme.

A la fois choquée et fascinée par le pouvoir sexuel qui se dégageait des évolutions du couple, Liz ne put détacher son regard des deux danseurs. Une autre assiette alla se briser derrière Théo. La jeune femme fit un pas de côté et éleva les bras en l'air comme si elle allait s'envoler. Puis, elle s'agenouilla soudainement pour se relever lentement, au rythme de la musique, tout en faisant aller ses épaules d'avant en arrière. Théo répondait à chacun de ses mouvements, ne la touchant jamais, mais tournant autour d'elle, les yeux dans les yeux.

Liz Cassidy restait assise droite sur sa chaise, incapable de rassembler ses pensées, prise dans la fièvre sensuelle du spectacle. La musique s'accéléra, et soudain les deux danseurs ne firent plus qu'un seul corps ; leurs pieds semblaient suivre un dessin particulier et compliqué, leurs corps se mouvaient ensemble, sautaient et s'agenouillaient exactement au même moment.

Des assiettes et des plats volèrent de tous les côtés, la frénésie se répandit parmi l'assemblée hurlante, déchaînée.

— Tomasis ! Nadia ! Nadia ! Eh ! Tomasis ! *Opa !* *Opa !* Ha !

Les deux danseurs se laissèrent entraîner par la musique, leurs mouvements étaient devenus passionnés, sauvages, anciens. La plupart des hommes du village se tenaient debout et battaient le rythme de leurs mains.

Théo se pencha sur la jeune femme, dans un mouvement d'une grâce infinie et l'enjamba. Elle se baissa, ses cheveux traînèrent sur le sol et s'accrochèrent à quelques débris de faïence, les yeux brillants, et éclatant de rire. Puis, elle se redressa et leva les bras au-dessus de la tête de son partenaire qui la souleva dans un tourbillon, alors que la musique éclatait d'un dernier accord explosif.

Une main toucha l'épaule de Liz, elle se retourna vivement, prête à crier. Elle avait été si prise par le spectacle qu'elle ne s'était même pas rendu compte qu'elle était debout, battant le rythme de ses mains.

Le contact de la lourde main du fermier sur sa chair la fit presque s'évanouir une seconde.

Il lui disait quelque chose en grec, un large sourire aux lèvres découvrant une denture imparfaite. C'était l'homme qui avait dansé tout seul au début. Elle vit une tache de sang sur sa tunique, à l'endroit où un éclat de porcelaine l'avait blessé. Il souriait et faisait des gestes en direction des danseurs.

— *Orea chorevi o Tomasis, hah?*

Ne pouvant pas comprendre, elle lui sourit à son tour et acquiesça.

Opa! hurla le fermier en se retournant pour prendre une assiette de la pile. Il la lança sur le plancher et éclata de rire. Des assiettes couvraient maintenant le sol autour des pieds de Théo et de sa partenaire. Le fermier fit signe à Liz de prendre une assiette. Elle le regarda, puis se retourna vers les danseurs. Puis, Liz se décida à en prendre une et la jeta sur le plancher.

L'assiette resta intacte. Le fermier en prit une autre et la lui tendit.

La danse était à son point culminant, Liz se sentait transportée. Le fermier au visage écarlate, à la tache de sang sur la tunique, se tenait à côté d'elle. Elle sentit à la fois la colère et la sensualité monter en elle, et elle découvrit cette passion de vivre qu'elle ne croyait pas posséder. Elle se saisit de l'assiette qu'il tenait dans les mains et la jeta aux pieds des danseurs. Il y eut un fracas terrible.

Opa. Opa, dit-elle à mi-voix.

Les deux agents secrets firent un pas en avant pour ne pas perdre de vue leur protégée. Ils ne manifestèrent aucune émotion à la vue d'un tel spectacle.

Liz se sentait vivre avec les Grecs, avec Théo, Nadia

et ce fermier, avec les villageois et la musique. Elle
hurla comme eux et jeta des assiettes comme eux,
criant toujours alors que l'orchestre attaquait un
morceau plus lent.

Le fermier lui tendit un verre plein d'un liquide
blanc et lui fit signe de le boire.

— Ouzo ! lui hurla-t-il dans l'oreille.

Le paysan fit mine de boire un verre en élevant ses
doigts aux ongles sales et renversa la tête en arrière.
Liz le regarda, éclata de rire et porta le verre à ses
lèvres. Elle le vida d'un trait, puis l'éleva en l'air.

— *Opa !* cria-t-elle.

Le fermier souriait. Liz lança le verre au sol. Il alla
se briser en menus éclats aux pieds de Nadia. La jeune
femme l'évita tout en continuant à danser et à fixer
des yeux son partenaire.

Le visage de la jeune femme resplendissait de
bonheur, elle souriait, ses yeux noirs étincelants
semblaient crier victoire. Des taches noires de transpi-
ration maculaient sa robe. Théo transpirait abondam-
ment lui aussi ; les poils gris et noirs de sa poitrine
dépassaient de sa chemise ouverte, dont le fin tissu
était constellé de taches. Le point culminant de la
danse avait été atteint, et ils étaient à nouveau
redevenus deux personnages qui continuaient à se
mouvoir avec lenteur. Théo se sépara de la jeune
femme en exécutant un arc de cercle gracieux, tête
baissée. Celle-ci comprit immédiatement son intention et s'éloigna de la piste avec grâce pour se mêler à
la foule de gens sur le côté.

L'atmosphère se calma un peu ; les ovations et les
lancements d'assiette cessèrent. Il n'y avait sur la piste
que cet homme solitaire et beau, aux épaules larges, à

l'allure élégante. Il évoluait tout seul, concentré sur lui-même, comme dans un rite liturgique.

— Ha ! l'entendit-elle soupirer alors que ses pas le rapprochaient d'elle. Ha !

Sans en prendre conscience, Liz leva les bras au-dessus de sa tête. Elle exécuta le même dessin que lui avec les jambes, en faisant des arcs de cercle de plus en plus petits. Elle força son corps à bouger comme celui de son partenaire. Ils se regardèrent les yeux dans les yeux. Ceux de Théo ne manifestaient aucune surprise. C'était inévitable. Ils dansèrent tous les deux, selon ce rythme ancien et rituel. Théo porta ses mains en avant, elle les saisit doucement. Ils évoluè-rent ensemble sur la musique. L'assemblée était tout d'un coup devenue silencieuse. Tout le monde regar-dait.

Ce fut presque un acte d'amour, la danse les avait pris dans son enchantement.

Soudain, Liz Cassidy détourna la tête pour regarder autour d'elle. Elle se sentit submergée par la fumée de la *taverna,* la chaleur, les yeux souriants des invités de la croisière, les regards fixes des paysans, la présence sensuelle de cet homme avec lequel elle dansait. Elle s'arrêta net et quitta d'un pas raide la piste de danse.

Sans ralentir, Liz fonça sur les gens qui bougèrent instinctivement pour lui laisser le passage. Un moment plus tard, elle était dehors, sous le ciel étoilé. Les deux hommes de la sécurité la suivirent sans un mot, et la virent monter dans une des carrioles. Théo arriva et monta à côté d'elle, pendant que les deux hommes s'installaient dans celle de derrière.

Théo secoua les guides et fit partir le cheval. Liz,

installée sur les coussins, tremblait de tout son corps. Il n'y avait plus de bruit, mis à part les sabots des chevaux sur le chemin.

CHAPITRE VIII

— JE VOUDRAIS VOUS PARLER DE MON fils, Nico, fit Théo.

Liz sentit un soulagement à ces mots, peut-être aussi une déception. Mais non, ce ne pouvait pas être cela. Elle rit d'un rire nerveux, un rire qui la surprit elle-même. Tout était tellement étrange cette nuit, elle ne se reconnaissait plus. Théo parla avec douceur, Liz sentit qu'elle redevenait peu à peu maîtresse d'elle-même et de ses émotions, malgré l'étrangeté de la nuit, malgré cette danse à laquelle elle avait participé, malgré ce ciel étoilé et cette pleine lune aux rayons dorés. Elle était seule avec lui ; mais Liz pouvait entendre les pas du cheval derrière eux, et cela la rassura.

Il n'allait pas lui parler de leur danse, de leur communion dans ces mouvements... Liz l'observa du coin de l'œil et vit sa silhouette se profiler sur un rayon de lune. Elle se laissa aller pendant qu'il parlait et s'installa plus confortablement dans les coussins pour pouvoir profiter de la lune et du paysage.

— C'est un homme maintenant, mon Nico, il commence à s'intéresser aux choses. Aussi, il y a de cela quelques semaines, je l'ai laissé choisir un homme pour un poste très important. Je lui ai dit : « Nico, c'est ton affaire. » Il en a été très fier.

— Et vous avez été très fier de lui, murmura Liz. Merci, Théo, de me parler de ces choses-là, cela facilite beaucoup ma récupération.

Théo fit un signe de tête et serra un moment les guides pour faire accélérer le cheval dans la montée.

— Eh bien, reprit-il, Nico est un jour venu me présenter cet homme, un brave homme en tout cas. Et pour mettre mon fils à l'épreuve, je lui ai dit : « Nico, cet homme n'est pas grec ! C'est un Juif. Et tu veux mettre un Juif dans les affaires de marine marchande ? Mais qui a déjà vu un Juif y réussir ? »

— Noé, fit Liz en souriant.

Théo lâcha les guides de stupéfaction. Le cheval s'arrêta. Théo la regarda, abasourdi, la bouche grande ouverte.

— C'est ce qu'il a répondu ? Noé ? répéta-t-elle en riant.

— Mais oui, Eliza... Mais oui... Noé, bien sûr. C'est exactement ce qu'il a dit. Noé, naturellement, oh Eliza !

Théo partit d'un grand éclat de rire, dont le bruit se répercuta sur les rochers ; derrière eux, le cheval de la deuxième carriole hennit.

— Je vous aime beaucoup, fit Théo sans faire un geste pour la toucher, mais les yeux posés sur elle.

Liz sentit à nouveau bouillonner en elle un tourbillon de chaleur. Son cœur battait vite. En fait, cela n'avait été qu'un piège, pensa-t-elle.

— Je veux rentrer chez moi, dit-elle en serrant les

mains contre sa poitrine pour les empêcher de trembler.

— Que dites-vous?

— Cette nuit même, continua Liz avec fermeté. Chez moi. Aux Etats-Unis. Faites-moi revenir à Athènes par avion, Théo, puis je rentrerai à Washington.

— Mais on ne vous attend pas avant deux semaines. Oh, non! Non, Eliza. Qu'ai-je fait?

Elle resta silencieuse, n'osant pas le regarder.

Théo reprit les guides, le cheval se remit en marche vers la maison au sommet de la colline.

— Eliza, commença-t-il d'une voix triste et sincère, vous êtes la seule personne au monde à me faire sentir que je vis.

La lune couvrit la douce pente d'un rayon tout blanc. Au loin, la masse sombre de la mer étincelait çà et là.

— Je ne peux pas rester plus longtemps dans ces îles, dit-elle doucement. Quoi qu'il soit arrivé... eh bien, c'est fait. Je veux rentrer chez moi.

Théo ne dit rien.

— Je dois rentrer, ajouta-t-elle, vous le savez bien.

— Quand reviendrez-vous? demanda enfin Théo, surmontant sa douleur.

— Jamais.

— Jamais... Ah! Eliza...

Ils ne dirent rien de plus jusqu'à l'arrivée à la maison. La carriole s'arrêta et derrière eux celle des deux agents. Liz se rendit sans un mot dans ses appartements et demanda à Clara de préparer ses affaires.

JAMES Cassidy et sa femme firent attendre quelques minutes de plus les invités rassemblés pour la réception officielle de la Médaille de l'Honneur[1]. Il avait passé un bras autour de sa taille, elle le tenait par la ceinture et marchait à côté de lui, heureuse de sentir son corps contre le sien. Profitant de cet instant d'intimité, ils traversèrent ensemble le Jardin Rose. Un instant ensemble, un moment de leur vie privée. Ensemble.

— Merci d'être rentrée plus tôt. Tu m'as manqué, lui dit-il.

— Ce n'était pas seulement à cause de la publicité ?

— Oui, cela aussi, mais pas seulement, fit-il en souriant.

— Tu m'as manqué aussi. Mais je ne suis pas déçue d'être partie. Cela a été... une expérience intéressante.

— Tu te sens mieux maintenant ?

Elle le regarda, croyant qu'il avait deviné ses pensées, puis se rendit compte qu'il faisait allusion à sa tristesse, à cette scène qu'elle avait faite juste avant de quitter Washington. Cela lui parut lointain.

— Oui, beaucoup mieux, dit-elle.

— Tu avais réellement besoin de te changer les idées. Tu as eu raison de partir. Mais je suis très heureux de te voir ici, près de moi.

— Je ne veux plus partir sans toi, Jim. Plus jamais, fit-elle en serrant un peu plus fort sa taille.

— C'est drôle ce que tu me dis, fit-il en riant, mais je verrai si je peux le faire. Je dois aller à Détroit la

(1) Médaille de l'Honneur correspond à notre Légion d'Honneur (N.D.T.).

semaine prochaine, pour un discours. Tu veux venir avec moi ?

— Non, dit-elle en souriant et en plissant son nez.

— Je suis heureux de ton retour, chérie.

Il l'aurait embrassée, mais il y avait un garde de la Maison Blanche qui les regardait. Ils le saluèrent tous les deux et marchèrent vers la Salle Ovale, où avait lieu la réception de la remise de la Médaille de l'Honneur.

S UR le bureau de Théo, les boutons étaient allumés pour indiquer qu'il y avait plusieurs appels en attente. Il pressa le genou contre un bouton spécial, dissimulé à l'intérieur. Son téléphone privé se mit aussitôt à sonner comme pour un coup de fil urgent, qui ne pouvait être ignoré de personne.

— Veuillez me pardonner, messieurs, fit-il à l'adresse des deux hommes d'affaires grecs qui lui faisaient face.

Théo demanda qui était à l'appareil ; sa secrétaire, de l'autre côté du bureau lui indiqua le nom d'un homme qui était au bout du fil depuis un moment.

— Très bien, très bien, fit Théo, je prends la communication.

Puis, il reposa le combiné, se tourna vers les deux hommes en haussant les épaules, l'air de dire : « Qu'y puis-je ? », et prit un autre appareil.

— Mon prix de base est inscrit dans le document, dit Théo, à son correspondant téléphonique... Bien, alors je vous suggère de trouver d'autres fonds...

Excellent... Je serai à Paris mardi prochain. Oui. Au revoir.

Théo raccrocha et se tourna sur sa gauche, où se tenait un jeune homme, prêt à prendre des notes sur un grand calepin.

— Paris, mardi, fit Théo.

Le secrétaire acquiesça d'un signe de tête et nota l'information.

Théo se retourna ensuite vers les deux hommes, qui avaient fait semblant de ne pas écouter la conversation téléphonique. Son bureau était très grand, et son fauteuil légèrement surélevé de façon à dominer les visiteurs. Les hommes d'affaires étaient donc dans l'obligation de lever les yeux vers lui, et de se tenir à une distance respectable.

— Messieurs, dit Théo, je ne remets pas en cause mes propositions. Offrez aux Italiens un bon prix et informez-moi de leurs réactions. Nous déciderons ensuite. Au revoir.

Sur ce, il se baissa un peu par-dessus son bureau, les deux hommes se levèrent et lui serrèrent la main, puis sortirent en hâte de l'immense bureau que Théo possédait à Athènes. A peine venaient-ils de partir que le téléphone sonna.

— Oui ? fit-il à sa secrétaire.

— C'est Nico, dit-elle.

Un grand sourire aux lèvres, Théo prit immédiatement la communication.

— Nico ! comment vas-tu, fils ?

— Tout va bien, Papa, je crois qu'ils vont conclure le marché.

— Bien, bien, mais, laisse-les venir à toi, ces

requins d'Allemands. Fais-leur comprendre que tu n'es pas le genre de personne que l'on peut abuser.

— Oui, bien sûr, Papa. Ecoute-moi, ils ont fait une offre intéressante, mais je pense qu'on peut encore les faire attendre. De toute façon, je suis presque sûr qu'ils n'ont pas d'autre marché en vue.

— Très bien. Merveilleux. Laisse-les mariner dans leur jus, Nico. Je te vois à Hambourg avant la fin de la semaine, d'accord? Bien, fils. Prends soin de toi. Amuse-toi. Mais ne réalise pas encore l'affaire. Je te vois mercredi. Au revoir, mon garçon.

Il raccrocha rayonnant de joie et se tourna vers le secrétaire en lui demandant de noter son rendez-vous du mercredi.

Le téléphone sonna à nouveau.

— Oui, qui est-ce?

— Monsieur Spyros Tomasis est ici, lui répondit la secrétaire, il veut vous voir.

— Spyros? Ici? D'accord, faites-le entrer.

Théo se cala dans son fauteuil, grimaça une seconde et sourit à l'entrée de son frère.

— Théo! Cela fait longtemps que je ne t'ai pas vu. Je viens d'apprendre que tu étais à Athènes ce matin. Alors, je me suis décidé à venir te voir, puisque toi, tu ne viens pas.

— Bonjour, Spyros, fit simplement Théo.

— Tu as l'air triste. Qu'est-ce qui ne va pas? demanda son frère en s'asseyant dans une des chaises faisant face au bureau, pour se servir ensuite d'un Havane.

— Eh bien, je suis très occupé ce matin. Très occupé, mais je suis bien sûr heureux de te voir.

— Bien sûr, Théo, je comprends. Mais, tu ne crois pas que je suis très occupé, moi aussi ?

— Alors ? demanda Théo.

Il regarda le standard téléphonique de son bureau et se demanda une seconde s'il pourrait faire le même coup que tout à l'heure à son frère. Cependant, il sentait que la visite de Spyros devait cacher quelque chose d'important. Car, lui aussi ne pouvait se permettre de perdre son temps. Ils s'observèrent. L'un souriait tout en humant son cigare, l'autre attendait.

Puis, Théo se tourna vers son secrétaire et lui demanda de quitter la pièce. Ce dernier se leva et partit sans bruit.

— Ecoute, comme c'est un jour d'affaires aujourd'hui, nous pourrions peut-être en conclure une ensemble, attaqua Spyros.

— De quel genre ?

— Mais de cargos, Théo ? Que peut-il y avoir d'autre ?

— Qu'as-tu en tête ?

Le gros homme au cou de taureau se pencha en avant, incapable de jouer plus longtemps au chat et à la souris.

— Un pétrolier, dit-il, un pétrolier de plusieurs milliers de tonnes. Cela t'intéresse, Théo ?

— Grosse affaire, commenta Théo avec flegme.

Spyros ne put retenir plus longtemps son excitation. Ses yeux brillaient.

— Plus de quatre cent mille tonnes, fit Spyros d'un ton enjoué, encore plus gros qu'Onassis. Le plus gros du monde !

— Et alors ?

— Mais Théo !... Je pars la semaine prochaine à Osaka pour signer le contrat.

— Hier, intervint Théo.

— Quoi ? demanda Spyros, incertain d'avoir bien compris.

— Ton agent a signé le contrat hier, expliqua calmement Théo.

D'abord stupéfait, Spyros partit ensuite d'un éclat de rire inextinguible. Il se courbait de rire. Théo commença à sourire, puis ne put résister. Les deux amis, rivaux, ennemis et frères en même temps riaient jusqu'à en avoir mal au ventre. Pendant ce temps, sur le bureau de Théo, les petites lumières clignotaient pour indiquer les appels en attente. Chaque coup de fil comportait un espoir, la peur, des propositions, un marché, une fortune qui devait se miser sur telle ou telle activité commerciale. Les deux frères riaient.

— J'ai des espions, tu as les tiens, réussit à articuler Théo en se frottant les yeux, aveuglés par des larmes de joie.

— Je sais, je sais, dit Spyros, qui continua à rire, pour ensuite devenir sérieux. Mais, alors, Théo, je dois donc être au courant au sujet du roi ?

Théo se calma aussitôt et ne put cacher sa surprise.

— Oui, le roi d'Arabie Saoudite, continua son frère. Comment ne serais-je pas au courant ? Eh oui, tu as tes espions, et moi les miens.

Les deux hommes se mesurèrent du regard, aussitôt sur la défensive.

— Que veux-tu, Spyros ?

— Du feu pour cet excellent cigare.

— Non, ne fume pas ici, ils empuantissent tout et

c'est très difficile de faire disparaître l'odeur de la soie des tentures.

— Très bien, très bien, d'ailleurs je n'aime pas tellement les cigares et je me demande pourquoi j'en fume.

Spyros joua un moment avec le cigare entre ses doigts, l'air préoccupé par quelque chose. Théo attendait.

— Cette société, dit enfin son frère, cette société que tu as créée, c'est avec les Américains ?

Théo acquiesça sans rien dire.

— J'ai cru comprendre, continua Spyros, que tu allais offrir ces vingt cargos achetés à l'Arabie Saoudite à ces Américains. Mais tu vas étouffer le marché, Théo. Les autres compagnies pétrolières ne pourront pas tenir.

— La tienne non plus, dit Théo calmement.

— Mais je pense aussi au gouvernement américain. Après tout, puisque le roi d'Arabie Saoudite est en possession de ces navires, pourquoi paierait-il pour faire transporter son propre pétrole ? Il se pourrait alors qu'il se mette à réfléchir et qui sait ce qui peut en découler...

— Et alors ?

— Vas-tu conclure le marché, Théo ?

— Si je le veux, oui, répondit ce dernier, un peu irrité.

— Je voudrais t'aider, fit Spyros avec un sourire sincère aux lèvres.

— Toi ?

— Et pourquoi pas ? Pour le bien de la famille.

— Merde !

— Oui, pour le bien de la famille, reprit Spyros,

notre famille. Toi, moi et Nico. Trois hommes, et pas de femmes, puisque nous allons divorcer, tous les deux.

Théo scruta le visage de son frère, essayant de trouver où se cachait le secret cette fois-ci.

— Tu vas divorcer d'Hélène ? demanda Théo.

— Qui pourrait vivre avec elle ? Oui, bien sûr, nous divorçons.

— C'est une chose affreuse, Spyros.

— Et c'est toi qui me fais la leçon, alors que tu vas faire de même, fit Spyros en éclatant de rire.

Théo refréna sa colère. Il savait que son frère était venu le voir pour quelque chose de particulier.

— Non, jamais, fit Théo les dents serrées.

— Mais, c'est Simi qui va divorcer, j'ai mes espions.

— Jamais ! hurla Théo en frappant du poing contre la table. Non, Spyros, Simi ne fera jamais cela. Jamais ! Jamais !

Spyros se contenta de hausser les épaules.

— Très bien, vas-y, parle, fit Théo, à bout de patience.

— J'ai des navires, tu en as aussi, alors pourquoi ne pas rester ensemble ?

— S'associer ?

— Oui.

— Spyros, va te faire foutre ! dit Théo.

Il y eut un long silence dans la pièce. Sur le bureau, quelques lumières s'étaient éteintes, certains s'étaient découragés d'attendre.

— Tu le regretteras, dit Spyros.

— Il n'y a que les idiots qui ont des regrets. Et je t'avertis, ce sera la guerre entre nous.

— Et moi, je t'avertis que Simi va divorcer. C'est certain.

Sur ce, Spyros quitta la pièce.

— JE perds mon bronzage, soupira Liz en élevant une jambe nue hors des draps, pendant que James, allongé à côté d'elle, se mettait sur son séant.

— Un peu de soleil, c'est ce dont tu as besoin, fit-il, et moi aussi. Qu'en dis-tu ? Si on allait à la plage demain ?

— Oh ! Jim ! Pouvons-nous partir ?

— Quelle est l'utilité d'être président si on ne peut pas de temps en temps emmener sa femme au soleil ? Oui, faisons-le.

— Oh ! oui !

— Il ne faut pas que tu perdes ton bronzage.

Liz se redressa, prit le combiné téléphonique et le tendit à son mari, qui appela aussitôt l'opérateur en chef.

Le lendemain matin, de bonne heure, ils étaient sur la plage. Le personnel s'était occupé de faire tous les arrangements nécessaires. La Police de Sécurité était arrivée avant eux pour contrôler la maison et la plage ; la réunion ministérielle avait été retardée à une date ultérieure et la presse avait été poliment requise de n'envoyer personne. Ils étaient tous les deux.

Il y avait aussi un homme seul et un peu fou, qui montait les dunes, à quelque distance de la villa présidentielle.

Jim et Liz marchaient le long de la berge, bras dessus, bras dessous, à la recherche de coquillages. Le moindre détail était un instant heureux, comme le simple fait de marcher pieds nus dans le sable et de sentir les grains entre les doigts de pied. Le soleil était chaud, la plage déserte, mis à part les agents des Services secrets qui avaient la bonne grâce de se tenir à l'écart et mis à part cet homme solitaire, l'assassin, qui avait réussi à rester hors de vue jusqu'à présent.

— Et si on nageait ? s'écria soudain Liz en se détachant de son mari pour courir vers la mer.

Elle plongea dans une vague et réapparut à la surface en riant et en lui faisant signe de venir la rejoindre.

James courut vers la vague suivante, puis son corps sembla parcouru d'un frisson et s'affala d'une façon étrange sur le sol. Il n'y eut aucun bruit si ce n'est celui d'une détonation unique. La vague s'écrasa sur le sable, entraînant le corps dans sa course écumeuse. Puis, une autre lame l'entraîna vers la plage, où venaient d'accourir les hommes des Services secrets qui hurlaient.

LIZ ne se rendit compte de l'horreur de la situation que beaucoup plus tard. Elle avait passé ces derniers jours et ces dernières nuits avec une dignité exemplaire. Elle ne ressentait rien. L'émotion avait été trop forte, elle ne pouvait s'empêcher de continuer à sourire comme le protocole le lui avait jusque-là appris.

John et Nancy étaient là ; parmi beaucoup d'autres ; des milliers de personnes étaient venues lui présenter leurs condoléances, étaient venues là pour observer la veuve éplorée et lui dire tout bas des mots qui n'atteignaient même pas son cerveau engourdi par la douleur. Elle serra les mains, sourit tristement, marcha en tête du cortège funèbre, et s'agenouilla dans l'église. Elle était comme un robot, comme un zombie, un mort vivant. Liz ne ressentit rien. Une fois seule dans sa chambre, elle s'assit devant sa coiffeuse, le regard vide, inconsciente, ne sachant même pas si elle continuait ou non à vivre.

Les cérémonies officielles prirent fin et le moment de sa dernière nuit à la Maison Blanche arriva. Tout avait été déménagé, empaqueté. Encore une nuit, et peut-être le monde entier l'oublierait. Elle serait seule dans sa douleur.

Liz se tenait debout, raide, dans sa robe noire, sans maquillage, si ce n'était un peu de couleur pâle sur les lèvres. Elle tendait une main blanche et glacée aux personnes qui passaient devant elle, des chefs d'Etat, des amis...

Des mots absurdes parvenaient à ses oreilles :

— ... au nom de notre pays, nos sincères condoléances... la terre pleure... nous avons perdu un ami... un moment douloureux que nous partageons avec vous...

Une main serra la sienne, c'était celle de ce Grec. Comment s'appelait-il déjà ? Théo ? Il semblait triste lui aussi. Tout le monde semblait triste. Leurs yeux se rencontrèrent et se quittèrent, ne se souvenant de rien, ne sentant rien.

— Ma chère Liz... Je ressens votre peine. S'il y avait un moyen de la partager..., dit Théo.

— Non, aucun, le coupa John Cassidy, qui voulait

épargner de son mieux à sa belle-sœur les formalités, merci.

Théo Tomasis passa devant la veuve, aussi inutile que la foule de gens qui attendaient en ligne derrière lui.

— C'EST fini, dit Simi.
— Pas encore, Simi, pas encore. Ah ! le destin tragique de cette femme, si triste, si terrifiée...

— Oui, je la plains, le monde entier la plaint, dit Simi.

— Viens avec moi dans la chambre, dit Théo d'une voix lourde, je me sens si vieux aujourd'hui, si vieux.

Elle ne fit pas un geste et resta au bas de l'escalier, dont il avait monté quelques marches.

— Tu viens, Simi ? demanda-t-il en se retournant, un peu étonné.

— Non, Théo, j'essaie de te faire comprendre que c'est terminé.

— Quoi ? Quoi ?

— Notre mariage. Je m'en vais. Plus d'ultimatums. Plus de... Plus rien, Théo. Au revoir.

Elle fit demi-tour pour quitter la maison. Il ne courut pas après elle cette fois-ci. Il avait le cœur trop lourd pour faire le moindre mouvement. Théo resta au milieu de l'escalier et la regarda partir.

— Fini ! répéta-t-il tout seul, mais rien n'est jamais terminé. Rien !

Il avait hurlé ces derniers mots, l'écho de sa voix retentit dans le hall recouvert de tapisseries sans prix.

Puis, il se retourna et reprit lentement son ascension, des larmes dans les yeux. Théo ne savait pas exactement pourquoi il pleurait.

CHAPITRE IX

IL N'AVAIT JAMAIS ETE AUSSI SEUL. LES années de son enfance et de sa jeunesse avaient toujours été occupées par les gens, alors qu'il cherchait à faire fortune, des gens dont il avait eu à tirer le meilleur, des femmes qu'il avait fallu conquérir, des gens haut placés qu'il avait fallu séduire, et des hommes avec lesquels il buvait du café en discutant de politique, d'argent, d'affaires... Non. Il n'avait jamais été seul auparavant.

Il errait, seul dans les vastes pièces de sa maison d'Antibes, déambulait au milieu de la pelouse, où il n'y avait plus aucun invité. C'était Simi qui s'occupait des soirées, des invitations. Le fait le frappa que, lui aussi, il avait été un invité à ses propres soirées.

Les jours et les nuits se succédaient et se ressemblaient. Travail, voyages, discussion de marchés, les affaires. Il dormait dans les bras de Sophie à Milan, Athènes, Paris. Dans les bras d'autres femmes dans des lieux différents. Puis, une croisière à bord de *La Belle Simone,* avec des gens. Partout où il allait, il appelait Simi à grands cris. Théo était un jour allé la voir par surprise dans son appartement parisien et s'était jeté à ses genoux en implorant son pardon. Elle avait parlé d'avocats et d'affaires. Simi lui avait dit qu'elle garderait la maison d'Antibes, mais qu'elle n'exigeait rien quant à *La Belle Simone*. Elle était restée calme et lointaine. Simi lui avait parlé de Nico, de la tristesse de Nico. Théo n'y comprenait plus rien. Pourquoi Nico était-il triste ? Mais, que se passait-il ? Pourquoi le monde allait-il si mal ?

Quand il était avec Sophie, Théo pestait contre la traîtrise de Simi. Quand il était avec Nico, Théo devenait irritable, tant et si bien qu'il n'y avait d'autre sujet de conversation entre eux que de questions d'affaires. En ce domaine, Nico devenait aussi fort que lui, et deviendrait même plus rusé encore. Il voyait rarement son fils, si ce n'était pour discuter de marchés.

Seul, abandonné, Théo pensa souvent à la belle veuve américaine, dont le droit à la solitude était chaque jour violé par les photographes qui prenaient des instantanés la montrant hagarde et blême. Les photographies couvraient les magazines de Hong Kong à Hollywood, de Rome à Rio. Tout y était décrit : le jour où elle allait chez son coiffeur, où elle sortait au restaurant pour déjeuner avec des amis, lorsqu'elle marchait sur la Cinquième Avenue, lorsqu'elle allait à l'église. Et si jamais elle souriait un peu, les titres des journaux relataient : « La Veuve et son premier sourire », ou bien : « Un nouvel amour pour Liz ? » Certains périodiques allaient même jusqu'à émettre des opinions personnelles telles que : « Il est temps de quitter le deuil. »

Théo était abasourdi par un tel univers, il la plaignit

et se plaignit en même temps. Il lui téléphonait de temps en temps.

— Ça va, Eliza ?

— Oui.

— Permettez-moi de vous proposer du repos et de la tranquillité. *La Belle Simone* vous attend à tout moment.

— Merci, Théo. Mais, je ne pense pas venir. C'est gentil à vous… Mais je vais très bien.

— Je serai à New York demain. Puis-je vous voir pour dîner ?

— Désolée, Théo, je suis prise.

— Toute la journée ? Peut-être pour déjeuner, alors ?

Elle resta silencieuse. Il comprenait très bien qu'il ne faisait qu'accroître sa lassitude, mais, lui aussi était très seul.

Frustré, Théo faisait alors passer son énergie quelque part. Il téléphonait au hasard à quelque homme d'affaires et lui proposait un marché complètement fou. Ou bien, il appelait Sophie Matalas.

— Théo, lui dit-elle un soir, au téléphone, tu viens à ma première ? Ce sera extraordinaire. Mon plus grand succès.

— D'accord, d'accord, où cela ?

— Mais, à Londres, espèce d'idiot ! Au Théâtre National. Les gens ont réservé des billets plusieurs mois à l'avance. Tout le monde sera là. La Reine aussi, peut-être, ou le Prince. Alors, tu viens ?

— Oui, je serai là. Sois éblouissante, Sophie, je serai là.

Le moderne complexe du Théâtre National, sur la rive sud de la Tamise, brilla de tous ses feux cette nuit-là. Le Tout-Londres était présent, paré de bijoux, rivalisant d'éclat et d'élégance. Sophie Matalas interprétait le rôle de Dalila avec le premier ténor anglais. Sophie était une attraction extraordinaire, qui avait même réussi à faire déplacer les puristes du genre.

Matalas était peut-être plus célèbre par ses excentricités publiques et sa liaison bien connue avec Théo Tomasis, que par son talent. Mais cela n'était pas très juste de parler ainsi d'elle. Elle avait toujours travaillé et n'avait jamais déçu son public. Tout le monde croyait en elle, même les partenaires qui répétaient avec elle.

Théo la regarda, un peu amusé, depuis le quatrième rang. Elle avait des tripes, cette femme, et savait jouer, qui plus est, pensa-t-il. Personne ne bougeait dans le public. Elle l'emporta, comme d'habitude. Les pairs du royaume, assis aux premiers rangs d'orchestre, applaudirent poliment mais avec chaleur, réservant leur jugement pour plus tard, sans doute lorsqu'ils auraient lu les critiques. Ce fut un succès encore une fois.

Rien ne pouvait rendre Matalas plus heureuse que les applaudissements d'une salle. Théo la regarda saluer son public, puis prendre dans ses bras un bouquet de fleurs énorme. Elle affichait un sourire triomphal.

— Tu as aimé, chéri? lui dit-elle dans sa loge, peuplée de monde. Radieuse, Sophie Matalas était assise à sa table de maquillage, dont les différents miroirs reflétaient sans fin son visage, rouge d'émotion et de plaisir. Tout le monde s'arrêta de parler à l'entrée de Théo. Puis, il y eut des serrements de main et des embrassades. Un moment plus tard, Sophie se leva de son trône pour attirer à nouveau l'attention sur elle.

— C'était très bien, Sophie. Très bien, lui dit-il.

Sophie tendit ses bras vers lui, pendant que la costumière lui passait rapidement son manteau d'hermine sur les épaules. Elle le prit par le bras et l'entraîna hors de la loge.

La Rolls attendait en face de la sortie des artistes. Une foule de gens s'était amassée sur le trottoir, certains tendaient des programmes pour que Sophie les signât en passant, d'autres criaient de joie, tous l'adoraient. Sophie riait et leur faisait des signes de la main, pendant que Théo jouait des coudes pour s'ouvrir un chemin. Comme d'habitude, Sophie Matalas resta un peu au milieu de ses admirateurs, Théo se retourna, la prit par le bras et la força à avancer, pour ensuite pénétrer dans la limousine. Le chauffeur fit le tour de la voiture et ferma la portière, pour venir ensuite reprendre sa place au volant.

Juste avant qu'ils ne démarrent, un homme petit et aux cheveux crépus se pencha par-dessus la vitre ouverte, sourit à Théo en lui tendant un document. Etonné, Théo le prit. Puis, l'automobile démarra en douceur et se faufila parmi la foule en délire.

— Quel triomphe ! dit Sophie en se calant confortablement dans les sièges luxueux. Tous ces gens se souviendront de cette nuit merveilleuse.

Théo leva une main pour allumer la petite lumière derrière lui. Il ne disait rien, manipulant le document officiel et scellé. Sophie avait pensé au départ que cela devait être un programme qu'elle devait signer.

— Théo, qu'est-ce que c'est ?

Il ne sembla pas l'entendre et murmurait entre ses lèvres : Simi... Ah ! Simi...

— Le divorce, fit-il enfin.

— Il était temps, n'est-ce pas ? demanda-t-elle en haussant les épaules.

Théo brisa le sceau et se mit à lire le document.

— Pour adultère, commenta-t-il un peu plus tard.

Sophie se força à ne pas sourire et se détourna de lui pour regarder par la vitre les rues illuminées qui brillaient doucement dans le brouillard. Un très léger sourire aux lèvres, elle se dit qu'il ne pouvait en être autrement.

Théo lisait toujours le document, puis, à la grande surprise de Sophie, se mit à rire. Ce fut d'abord un rire bref, qui se métamorphosa peu à peu en grands éclats de joie. Théo tremblait de tout son corps tout en se renversant sur le dossier. Elle le regarda sans rien comprendre, et même un peu effrayée, par cet homme qui semblait tout à coup être devenu fou.

— Qu'y a-t-il de drôle ? demanda Sophie.

Théo ne répondit pas, vit le regard étrange de sa maîtresse et éclata à nouveau de rire. Elle lui prit le document des mains et commença à le lire, mais abandonna très vite sa lecture, à cause du langage technique du texte.

— Qu'y a-t-il de drôle ? répéta-t-elle.

Il lui indiqua du doigt les premiers mots de la page.

— Adultère, dit-il, mais pas avec toi.

Théo se mit encore à rire. Sophie saisit violemment le document et le lut à l'endroit indiqué.

— Ici, tu vois, lui dit Théo, il est écrit :

« ... a délibérément commis un adultère et ce à plusieurs reprises à bord du yacht *La Belle Simone*, ainsi que dans d'autres endroits avec une femme du nom de Pénélope Scott... »

— Penny! s'écria Sophie, dont la voix atteignit un contre-ut magnifique, digne des plus grands rôles des opéras de Verdi.

Sophie était outragée, ses yeux brillaient d'une colère sauvage. Elle émit à haute voix un chapelet d'obscénités dans sa langue natale italienne.

— Mais comment a-t-elle osé? Tout le monde est au courant. Tout le monde sait que je suis la cause de ce divorce. Et non pas cette Anglaise de rien du tout..., cette fille pâle... Non, c'est moi! Moi! Matalas!

— Eh bien, c'est très drôle, fit Théo, Simi a le sens de l'humour, tu ne trouves pas, Sophie?

Elle empoigna le document comme pour le déchirer en multiples morceaux, mais il était trop épais, alors elle se contenta de le lancer à toute volée contre la vitre de séparation. Le papier tomba à leurs pieds. Théo contempla tristement le document froissé qui gisait sur le tapis, la fin de son mariage.

— Non, dit-il, non, ce n'est pas drôle après tout.

Théo ne dit plus rien, se laissant aller à sa douleur.

La voiture s'arrêta devant le *Connaught*. Le portier se précipita pour ouvrir la portière, Sophie descendit de voiture, un sourire aux lèvres, au cas où il y aurait quelques journalistes. Elle se sentait seule, elle aussi, tout à coup, tout en s'enveloppant plus chaudement dans son manteau d'hermine. Elle se retourna pour attendre Théo, celui-ci se pencha et ferma la portière sous le nez de l'actrice. Théo donna un coup de téléphone, dit ensuite un mot au chauffeur, qui fit démarrer à nouveau l'automobile silencieuse. Sophie resta seule.

Une fois au *Claridge,* où il avait une suite, Théo donna au concierge de l'hôtel l'ordre de demander le Massachusetts au téléphone.

— Bien sûr, Monsieur, immédiatement.

Théo se précipita dans l'ascenseur et entra rapidement dans ses appartements. Après avoir retiré son pardessus et son écharpe, il se servit un verre de brandy et de soda. et le sirota, tout en dénouant sa cravate. Il était impatient, faisait les cent pas, tout en jetant de temps en temps des coups d'œil sur l'appareil téléphonique. Théo finit son verre et en remplit un second. Il marcha vers sa chambre, entra, examina le téléphone, mais il restait silencieux, lui aussi. Là, il défit sa chemise et enleva ses chaussures. Le téléphone sonna.

Théo se jeta sur son lit et prit le récepteur dans une main.

— Allô... Allô... Oui, oui, c'est Tomasis... Oui. Eliza ? C'est Théo. Comment allez-vous ?

Il s'assit sur le rebord du lit, nerveux comme un enfant et écouta la voix basse et musicale de sa correspondante, une voix qui éveillait en lui de profonds échos.

— Je vais bien, Théo. Je vais bien. Je suis actuellement dans la villa d'été, au bord de la plage.

— Bien, bien. D'ailleurs, j'entends votre voix et cela a l'air d'aller mieux. J'en suis heureux, Eliza.

— L'opérateur m'a dit que c'était un appel de Londres, il doit être très tard là-bas.

— Oui, je crois... Mais, pour vous est-ce trop tôt, trop tard ?

— Non, ni tôt, ni tard, fit-elle en riant doucement, je suis heureuse de vous entendre, Théo. C'est gentil d'appeler.

— Eliza... Toute cette nuit, une très longue nuit, j'ai pensé que... Pour la première fois de sa vie il hésita et laissa sa phrase en suspens.

— Oui ? Vous êtes toujours là ?

— Oh, oui, je suis là. Eliza..., nous parlons au téléphone, mais... Ce n'est pas bon d'écrire non plus..., le téléphone non plus. Eliza, quand venez-vous ? Quand vous reverrai-je ?

— Ce... ce n'est pas possible, Théo. Les gens ne comprendraient pas.

— On se fout des gens ! Que croient-ils que vous êtes ? La Statue de la Liberté en deuil ? Vous tenez vraiment à ce que les gens admirent votre courage ? Votre dignité ? Cela fait plus d'un an, Eliza. Combien de temps encore résisterez-vous ?

Il y eut un silence à l'autre bout du fil.

— Eliza ? reprit Théo, vous vivez, vous êtes jeune, vous êtes emplie de choses encore inconnues pour vous... Vous ne pouvez pas passer le reste de votre vie à vous lamenter.

— Je sais, dit-elle tranquillement, mais la famille... Mon beau-frère va se présenter comme candidat à la présidence. Vous le saviez ?

— Eh bien, envoyez-le se faire voir, lui aussi ! John Cassidy veut devenir Président, c'est son affaire. Cela ne doit pas vous obliger à vous isoler de tout. Ecoutez-moi : habillez-vous, mettez une robe du soir et sortez, allez dans une soirée. Qu'est-ce que cela lui coûtera ? L'Etat du Dakota du Nord ? Hein ?

A l'autre bout du fil, Liz rit sans contrainte.

— Ah ! Eliza, c'est si bon de vous entendre rire.

— Vous êtes très tonifiant pour moi, Théo. Vous... Vous êtes si différent des gens que je connais. Vous réussissez à me faire rire et je vous en remercie.

Théo sentit son cœur battre un peu plus vite ; c'était très important pour lui, car c'était tout nouveau. Il ne voulait rien d'autre que la rendre plus heureuse, moins seule. Théo pensa une seconde à la femme sensuelle qu'il avait pressentie chez Liz, cette facette qu'elle cachait si bien. Mais, cette fois-ci, c'était différent. Oui, ce n'était pas pour la conquérir. Non. Ils étaient simplement deux personnes seules, et c'était tout. Deux amis, peut-être.

— Allons, venez, lui dit-il, partons pour une petite croisière. A Tragos, d'accord ? Mon île vous appartient aussi longtemps que vous le désirerez. Qu'en dites-vous ?

— Non. Je... Je ne pourrais pas... Pas maintenant.

— Mais, Eliza, accordez-vous un peu de bon temps. Revenez au monde de la vie. La vie vous attend... La vie !

Il se demanda une seconde comment il pouvait être sûr de ce qu'il affirmait avec tant de conviction, car sa vie à lui était devenue triste et fade. Il ne se souvenait plus de ce que cela voulait dire : vivre. Il parlait par habitude, peut-être pour se convaincre lui-même.

— Je vous téléphonerai bientôt, Théo, c'est promis.

— Au revoir, Eliza. A bientôt.

— Oui, au revoir.

Liz raccrocha et tendit la main pour prendre ses lunettes de soleil. Elle ne les quittait plus. Elles étaient larges et rondes et la dissimulaient de la curiosité du monde extérieur. Elle reposa sa tête sur la grande et confortable chaise longue. A plat ventre, Liz essayait de réchauffer son corps au soleil. « Je ne serai jamais réchauffée, pensa-t-elle. Plus jamais. » Elle écouta un moment les vagues qui se brisaient un peu plus loin.

— Il est très tenace, commenta Nancy Cassidy, allongée à un mètre d'elle.

— Il est gentil, fit Liz en détournant la tête, il n'a que de bonnes intentions.

— Oh ! bien sûr, ce n'est pas ce que je voulais dire. Que voulait-il, cette fois-ci ?

Liz se mordit les lèvres pour ne pas lui révéler le fond de sa pensée. Elle aurait voulu lui dire : « Laisse-moi seule ». Au lieu de cela, elle se redressa et prêta l'oreille au loin, vers les dunes.

— Ce n'est pas un enfant que j'ai entendu crier ? demanda Liz.

— Je n'ai rien entendu, fit sa belle-sœur, qui se redressa aussitôt pour regarder dans la même direction.

— Je suis certaine d'avoir entendu quelque chose, murmura Liz en se recouchant, on aurait dit les pleurs d'un enfant.

— Je ferais mieux d'aller voir, fit Nancy d'un air ennuyé.

Elle rajusta les bretelles de son maillot de bain et se leva, pour courir vers les dunes en appelant ses enfants. Tous les prénoms y passèrent.

Liz ferma à nouveau les yeux et essaya de réfléchir. L'image de gens heureux et libres dansait dans sa tête, elle entendait des éclats de rire, de la musique. Un homme grand, beau, aux cheveux gris, avec un corps fort et viril dansait... c'était un moment de liberté, d'oubli des obligations, des devoirs, des responsabilités, de la tristesse. La musique des bouzoukis se mêla à des aboiements de chien.

Liz regarda vers la plage. John et son labrador couraient le long de la grève. Même à cette distance, Liz remarqua l'allure sérieuse de son beau-frère, son menton levé, la tête droite, le corps raide, comme on le lui avait appris. A côté de lui, le chien aboyait joyeusement après les vagues.

Elle se mit sur son séant. Nancy avait dû rentrer dans la maison pour voir ce que faisaient ses enfants. Liz tendit le bras vers son peignoir de bain et s'en revêtit. John et le chien étaient maintenant à côté d'elle.

— Y a-t-il du thé glacé ? demanda son beau-frère.

Liz fit oui de la tête tout en lui indiquant la glacière, posée sur le sable. Il en but une longue gorgée et s'allongea sur la chaise longue que sa femme venait de quitter.

— Johnny...

— Oui, Liz ?

— Je vais partir, Johnny.

Il l'observa, mais ne put rien déceler de la jeune femme, dont la moitié du visage était cachée par les lunettes noires.

— Bien, dit-il, un changement de lieu, pourquoi pas ?

— Je vais en Grèce, dit-elle doucement.

— Tomasis ? demanda-t-il, les yeux posés sur la glacière.

— Oui.

— Tu aurais vraiment tort de faire cela, dit-il avec précaution.

— Tort ? Pour qui ?

— Pour toi, Liz. Pour chacun d'entre nous. Pour la famille.

— Ah ! oui, la famille, reprit-elle avec un léger sourire aux coins des lèvres. Mais je pense sérieusement à me séparer de la famille, Johnny.

Il haussa les sourcils, mais ne dit rien. John était attentif. Il s'assit sur le rebord de la chaise, les mains sur les genoux. Le chien bondissait devant lui, un morceau de bois dans la gueule. John le lui prit de la bouche, caressa un moment l'animal et lança en l'air le bout de bois qui alla dans la mer. Le chien courut dans l'eau, passa sous une vague et nagea vers son butin. Il le saisit dans la gueule et revint vers eux aussi vite qu'il le put.

— Je commence à en avoir assez de la famille Cassidy, dit-elle.

— C'est triste de te l'entendre dire.

— Je suis fatiguée, John.

— Je sais. Tu as subi de lourdes épreuves, personne ne peut dire le contraire. Mais nous voulons te protéger de toutes nos forces, nous voulons t'aider...

— Je sais, le coupa Liz, je le sais très bien. Mais je suis fatiguée de la politique des Cassidy. J'en ai assez de devoir partager avec vous ce fardeau.

— C'est notre fardeau, aussi, Liz.

— Je suis lasse d'être la veuve aux yeux du monde entier. Je suis jeune, j'ai ces vêtements en horreur.

— D'accord, Liz. Tu as absolument raison. Mais, partir avec ce Grec...

— Et détruire l'image des Cassidy, continua Liz.

— Oui, fit John, qui semblait réellement ennuyé, je le crois. Si tu blesses notre famille, tu portes aussi un coup au pays.

Liz retira lentement ses lunettes et le regarda un long moment avant de répondre :

— Et tu veux que je continue à simuler la veuve éplorée, la veuve tragique pour le bien de la famille ? Parce que tu te présentes aux élections présidentielles ? Liz Cassidy, le caveau ! Liz Cassidy, la tragédie voilée de noir ! Cela te rapportera beaucoup de voix, n'est-ce pas ? Et ce sera bien pour le pays entier ? Oh, oui, je suis certaine que tu seras un bon président, mais je ne veux pas sacrifier ma vie à tout cela. Non, pas maintenant, d'autant plus que ce n'est qu'une comédie.

John la regardait, très peiné. Il ne disait rien, sachant par expérience qu'il valait mieux laisser parler les gens, les laisser déverser leurs peines et leurs injures pour mieux les oublier ensuite.

— Mais Johnny, continua Liz, cela ne peut pas marcher plus longtemps. Oui, je suis veuve, mais la douleur n'est plus aussi vive. Les morts sont morts. Je ne veux plus pleurer. J'ai choisi de ne plus pleurer.

John se prit la tête dans les mains. Le chien avait lâché le morceau de bois et attendait la bonne volonté de son maître.

— John, continua-t-elle d'une voix triste, voudrais-tu que je porte le deuil jusqu'à ce qu'un plébiscite me permette de quitter ces vêtements noirs ?

Elle attendit, mais il ne dit rien.

— Bien, fit-elle en se levant et en serrant le

peignoir contre elle, c'est aujourd'hui la fin de mon deuil.

Elle se retourna et marcha à pas rapides vers la maison.

CHAPITRE X

— ET CETTE FOIS-CI, PAS DE FLEURS, NI d'orchestre, s'il vous plaît, j'aimerais beaucoup venir à bord comme une simple invitée.

— Oui, oui, je comprends. Mais vous ne serez jamais une invitée ordinaire.

— Il semblerait que les autres convives soient très sympathiques.

— De vieux amis. Ce qu'il y a de mieux.

— Pas plus de six, d'accord, Théo ?

— Oui, oui, mais vous n'avez pas l'intention de vous cacher cette fois-ci ? C'est une vraie sortie.

— Je voudrais faire comprendre que je suis une personne normale. Juste un petit voyage, des vacances bien méritées. Croyez-vous que cela soit possible ? Pouvez-vous arranger cela avec toute votre influence, Théo ?

— Je vous le promets. Vous arriverez jeudi, alors ? Mon avion vous emmenera directement de New York au Pirée, et je serai là pour vous attendre. *La Belle Simone* sera là aussi.

— Oui, jeudi.

— *Yia*, Eliza.

— Qu'est-ce que cela veut dire ?

— *Yia* signifie à bientôt.

— *Yia*, Théo.

Théo raccrocha et commença à donner calmement des ordres à son jeune secrétaire. Il faudra faire annuler tous les passagers du Boeing 707 en première classe, tous sauf une passagère ; que l'avion décolle à l'heure où elle aura décidé de partir, tant pis pour l'horaire normal, il réglerait cela avec la commission un peu plus tard. Théo devrait contacter lui-même les autres invités. Tous les autres rendez-vous seront retardés.

— Mais votre réunion avec les Panaméens, objecta le jeune homme.

Théo soupira et se retourna dans son fauteuil pour contempler l'Acropole qui brillait dans le soleil de l'après-midi, qui semblait dire aux hommes que leur vie est courte et que seuls les grands monuments survivaient.

— Dites aux Panaméens... Oui, c'est une affaire de sept millions de dollars. Et puis, merde. Voyez si vous pouvez faire reculer le rendez-vous d'une semaine. Je partirai en croisière et puis, si cela est nécessaire, je reviendrai par avion pour une journée et les rencontrerai.

Théo se pencha en avant et saisit le combiné téléphonique.

— Veuillez appeler mon fils, s'il vous plaît.

Ensuite, il se retourna vers le jeune homme, qui attendait ses ordres. Il faudrait faire revenir ce chef cuisinier de Paris. Comment s'appelait-il déjà ? Plusieurs caisses de ce vin, le Château Mouton Rothschild 59, dans la cave du yacht. Il faudra téléphoner à son tailleur londonien pour que ses quatorze paires de pantalons soient prêtes sans faute. Et puis, téléphoner à sa secrétaire parisienne pour qu'elle achète des cadeaux pour les convives féminines, quelque chose d'approprié pour la saison.

La sonnerie du téléphone privé retentit.

— Nico ? Comment cela va-t-il ?

— Bien, Papa. Cela a été difficile de convaincre les Panaméens, mais ils se sont enfin décidés. Ils te verront vendredi prochain.

— Très bien. Mais il faut tout changer. Ne t'inquiète pas, tu as bien fait l'affaire. Je demanderai à Christos de retarder le rendez-vous. Ecoute, Nico... Que dirais-tu d'une petite virée ? Rejoins-nous sur *La Belle Simone* la semaine prochaine. Une petite croisière avec de bons amis. Tu pourrais te reposer un peu.

— Je..., fit Nico en balbutiant un peu, je dois aller à New York, Papa. Il se pourrait que nous ayons des ennuis avec les Américains.

— Des ennuis ? De quel genre ?

— Michel Corey ne s'occupe plus de nous.

— Bien sûr ! Nico, bien sûr, ne sais-tu pas qu'il est devenu Procureur Général. Il lui a fallu abandonner tous ses clients privés, même moi.

— Oui, mais...

— Nico, tu te fais trop de soucis. Nous trouverons un autre homme de loi, l'argent ne sera pas épargné. Allons, viens avec nous sur *La Belle Simone*.

— Non, Papa, vas-y et amuse-toi bien. Quant à moi, je ne me sentirais pas à l'aise si je n'allais pas à New York.

— Ah, Nico, quel homme tu es maintenant ! Plus fort que moi. Alors, tu vas prendre soin des affaires pendant que ton Papa va faire joujou avec son bateau, hein ?

— Oui, Papa.

— Tu es un bon garçon.

— Au revoir, Papa.

— Oui... Eh ! Nico ?

— Oui ?

— Comment va ta mère ?

Il y eut un long silence à l'autre bout du fil. Théo attendit.

— Elle va bien, Papa. Elle va bien, fit-il d'une voix changée.

— Bien, alors au revoir, Nico.

— Au revoir, Papa.

Théo voulut encore ajouter un mot, lui dire de ne pas trop s'en faire, mais son fils avait raccroché.

— VOUS avez changé, lui dit Théo, vous paraissez plus... détendue. Plus belle que jamais. Un peu trop mince, peut-être, mais nous prendrons soin de cela.

Liz rit de bonne humeur en montant dans l'hélicoptère. Une fois installés à l'intérieur et les ceintures attachées, ils ne dirent plus rien, le bruit du moteur empêchait toute conversation. Un moment plus tard, ils se dirigeaient droit vers *La Belle Simone,* qui trônait fièrement au milieu des eaux. Le yacht était ancré au large du port, ses lignes majestueuses se découpaient sur le bleu de la mer. Ils survolèrent des bateaux à voiles, des cargos, des pétroliers et atterrirent doucement sur le pont en bois de teck de *La Belle Simone*.

— Bonjour, Liz, quel bonheur de vous revoir.

— Bienvenue, ma chérie. Je désirais tant cette croisière tranquille. N'est-ce pas une idée merveilleuse que celle de Théo ? Oh, Liz, quel plaisir de vous revoir !

— Madame Cassidy, c'est un très grand plaisir.

Liz accepta les salutations chaleureuses et sans manières des invités. Certains étaient restés dans leurs appartements, d'autres se doraient près de la piscine. Personne ne fit de chichis. C'était parfait. Elle sourit et sentit la chaleur du soleil la gagner.

— Vous voyez ? Pas de fleurs, pas d'orchestre, fit Théo.

— Merci, je me sens merveilleusement bien.

— Cela a-t-il été difficile pour vous de quitter votre famille ?

Il ne remarqua pas le léger froncement de sourcils, alors qu'il la conduisait à sa suite.

— Non, cela n'a pas été difficile.

— Bien. Voilà vos appartements. La suite de Déméter. Revenez sur le pont quand vous le voudrez. Vous voyez, tout est calme, comme vous me l'avez demandé.

— Eh bien, j'espère que cela ne sera pas trop calme, fit-elle en souriant énigmatiquement avant de disparaître dans la suite.

Le bateau leva l'ancre et partit presque immédiatement. Par les hublots de son salon, Liz regarda le paysage défiler lentement sous ses yeux, elle était dans le même état d'esprit que ces aventuriers de la mer, autrefois, qui avaient quitté la terre et ses soucis.

Elle s'habilla avec soin. Liz n'avait emporté aucun vêtement noir, mais beaucoup de couleurs pastel, beaucoup de blanc. Ce soir-là, pour le dîner, elle avait revêtu une robe vert pâle, d'une coupe très simple. De minces bretelles retenaient le tissu de soie légère à ses épaules, la robe tombait en droite ligne jusqu'à ses chevilles. Elle ne portait aucun bijou, si ce n'étaient une médaille d'or à une chaîne et son alliance.

Théo la regarda par-dessus la table et ressentit ce sentiment de fierté bien connu, la sensation de sa masculinité qui s'était faite si rare ces derniers temps. Le divorce d'avec Simi, les exigences de Sophie... ici, c'était différent, il avait une vraie dame à sa table. Une dame de chair et de sang, aussi belle qu'Aphrodite en personne. Il la regarda sourire et parler pendant le dîner, et il se sentit plein de grandeur. Liz était la femme la plus célèbre du monde, et elle était son amie, sa convive... Et rien de plus, se promit-il à lui-même.

— Savez-vous ce que Tragos signifie ? demanda-t-il soudain à sa voisine de droite. C'est le nom de mon île, vous savez ?

— Non, Théo, je ne sais pas.

— Oui, Théo, dites-nous ce que cela signifie.

— Eh bien, commença-t-il d'une voix qui retint l'attention de toute la table, cela veut dire : chèvre. Chèvre, et de là vient toute la tragédie... Oh, c'est très compliqué. Mais, bien sûr, la tragédie est interdite sur mon île. Le nom a un rapport avec moi.

— Avec vous, Théo ?

— Dans mes jeunes années, il y a eu une ou deux femmes que je connaissais qui m'ont traité de chèvre.

Tout le monde rit de bon cœur, et la conversation prit aussitôt un tour de plaisanteries ininterrompues. Après le dîner, Théo et Liz se promenèrent tous les deux sur le pont principal du yacht.

— Vous savez que ma femme a demandé le divorce ? dit-il.

— Oui, j'en ai entendu parler. J'en suis désolée.

— Evidemment, j'ai accepté. Comment pouvais-je faire la guerre à la mère de mon fils ?

— Est-ce qu'elle vous manque ? demanda Liz en regardant les étoiles.

Le ciel était si vaste, les étoiles si lointaines qu'il semblait que la solitude soit la condition naturelle de l'homme, une condition universelle et inévitable.

— Je l'aime, répondit Théo, je l'ai aimée depuis longtemps. Elle ne fait plus partie de ma vie.

— Oui, murmura Liz.

Elle comprenait très bien. Une partie de la vie disparaît soudain... comme une étoile qui glisse dans le ciel et qui s'évanouit, en laissant une place vide.

— C'est très difficile, dit Théo, oui, elle me manque.

— J'en suis navrée, dit-elle d'une voix douce.

— Mais ma perte n'est rien en comparaison de la vôtre. Je suis très égoïste de vous parler de cette façon.

— Ce n'est pas comme si... elle était morte, dit-elle.

— Oh, Eliza, c'est moi qui suis navré. J'ai été stupide de vous dire cela.

— Non, Théo, c'est important de parler. C'est nécessaire, et...

— Et, continua-t-il, on comprend ce que c'est que de perdre quelqu'un.

— Oui.

— Vous êtes très gentille, Liz. Très gentille.

— Il fait un peu frais sur le pont. Si nous rentrions ? Je crois que je prendrais bien un brandy. Un film ! Est-ce qu'il y a du cinéma à bord, Théo ?

— Oui. Que voulez-vous ? Quelque chose de gai ? D'enjoué ? De sexy ?

— Pourquoi pas ? fit-elle en riant.

La Belle Simone voguait paresseusement sur les eaux bleues, s'arrêtant çà et là, au gré d'une île. Les passagers débarquaient, allaient faire quelques achats, ou visitaient les lieux à dos d'âne, contemplant les ruines antiques, ou bien allaient sur la plage pour se baigner, se bronzer. Ils dépensèrent de l'argent partout où ils passaient, et écoutèrent çà et là le récit des légendes propres à chaque île. Ils rirent, conversèrent de bon cœur et devinrent bronzés. Ce fut une semaine de paix, d'aventures et de complicité entre eux.

— Vous voulez danser ? lui demanda un soir Théo, alors qu'ils s'étaient arrêtés à une *taverna* d'un village.

La musique y était forte et endiablée. Théo était resté assis avec ses hôtes et échangeait des salutations très gaies avec ses compatriotes.

— Non, répondit Liz, je crois que je vais faire un petit tour dehors, d'accord ?

— Bien sûr, dit Théo.

Théo se leva et la suivit, après s'être excusé auprès de ses amis. Ils marchèrent dans la nuit étoilée, traversèrent une petite place poussiéreuse et empruntèrent une ruelle étroite qui menait vers la mer. Les maisons blanches luisaient doucement sous la lumière de la lune, le ciel était constellé d'étoiles.

— Parlez-moi de votre vie. Cela n'a pas été facile, n'est-ce pas ? demanda-t-il.

— Oh ! tout le monde m'envie, ou m'a enviée. C'est étrange, mais je ne me souviens pas avoir pris du plaisir à ce moment-là. Bien sûr, James était avec moi, mais il était si souvent absent. Nous avions très peu l'occasion de nous voir tous les deux. Il y avait toujours des gens..., des rois, des poètes, des présidents... et je devais faire leur connaissance. Je devais sourire. Ce célèbre sourire.

A ce point du récit, Liz leva la tête vers le ciel et fit une grimace comique. Théo rit de bon cœur et lui prit la main. Elle était froide. Les petites maisons du village étaient closes et silencieuses. Il n'y avait pas âme qui vive. Il y eut un aboiement de chien, puis ce fut le silence à nouveau.

— Je souriais, continua Liz, je souriais toujours, à tout moment. C'était épuisant... merveilleux aussi, mais épuisant. Devoir toujours sourire.

— Même pas la permission de roter, fit Théo, en riant.

Elle rit aussi.

— Non, reprit-elle. Cela exigeait une certaine... nature unique. Et je ne suis pas unique. Non, pas du tout, c'est vrai, Théo.

— *Skata !* dit-il à voix haute.

Ils s'arrêtèrent de marcher. Liz le regardait d'un œil étrange.

— Quoi ? demanda-t-elle.

— *Skata !* De la merde ! Vous dites que vous n'êtes

pas unique... Ah, Eliza... Puisque je suis tel que je suis, et puisque vous êtes avec moi maintenant et que je ne désire aucune autre femme au monde en ce moment, cela signifie que... Que quoi, Eliza ?

Ils se regardèrent dans les yeux. Liz se rendit compte qu'il était sérieux.

— Cela me rend unique, fit-elle avec un sourire.

— Bravo !

Leurs éclats de rire se répercutèrent sur les murs blancs des maisons. Théo l'entraîna vers une plage bordée d'arbres. Ils trouvèrent un banc et s'y assirent pour contempler la mer ondoyante sous la lune. *La Belle Simone* était ancrée au large de la côte, ses feux de position étaient allumés et la faisaient paraître comme une déesse de la mer. Sur la grève, des bateaux de pêche étaient recouverts de filets qui séchaient dans la nuit. Il tenait toujours sa main ; Liz ne la retira pas, elle se sentait bien. Ils restèrent assis longtemps sans rien dire, jusqu'à ce que l'écho des voix de leurs amis leur parvienne aux oreilles. Ces derniers apparurent un moment plus tard sur la petite place et les rejoignirent sur la plage. Ils montèrent tous à bord de la vedette qui devait les ramener vers le yacht.

— Je dois vous quitter aujourd'hui pour quelques heures, dit Théo le lendemain matin, au petit déjeuner. Les affaires.

Le marché de Panama ne pouvait pas être retardé plus longtemps. Les appels téléphoniques d'Athènes s'étaient faits urgents. Et puis, il avait eu des rumeurs inquiétantes de Nico à New York. Il ne pourrait jamais se permettre de mêler Liz à cette affaire américaine compliquée. Théo ne voulait pas utiliser le pouvoir, les relations de la famille Cassidy. Mais il lui faudrait trouver une solution. Et pour cela, il avait besoin de s'éloigner de l'atmosphère paisible du yacht et surtout de ne plus contempler le visage satisfait de Liz. Jusqu'à présent, dans toute sa vie, Théo n'avait jamais hésité à utiliser quelqu'un. Mais, cette fois-ci, il dut reconnaître qu'il était sur un terrain très dangereux. Oui, il y penserait plus tard, en faisant route sur Athènes.

Le marché panaméen fut conclu de façon satisfaisante. Mais Théo se demandait toujours comment il allait faire pour tenir les Cassidy à l'écart de ses ennuis qui semblaient s'aggraver aux Etats-Unis. Oh, Nico doit se faire trop de soucis ! Le garçon était encore trop jeune. Les soucis, c'était pour la jeunesse, se dit-il. Oui, il parlerait demain à Nico. Tout pouvait toujours s'arranger.

Théo revint à bord de *La Belle Simone*.

— Vous nous avez manqué, Théo, dit une des invités.

Liz ne dit rien, mais ses yeux brillaient. Théo en fut heureux. Ce soir-là, il y eut un dîner spécial. Un menu grec, et non français. Théo ne dit rien, mais observa avec joie Liz Cassidy qui mangeait de bon appétit.

— Demain, dit Théo à la cantonade, nous serons sur une île déserte. Pas une âme qui vive. L'une des plus belles plages de la Grèce sera à nous, seulement à nous.

— Le paradis ! s'exclama une des dames.

— Il n'y a pas de trésor caché ? demanda son mari à Théo.

— Pourquoi pas ? répondit ce dernier, vous pourrez chercher. Et tout ce que vous trouverez devra revenir bien sûr au gouvernement grec. Moitié, moitié. Moitié au gouvernement, moitié à Tomasis, c'est la loi.

Une première embarcation quitta le yacht, elle transportait les domestiques qui avaient préparé des tables, des chaises, des serviettes pour le pique-nique. La seconde était pour les convives, qui s'étaient presque tous mis en bikini. Un moment plus tard, ils étaient tous allongés sur la plage, les corps huilés, prêts à prendre le soleil.

Liz plongea dans le rouleau d'une vague, refit surface et nagea avec aisance à quelques mètres du canot à moteur. Elle s'y accrocha, secoua la tête en riant et appela Théo.

Théo ne les avait pas rejoints sur la plage, il était resté dans la vedette et s'était mis à travailler sur quelques documents juridiques. Il la regarda avec étonnement, tant il avait été concentré sur son travail. De la place où il était assis, Théo ne pouvait apercevoir que la tête et un bras de la jeune femme. Il portait des lunettes de vue et les ôta prestement, pour lui sourire.

— Une sirène ! s'exclama-t-il en se levant pour s'approcher de Liz, accrochée au flanc du bateau.

— Venez, Théo, déshabillez-vous. Le soleil est merveilleux, l'île est merveilleuse. L'eau est divine… Venez !

— Plus tard, dit-il en lui montrant les papiers qu'il tenait à la main. Je travaille.

Elle fit une petite grimace, l'air de dire : « Ce n'est pas très drôle » et glissa à nouveau dans l'eau avec un mouvement gracieux. Théo la contempla. Elle avait un corps curieux, après tout, on aurait dit un poisson, mais il y avait une différence, c'est que son corps était parcouru d'un sang chaud, sa peau était douce comme... comme la peau d'une femme.

Il tombait amoureux.

Théo alla se rasseoir à sa table et reprit ses lunettes. Il essaya de se concentrer sur les documents, mais c'était impossible.

— Théo ! cria Liz.

Elle nageait vers la plage et s'était arrêtée pour le regarder. Il se leva et lui fit un signe du bras. Son cœur battait la chamade.

Liz prit des poses grotesques dans l'eau pour le faire rire. Elle leva une jambe hors de l'eau et tordit son pied dans une position comique. Puis, elle nagea dans cette position vers la grève, où elle prit pied. De là, elle lui tira la langue. Puis, elle éclata de rire.

— Allez, venez, Théo.

Il rit.

Elle était libre, pensa-t-il. Libre, enfin. Je lui aurai donné cela. C'était très beau.

Il la vit sortir de l'eau, marcher sur la plage en secouant la tête, puis s'étendre à côté des autres. Même à cette distance, et au milieu des autres femmes, Liz était différente d'elles, elle avait quelque chose de spécial.

Le téléphone sonna tout à coup. Théo décrocha.

— Oui ? Qui est-ce ?

— Votre fils, Monsieur, il appelle de New York.

— Très bien, mettez-moi en ligne.

— Papa ?

— Oui, oui, Nico. Que se passe-t-il ?

— Cela va mal, ici, Papa. Il se pourrait même que cela empire. Le gouvernement menace de saisir tous

les bateaux de la société. Je crois que tu devrais venir,
c'est sérieux, Papa.

— Et cet idiot d'avocat que nous avons pris, ne
peut-il rien faire pour les arrêter ?

— L'ultimatum est pour demain matin, à midi.
Nous avons huit navires dans les ports américains et il
n'y a pas moyen de les faire partir avant ce délai.

— Pas moyen ? Mais, bon Dieu, Nico, comment
cela se peut-il ?... Bon, très bien, je serai là aussitôt
que possible. Ne t'inquiète pas.

— Ne pas m'inquiéter ! Mais, bon sang, comment
peux-tu dire cela ? Je te dis qu'ils vont saisir les huit
bâtiments.

— D'accord, d'accord, Nico. Je vais venir. Je serai
là dans quelques heures.

Théo raccrocha et regarda sur la plage ses invités
qui lui faisaient de grands signes pour qu'il vînt les
rejoindre. Il vit la fumée du barbecue auprès duquel
s'activait le chef cuisinier français. Cela sentait la
pintade grillée. Il se tourna vers le marin qui attendait
son signal.

— Vous allez me laisser sur la plage, puis vous
reviendrez au yacht et demanderez à mon valet de
préparer mes affaires pour New York. Faites préparer
l'hélicoptère et dites au pilote de se tenir prêt à
décoller pour New York.

— Oui, Monsieur.

Théo rejoignit ses hôtes sous la grande toile qui
abritait la table, faisant semblant de n'avoir aucun
souci en tête, mais l'esprit manquait.

Après le déjeuner, Théo prit Liz à part et lui dit
qu'il devait partir pour New York pour affaires. Liz ne

portait pas ses lunettes noires. Elle était en train de déguster un capuccino glacé.

— Trois jours, et ce sera tout, lui dit-il, il faut que j'aille discuter avec des requins du gouvernement. Rien d'important. Le gouvernement américain et moi sommes de bons amis.

— Bien sûr, fit-elle en souriant, c'est une curieuse manière de m'abandonner à plus de neuf mille kilomètres de chez moi, sur une île déserte en plus !

— *La Belle Simone* vous appartient, répondit-il sur le même ton taquin, faites-en ce qu'il vous plaira, mais soyez sage. Allez où vous voudrez. Pendant trois jours seulement. Vous ne vous rendrez même pas compte que je suis absent.

— Oh, si. Je m'en rendrai compte !

Théo observa son visage pour voir ce qu'elle avait voulu dire, mais ne trouva qu'une expression satisfaite.

— Trois jours seulement, reprit-il, vous pouvez revenir sur Mykonos, si vous le voulez... ou aller à Patmos, pour les tapis, les bijoux... partout où vous voudrez.

— Peut-être Athènes, fit-elle d'une voix rêveuse.

— Oui, bien sûr. Vous ancrerez au Pirée, et ma voiture vous emmènera où il vous plaira. Je vais arranger l'affaire avec les requins américains, et reviendrai aussitôt après.

Ils revinrent tous au yacht. Pendant ce temps, les domestiques s'activèrent autour de la table qui avait servi au déjeuner sur la plage, et rangèrent tous les accessoires de pique-nique. A bord du yacht, les convives s'étaient tous dispersés dans leurs appartements. Certains se douchaient, d'autres se reposaient, ou se préparaient pour le dîner.

Il frappa à la porte de la suite de Déméter, au moment où Liz s'apprêtait à enfiler sa robe du soir. Clara, la servante, vint lui ouvrir, et Liz lui fit signe d'entrer.

— Je m'en vais, dit-il, je voulais simplement vous dire au revoir. Amusez-vous bien. Je vous reverrai vendredi, à Tragos, d'accord ?

— Vous êtes très bien dans votre costume d'homme d'affaires, lui dit Liz d'un ton moqueur.

— Liz...

— Oui, Théo ?

— Je veux que vous sachiez que mes affaires avec les autorités américaines, avec le gouvernement...

Théo s'arrêta de parler devant l'air étonné de la jeune femme. Il sentit aussitôt qu'elle devenait plus prudente, moins confiante. Un mur invisible s'établit entre eux. Théo s'en voulut d'avoir mentionné le sujet. Mais pourquoi avait-il senti la nécessité de lui en parler, ou même d'y faire allusion ? Peut-être parce que, pour une fois dans sa vie, il était décidé à être franc, pour le bien de cette femme, et il voulait qu'elle le sache.

— Cela n'a rien, mais rien à voir avec vous, continua-t-il, avec notre amitié. Je veux simplement que vous le sachiez. C'est important pour moi.

— Bien sûr, je le crois, Théo. De toute façon, je n'ai plus aucune influence. Vous le savez, n'est-ce pas ?

La voix de Liz était devenue si basse que Théo eut de la peine à entendre les derniers mots. Il s'approcha d'elle, lui prit le menton dans une main et leva son visage vers le sien, en la regardant droit dans les yeux. Elle lui sourit. Théo avait compris plus de choses qu'elle ne voulait en laisser paraître.

— Je ne vous ferai jamais de mal, lui dit-il douce-ment.

— Appelez John et Nancy pour moi, voulez-vous ? lui demanda-t-elle en souriant toujours.

— Bien sûr. Leur dirai-je que vous passez des vacances merveilleuses ?

— Oui, c'est cela ! fit-elle en riant.

Liz s'écarta doucement de lui. La main de Théo retomba.

— Vendredi, à Tragos, d'accord ?

— Oui.

— Alors, au revoir... pour trois jours seulement.

— Au revoir... au revoir, Théo.

Théo se pencha vers elle et l'embrassa sur la joue, puis quitta la pièce. Derrière lui, le steward referma doucement la porte.

Depuis son salon, Liz regarda l'hélicoptère faire un cercle dans le ciel, puis disparaître dans le soleil couchant.

— Au revoir, Théo, fit-elle à mi-voix.

Liz ouvrit son armoire et chercha une autre robe. Rien ne lui plaisait ce soir-là. Elle se sentit soudain fatiguée de cet après-midi, passé à nager et à prendre le soleil.

— Clara ! appela-t-elle.

La domestique arriva rapidement de la chambre à coucher.

— Clara, pourriez-vous téléphoner au steward et lui demander de venir me servir à dîner dans ma chambre ce soir ? Dites aussi aux autres invités que je ne serai pas des leurs... Je crois que je vais dîner seule, ce soir, ici, dans le salon.

— Oui, Madame.

Le steward arriva quelques minutes plus tard, muni d'un crayon et d'un calepin.

— Est-ce que vous voudriez quelque chose de particulier pour votre dîner, Madame ? demanda-t-il.

— Oui, répondit-elle en souriant, j'ai très faim. Je voudrais de la *moussaka*.

— *Moussaka,* oui, fit-il en écrivant.

— Et une petite salade avec du fromage, beaucoup de fromage.

— Oui, Madame, et comme dessert ?

Liz réfléchit un moment. Elle n'arrivait pas à retrouver le mot exact.

— Est-ce que le chef pourrait préparer un... *galaktobour...*

Liz s'arrêta, rit et regarda le jeune homme.

— Un *galaktoboureko,* oui, Madame, c'est tout à fait possible, dit-il en écrivant toujours.

— Merci, dit-elle.

Liz regarda le ciel par l'immense hublot de son salon, les étoiles commençaient à briller. Elle fit un pas vers la porte en verre qui donnait sur le pont adjacent à son salon et se retourna vivement vers le jeune homme qui s'apprêtait à partir.

— Eh, steward..., appela-t-elle.

— Oui, Madame.

— Un peu de vin, s'il vous plaît. Retsina.

— Oui, Madame. Ce sera tout ?

Liz acquiesça, le laissa partir et se retourna vers les derniers rayons de lumière. La petite île déserte formait une masse sombre, un simple rocher au milieu de la mer. Quelques instants plus tard, elle perçut le ronronnement des moteurs du yacht qui était prêt à appareiller.

— Ah, dit-elle, ah !..., comme pour saluer l'horizon.

CHAPITRE XI

— **N**ICO, J'ARRIVERAI A MINUIT, heure de New York. On sortira quelque part. On ira s'amuser. Que dis-tu ? Emmène ta petite amie, Nico... Tu as une petite amie, hein ?

— Oui, admit Nico, mais tu voudras peut-être dormir, Papa ? Cela fera un décalage horaire de six heures pour toi, ne crois-tu pas que tu devrais te reposer ?

— Le repos, c'est pour les morts, cria Théo au téléphone, je dormirai un petit peu dans l'avion, ici. Comment s'appelle ta petite amie ?

— Aggie.

— Aggie ? Quel drôle de nom ! Mais elle est très belle, n'est-ce pas ?

— Oui. Mais nous aurons à parler, il nous faudra nous concerter pour l'audience, Papa, je t'en prie.

— Oh, Nico, Nico, quand comprendras-tu qu'on peut encore mieux discuter parfois autour d'une table, en compagnie de belles femmes, avec du vin, de la musique ? Allons, Nico, donne-moi le nom d'un endroit sympathique avec plein de gens, où tu pourrais sortir ton amie pour faire la connaissance de ton Papa. Je t'y retrouverai à minuit.

— Très bien, allons au Club Huit. C'est sur la Cinquante-Septième Avenue.

— Bien, bien. Je te retrouverai là-bas. Ne te fais pas autant de soucis, fils.

— Au revoir, Papa.

— *Yia.*

Théo dormit d'un profond sommeil en survolant l'Atlantique et fut réveillé par la petite lampe au-dessus de son lit qui lui indiquait qu'il ne lui restait qu'un quart d'heure avant l'atterrissage. Par le hublot, il vit les lumières de New York, la plus belle des lumières artificielles du monde, excitante. Cette concentration d'énergie, de richesse et d'émotions en une seule ville avait toujours pour effet de le recharger, comme une batterie ; il se sentit prêt à affronter le combat. Alors, ils voulaient saisir ses navires, hein ? Mais il avait plus d'un tour dans sa manche. Ces lumières en bas avaient la possibilité d'éclairer la ville parce que Théo Tomasis avait des bateaux, il faudra qu'il le leur rappelle. Pendant qu'il nouait sa cravate, l'avion s'arrêtait dans un hangar privé, dans un coin de l'aéroport Kennedy. Le douanier monta à bord, comme une vieille connaissance. Un hélicoptère transporta Théo vers d'autres hangars, d'où il sortit pour s'engouffrer dans sa voiture qui se faufila ensuite dans la circulation pour atteindre enfin le Club Huit.

L'endroit était très bruyant, avec des lumières qui crépitaient au rythme de la musique, aux couleurs de l'arc-en-ciel. Théo se trouva en train de danser avec une Américaine. Sa partenaire était une femme qu'il n'avait jamais vue auparavant ; elle se faufilait parmi les danseurs pour aller Dieu sait où, quand Théo l'avait prise par la main et l'avait retenue sur la piste de danse. Ils ne se touchaient pas, mais étaient ensemble d'une certaine façon. Elle riait tout en dansant, la tête en arrière, ses dents faisaient une tache blanche et brillaient comme celles d'un animal sauvage. Théo l'aima pour cet instant. La musique s'arrêta, Théo la prit par la main, et ce fut elle qui le guida vers une table où était assis un homme mince, à l'air sérieux.

— Mon mari, dit-elle en s'affalant dans sa chaise.

— Merci pour votre femme, dit Théo.

L'homme le regarda d'un drôle d'air, il paraissait perdu dans un rêve et sembla un instant reconnaître son vis-à-vis. Peut-être avait-il vu son portrait dans les journaux ou les magazines ? Il sourit, heureux, et tapota Théo dans le dos. Ce dernier fit de même, tout en se courbant vers la jolie jeune femme qui semblait déjà ailleurs, à la recherche de quelque illusion facile.

Théo se faufila parmi les danseurs vers la table de Nico et Aggie, et s'assit lourdement dans son fauteuil.

— Très belle, très belle, murmura-t-il en regardant toujours sa partenaire d'un instant.

Puis, il se tourna vers les deux jeunes gens.

— Très bien, ta moustache, Nico, commenta-t-il, cela te sied bien, tu es encore plus beau. Plus Grec. Très bien.

Nico ne disait rien et se tenait hors de la portée de son père dont la main voulait toucher la moustache. Autour de leur table, les garçons flânaient, ignorant les autres clients dans l'espoir de servir Tomasis.

— Vodka, dit-il, glacée et pure. Et pour vous ? Rien ?

Aggie secoua la tête en signe de refus. Elle avait de longs cheveux blonds et buvait quelque chose d'épais, qui semblait une liqueur. Nico, lui, buvait une bière mexicaine.

Théo se pencha pour parler confidentiellement à Aggie, mais il le fit à haute voix pour que Nico pût entendre.

— Mon fils se fait du souci... Est-il toujours comme ça ? Chaque fois que je le vois, il... est-il le même avec vous ?

Aggie avait un sourire angélique, elle devait avoir au plus dix-huit ans ; son sourire était innocent, ses dents petites et égales. C'était une jolie jeune fille, d'une allure un peu virginale, mais qui se métamorphoserait vite en garce. Pas de rouge à lèvres. Ah ! ce Nico pouvait draguer les filles. Mais pourquoi se méfiait-il de lui ? Ils étaient semblables, intérieurement, le même homme son fils et lui.

— Il ne se fait pas de souci avec moi, dit Aggie avec son sourire innocent.

— Papa...

— C'est une très jolie fille, le coupa Théo.

— Papa, ils ont saisi nos huit navires cette nuit. Ils n'ont pas attendu l'ultimatum. Ils ont pris huit navires !

— Et puis ? demanda Théo.

— Et le *Saudi Star* va à Norfolk demain. Ils le saisiront aussi. Mais, bon Dieu, qu'est-ce qu'on fait ici ?

— Ecoute..., ne te fais pas autant de soucis. Que peut-on faire en pleine nuit au sujet de bateaux et de gouvernement ? Rien. Alors, pourquoi ne vas-tu pas danser un petit peu, Nico ? Prends ta petite Aggie dans tes bras et fais-la danser, détends-toi. Demain...

Nico regarda fixement son père, secoua la tête avec colère et se détourna.

— Nico, fit Théo en posant sa main sur le poing serré de son fils, demain, j'appellerai Washington. Michel Corey est le Procureur Général, nom de Dieu ! C'était mon avocat et mon ami personnel. J'arrangerai tout. Il n'y a pas de quoi s'inquiéter, d'accord ? termina-t-il en souriant pour calmer son fils qui soupira et but sa bière d'une seule gorgée.

— Alors, Nico, reprit-il taquin, où trouves-tu d'aussi jolies filles, hein ? Aggie est très jolie.

Nico ne prêtait attention à aucun des deux.

— Bon Dieu ! Mais fais quelque chose. Parle-lui... Fais-la danser...

Nico se cala la tête dans une main et regarda un moment son père.

— Très bien, fit Théo, allez, venez danser avec le Papa de Nico, Aggie.

— Quel Papa ! fit-elle en le suivant.

— C'est un bon garçon, n'est-ce pas ? lui cria-t-il lorsqu'elle s'approcha de lui au rythme de la danse.

— Très beau, dit-elle.

— Beau, répéta-t-il, adulte. Un jeune homme très sérieux.

— C'est sûr ! fit la fille en riant.

— Vous l'aimez bien, hein ?

— Je l'adore, dit-elle en souriant d'un sourire plus angélique que jamais.

Puis, à un moment, la fille regarda par-dessus l'épaule de Théo, les yeux grands ouverts. Ce dernier se retourna.

A leur table, Nico parlait avec deux hommes en pardessus. Ils étaient debout en face de lui et ne souriaient pas. L'un d'eux était plus âgé, avec des cheveux blancs et un visage bizarrement ridé. L'autre était jeune, du même âge que Nico. Lui aussi avait une moustache, dont les bouts étaient relevés. Les deux hommes gardaient leurs mains dans leurs poches. Dans ce lieu distingué, ils paraissaient porteurs de mauvais augure.

Délaissant Aggie, qui continua à danser seule, Théo se fraya un chemin parmi les couples indifférents.

— ... Et je vous recommande de faire attention, disait le plus vieux à Nico en pointant son index.

— Mais que se passe-t-il, bon Dieu ? demanda calmement Théo.

— Monsieur Tomasis ? demanda le plus jeune des deux hommes, en se retournant vers lui avec politesse.

— Mais que se passe-t-il ? répéta Théo à l'adresse de son fils.

— C'est le F.B.I., Papa, expliqua Nico.

Le plus âgé des deux hommes en pardessus tira une carte de sa poche et la montra à Théo qui put lire : Norman DiBlassio, agent du Bureau Fédéral des Recherches. Le plus jeune fit de même, il s'appelait Robert Becker et était lui aussi un agent du F.B.I.

Becker tenait un autre papier sous sa carte d'immatriculation.

— Mandat fédéral, Monsieur Tomasis, fit-il en indiquant le papier, vous êtes arrêté.

Théo sentit les yeux des clients voisins le fixer, et ceux de son fils aussi. Il prit le papier des mains de Becker et le froissa.

— C'est une plaisanterie, dit Théo.

— Violation du code des Etats-Unis de la Marine Marchande, paragraphe dix-neuf, fit Becker d'une voix laconique.

Après avoir parlé, Becker se pencha vers Théo et porta la main à la poche de sa veste où ce dernier avait mis le papier ; fou de rage à ce contact, Théo le repoussa violemment en criant :

— C'est une foutue plaisanterie !

— Suivez-nous, Monsieur Tomasis, fit simplement l'homme en le tenant fermement par le bras.

A ce moment-là, Nico se propulsa hors de son fauteuil, bouscula l'agent plus âgé et se posta auprès de son père, les poings serrés en hurlant :

— Ne touchez pas mon père avec vos sales mains !

A ce moment-là, DiBlassio se plaça entre le père et le fils, prit Nico par le revers de sa veste et le fit reculer vers le mur.

— Vous n'avez pas compris ce que je vous ai dit ? Je vous ai recommandé de vous tenir tranquille, fit DiBlassio.

Théo se débarrassa du jeune, en le poussant violemment, ce dernier aurait perdu l'équilibre s'il ne s'était pas rattrapé au dossier d'un fauteuil. Les gens autour d'eux sifflaient et criaient, comme s'ils assistaient à un spectacle de rue.

Un flash d'appareil-photo illumina le visage de Théo qui s'apprêtait à atteindre DiBlassio par-derrière. D'un coup de pied maintenant habituel, Théo envoya l'appareil en l'air, qui alla s'écraser contre un des murs de la boîte. Il agrippa l'agent à deux mains et le fit tourner sur lui-même.

— Si vous touchez à mon fils, je vous fais sauter la cervelle ! lui dit-il, les yeux dans les yeux.

Mais Becker se plaça derrière Théo et lui saisit le bras, pour le lui tordre dans le dos et lui passer une menotte au poignet.

Stupéfait, Théo abandonna DiBlassio et se retourna vers son jeune adversaire.

— On veut l'autre menotte ? demanda laconiquement Becker. On veut nous causer des ennuis ?

— Allez-vous faire foutre ! rugit Théo.

Becker saisit l'autre poignet de Théo et y referma la seconde menotte. Tout le monde, y compris Théo, restait pantois.

— Papa ? demanda Nico, à côté de lui, qui, stupéfait, ressemblait à un tout petit garçon, malgré sa moustache.

Théo réussit à sourire. C'était en fait très drôle. Théo Tomasis dans une rixe d'une boîte de nuit, conduit en prison, les menottes aux mains !

— Paie la note, dit-il à son fils.

Théo essaya de lever les mains en signe d'au revoir, mais son geste devint ridicule avec l'entrave de ses poignets liés par les menottes.

Bien sûr, on ne lui fit pas passer la nuit en prison, Théo fut relâché sur un simple contrôle d'identité. Il dormit deux heures et s'envola pour Washington.

Là, il devait rencontrer Michel Corey dans une immense salle de conférence du bâtiment de la Justice.

— Les menottes aux poignets ! Dans une boîte de nuit, une foutue discothèque..., j'ai été épinglé comme le dernier des malfaiteurs. C'est John Cassidy qui était derrière tout cela, hein ? Michel, mon ami, hein ?

— John n'est plus dans le gouvernement. Il n'a rien à voir avec tout cela, lui répondit son ex-avocat.

— Mais, qui alors ? Qui veut m'humilier ? Les journaux vont me montrer partout les menottes aux poings. Qui ? Vous ?

— C'est venu de moi, Théo, et je vous expliquerai.

Théo s'assit pour la première fois depuis son entrée dans l'énorme salle de conférence. C'était une pièce qui avait été conçue pour intimider, pour rappeler à tous qu'il s'agissait du gouvernement. C'était sérieux, important. Il n'y avait pas de place pour les plaisanteries, la frivolité. La table de conférence était lisse comme du verre, les chaises, tout au long, avaient de hauts dossiers de cuir poli par les années et l'usure.

— Ah ! Michel, Michel, fit Théo en souriant, vous êtes devenu un homme très important maintenant. Cela vous va très bien. Mais que s'est-il passé, Michel ? Lorsque je suis venu à New York, à l'époque où vous étiez mon avocat, vous m'avez dit que tout était légal, complètement légal, n'est-ce pas vrai ?

Corey s'attendait à cette repartie, à cette attaque. Mais, il était sûr de son fait.

— Nous ne sommes plus du même bord, maintenant, commença-t-il d'une voix solennelle et triste, et vos activités nuisent aux intérêts du gouvernement américain.

— Vous êtes un lâcheur ! hurla Théo en martelant la table de coups de poing, un lâcheur et un... Mais, Michel, je vous ai fait confiance. Pourquoi me parlez-vous de gouvernement ? Parlez-moi plutôt de compagnies pétrolières et je comprendrai ce que vous me racontez !

— Très bien, fit Corey calmement, mon gouvernement pense que les Saoudiens n'auraient jamais accepté que leur flotte marchande vous soit vendue, Théo..., à moins qu'ils n'aient pensé à d'éventuelles expropriations de compagnies pétrolières.

— Spyros! le coupa Théo qui commençait à tout comprendre. Spyros, le fils de pute!

Michel n'accorda aucune attention à l'interruption. Il avait très bien pensé à ses paroles. Sachant que Théo était une personne difficile à manœuvrer, il lui expliqua par le détail ce qui avait motivé sa décision de le faire arrêter.

— ... et finalement, provoquer la faillite des compagnies pétrolières de notre pays.

— Le fils de pute! Il vous a eus. Il m'a dit la même chose. Il vous a eus, vous et les compagnies pétrolières! Il vous a convaincus. Ah, Spyros... Spyros...

Michel Corey le regardait fixement, attendant que son vis-à-vis en ait terminé avec sa rage. Théo serrait les poings tout en parlant, il était capable de tuer quelqu'un dans ces moments-là.

— Michel, continuait-il, me faire arrêter est un tour de force pour les Arabes, c'est cela?

— Eh bien, répondit Corey énigmatique, imaginons qu'ils se soient entendus pour décider qu'ils étaient capables de commercialiser leur pétrole sans l'aide de quiconque!

— Nous sommes deux vieux loups, Michel, alors dites-moi, quelle va être la rançon?

Corey se sentit plus à son aise, le moment de colère était passé; maintenant, ils pouvaient discuter.

— Vous perdrez ces vingt navires, beaucoup d'argent... et je crois, Théo, qu'il faudra un miracle pour vous éviter la prison.

CHAPITRE XII

ELLE L'ATTENDAIT A TRAGOS.
Enfermé dans la bulle de verre de l'hélicoptère, Théo regardait déjà depuis un
moment la petite île qui se découpait sur la mer. Les
formes familières apparurent.

Ce bloc de rocher, couvert de verdure, grâce à lui,
la plage de sable blanc, *La Belle Simone* amarrée à son
quai. Et là-haut, au sommet de la colline, sa maison
toute en longueur, entourée d'arbres qu'il avait fait
importer ; la petite route qui serpentait vers le village ;
les petites maisons blanches, la place et la bande de
terre nue, qui servait à l'atterrissage... oui... elle était
là.

La petite voiture de plage, à moitié cachée dans les
buissons, était là. La capote rayée de rose et de blanc
l'empêchait de voir les occupants de la petite jeep,
mais Liz lui avait dit qu'elle serait là, et elle avait tenu
sa parole. L'hélicoptère atterrit.

Théo en descendit en faisant de grands signes vers
Liz. Elle portait des lunettes noires et était assise à
l'arrière du véhicule. Elle souriait, immobile.

— Je me suis dépêché, fit-il en lui prenant la main,
j'étais absent trop longtemps.

Théo ne monta pas tout de suite dans la jeep,

restant debout pour contempler un peu plus la jeune femme.

— Oui, trop longtemps. Vous m'avez manqué, dit-elle.

— Marchons un peu à pied, d'accord? lui demanda-t-il en lui serrant un peu la main.

Elle acquiesça et descendit de la jeep, aidée par Théo qui congédia le chauffeur.

— J'ai souvent pensé à ce retour, je l'ai désiré de toutes mes forces, dit-il calmement mais d'une voix tout à fait sincère, c'est la plus belle arrivée de ma vie.

Liz le regarda de biais, un petit sourire aux coins des lèvres. Ses longues jambes nues et bronzées marchaient au rythme de son compagnon. Dans le soleil chaud du matin, l'île était tranquille, comme enchantée.

— A cause de vous, Eliza, dit-il.

Ils s'arrêtèrent sur le côté de la route, dans un virage qui dominait les bois de la pente, et la mer. Elle ne dit rien et tourna la tête pour contempler l'immense étendue bleue en dessous d'eux. Théo tendit la main et la posa timidement sur le bras nu de la jeune femme. Elle se retourna vers lui. Théo enleva doucement les lunettes de soleil de Liz et la regarda dans les yeux. Elle dissimulait tout sentiment à son égard.

— Eliza..., marions-nous.

— Théo..., commença-t-elle en écarquillant ses yeux de colombe.

Il attendit, mais elle ne dit plus rien, Liz avait détourné les yeux, gênée. Il lui tenait gentiment le bras, ne voulant pas la troubler plus encore. Patient, Théo voulait atteindre la femme pleine de vie qui se cachait sous la coquille. Son bras était froid.

— Qu'en pensez-vous ? murmura-t-il. Vous voulez m'épouser ?

— Je ne crois pas que cela soit une très bonne idée, dit-elle enfin d'une petite voix, en regardant l'horizon, comme si la réponse se trouvait quelque part dans l'univers.

Théo laissa tomber sa main et se tint en face d'elle, la forçant à le regarder dans les yeux, pour qu'elle pût y lire l'amour qu'il éprouvait pour elle, le besoin qu'il avait d'elle.

— Pourquoi pas ? demanda-t-il. Parce que je suis plus vieux ? Parce que je mourrai le premier ? Parce que vous vivrez longtemps sans moi ?

— Ce que vous dites m'attriste beaucoup, fit-elle avec une réelle expression de chagrin sur le visage.

— Eliza, Eliza…, savez-vous pourquoi vous avez de la peine ? commença-t-il à dire d'un ton plus fort, riant de joie, mais, Eliza ! Vous m'aimez ! Oui, c'est vrai, vous m'aimez !

— Non…, dit-elle en secouant violemment la tête.

— Oui ! cria-t-il, oui et cela vous rend triste. Le désir et la douleur…, l'essence même de l'amour, Eliza ! C'est vrai ! *Pothos Ke Iktos…* le désir et la douleur ! L'essence. Un vieux Grec.

— Quel vieux Grec ?

— Moi.

— Oh ! Théo, fit-elle en souriant mais pas tout à fait convaincue, c'est vrai que vous êtes le seul homme avec lequel je pourrais vivre…, mais un nouveau mariage… se contrôler encore à tout moment…, cela n'a aucun sens. Non, c'est trop tôt, pas maintenant.

— Vous voulez attendre ? Vous voulez m'épouser, mais attendre encore un peu ?

— Je..., non... Je ne sais pas. Non, tout simplement, cela n'a aucun sens, Théo.

— Mais qu'est-ce qui n'a aucun sens ? reprit-il cette fois avec colère. C'est parce que je ne suis pas comme les Cassidy ? C'est un univers différent, c'est cela ? Je suis un paysan ! Un pirate !

Elle secoua la tête pour protester, mais Théo continua :

— Un requin, c'est ça ? Un requin qui veut vous épouser pour éviter la prison. C'est ce que vous pensez ?

— Non, dit-elle, non.

— Mais vous le savez, hein ? Vous savez que j'ai des problèmes avec le gouvernement américain et qu'il se pourrait que j'aille en prison ? En vous épousant, bien sûr, je serais sauvé. C'est ce que vous voulez dire ? Vous pensez que c'est la raison pour laquelle...

— Non, Théo, le coupa-t-elle, je ne pense pas cela.

— Ou alors, la Veuve Cassidy va se remarier et choquer le monde entier, c'est cela ? Cela vous ennuie, hein ?

— Oui, admit-elle en s'asseyant sur un rocher, oui, cela m'ennuie un peu.

Il s'agenouilla devant elle. Chez tout autre homme, cela aurait pu paraître ridicule, mais la grâce naturelle de Théo et sa sincérité absolue le rendaient plus émouvant que ridicule dans cette position. Liz tendit la main et caressa ses cheveux doux, blancs et bouclés.

— Oh, Théo...

— Eliza, pourquoi pas ? Qu'est-ce qui a un sens ? Que voulez-vous ? demanda-t-il d'une voix rauque.

— Ce que je veux ? reprit-elle, au bord des larmes.

Ce que je veux..., c'est avoir la permission d'être libre, Théo. Libre... de tout. Je veux tout recommencer. Je veux être libre du monde ! Avoir la liberté d'aller et venir, de faire ce que je veux, n'importe quoi, sans avoir les mains liées..., sans obligations, sans devoir me comporter suivant l'image que...

Cela venait enfin à la surface, pensa Théo. Elle lui dévoilait enfin ses émotions, sa passion, il en fut heureux. C'était si peu de chose ce qu'elle demandait. Il pouvait le lui donner. La liberté, ce n'était rien.

— Je peux vous l'offrir, fit-il en s'asseyant à côté d'elle sur le rocher chauffé par le soleil et en passant un bras par-dessus ses épaules froides et nues, je peux vous donner tout cela... Mais vous devez le prendre, Eliza... Vous devez l'exiger et non pas le demander timidement. Exigez ! Il faut rire et prendre..., il faut bouger, être impoli, savoir ce que vous cherchez... Comprenez-vous ce que je veux vous dire ?

— Oui..., je crois. Oui.

— Alors, quel est le problème, Eliza ?... Je suis Tomasis.

Liz le regarda et sentit l'énergie de cet homme la submerger, les protéger tous les deux. Théo sentit son souffle chaud et doux. Il attendit et vit à ses yeux qu'elle commençait à comprendre.

— Oui, murmura-t-elle, c'est vrai... Vous avez la possibilité de me laisser libre..., n'est-ce pas ? Oui.

— Oui, fit Théo en retenant son souffle.

Liz réfléchit à ce qu'il lui avait offert. Ce n'était pas un présent, une permission ou des nouvelles règles de vie, mais tout simplement une liberté pour elle-même, être libre, être ce qu'elle désirait devenir, être ce que lui avait toujours été, c'était possible avec lui. Elle

regarda ses yeux emplis de bonté, de compréhension,
les profondes rides de son visage semblaient lui faire
signe de s'arrêter là, comme dans un havre de paix, un
port où se cacher..., non, plutôt un solide rocher où
on pouvait s'accrocher librement, sans contraintes,
pour soi-même.

— Vous savez, fit-elle dans un murmure, où commençait à percer une joie timide, je peux y arriver,
Théo. Je peux commencer à vivre.

Théo se pencha et l'embrassa sur les lèvres. Ce fut
un baiser timide, leurs lèvres s'effleuraient à peine,
comme pour retenir les possibilités insondables de
leurs futures étreintes. Liz ouvrit la bouche et l'embrassa avec fougue en le pressant contre elle. Le soleil
était chaud. Théo sentit une chaleur envahir son corps
entier, jusqu'à sa moelle. Liz aussi se sentait réchauffée et à l'abri.

Les autres invités quittèrent Tragos pour retourner
vers leurs devoirs et leurs obligations. Liz resta, se
sentant chaque jour de plus en plus chez elle, ne
désirant même pas aller faire quelques courses à
Athènes, Paris ou Londres.

— Il faudrait, dit-elle un soir, que je commande un
trousseau, ou au moins une robe de mariée.

— Nous ferons venir le couturier, il peut venir ici,
tu n'as pas besoin de te déplacer, mon amour. Dis-moi
qui tu veux. N'importe qui, nous le ferons venir.

— Oh! c'est merveilleux; je donnerai quelques
coups de téléphone demain matin. Théo...

— Oui?

— Sommes-nous obligés de nous presser. Je veux
dire... il y a tant de choses à faire..., de gens à inviter,
enfin tous ces détails...

— D'autres personnes peuvent s'occuper de ces détails. Tu dis simplement ce que tu veux et tu l'auras. Rapidement. Le plus tôt nous serons mariés, le mieux ce sera, Eliza, tu le sais. Tous ces coups de téléphone des Cassidy...

— Oui, je crois que tu as raison, cependant...

— Tu as raison aussi, il y a beaucoup de choses à prévoir. Pas simplement la robe de mariage, la liste des invités et les préparations pour la cérémonie, mais aussi le mariage en lui-même. Il faut que nous le consignions par écrit.

— Quoi ?

— Oui, c'est une idée excellente. Il faut écrire ce que tu dois faire, ce que je dois faire. Combien pour ceci, dans quelle circonstance, ce qui arrivera si je m'en vais...

— Théo !

— ... si je m'en vais, reprit-il, si tu t'en vas... bref, envisager toutes les possibilités. Un accord.

— Crois-tu que tu t'en iras ?

— Jamais, répondit-il solennellement en tendant sa main vers la sienne.

— Cela semble terrible de tout mettre par écrit.

— Oui, mais c'est pratique.

— Un contrat de mariage ?

— Ecoute, Liz, cela fait partie de la culture grecque. Les lois du rite orthodoxe grec nous enseignent que le mariage doit être contracté de cette façon. C'est pour te protéger, Eliza... Eh ? Eliza, ça va ?

— Mais le mariage devrait être fondé sur la confiance mutuelle.

— Bien sûr ! Bien sûr, Eliza. Le mariage, oui. Mais les détails... quand il faut prévoir tant de choses, c'est de la sagesse, et, dans mon pays, c'est une tradition. Des détails, c'est tout.

— L'argent, tu veux dire.

— Oui, mais pas uniquement cela. Pas uniquement cela. Ecoute, Eliza, tu ne veux pas d'enfant, nous le noterons. Une chambre séparée, d'accord, puisque tu le veux. Mais tu voudrais aller et venir comme il te plairait, tu l'as dit, n'est-ce pas ?

Elle le regarda avec amour et comprit.

— Merci, Théo, dit-elle simplement.

Liz comprenait maintenant sa bonté, son souci de la rendre heureuse, sa sagesse et son amour.

— Dix nuits ensemble par mois, d'accord ? C'est le minimum, ajouta-t-il.

— Théo ! s'exclama-t-elle, à la fois choquée et amusée.

— J'ai réfléchi, Liz, et je sais de quoi je parle, d'accord ? Si tu acceptes, c'est très bien. Sinon, eh bien, tu me dis ce que tu veux et nous le noterons par écrit.

Liz jouait machinalement avec la cuiller à café, écoutant avec attention.

— Cinquante mille dollars par mois, Liz, continuat-il. Tu peux en faire ce qu'il te plaira, coiffeurs, robes, je ne sais pas..., ce qui te passera par la tête. Je ne veux même pas savoir ce que tu en feras. D'accord ?

Liz acquiesça.

— Puisque tu aimes voyager, tu auras mille dollars par jour pour les dépenses. Avec une somme illimitée pour les frais annexes.

Le domestique fit son apparition pour remplir leurs

tasses de café. Théo attendit qu'il disparût avant de continuer :

— Si le mariage ne marche pas, si l'un de nous deux veut partir…, eh bien, sache que tu auras dix millions de dollars pour chaque année que nous passerons ensemble.

Liz écarquillait les yeux. Ses doigts tremblaient en tenant la délicate tasse à café. Elle ne dit rien.

— Plus deux cent mille dollars par an, que tu auras toute ta vie. Et si nous sommes toujours mariés quand je mourrai… cent millions de dollars.

La tasse tomba de ses mains, le café se répandit sur la nappe pâle. Heureusement, la tasse ne se brisa pas. C'était une pièce de collection irremplaçable et sans prix d'un service qui avait appartenu à une reine qui avait été décapitée par son mari, il y avait de cela trois cents ans, dans un pays différent.

— MALAKAS. *Gerouni.* Salop ! hurla-t-elle.

— Sophie ! fit Théo en riant, tu as appris le grec, mais qui t'a enseigné d'aussi jolis mots ?

— C'est toi qui me les as appris, espèce d'idiot. Comment peux-tu me faire ça, à moi, comment peux-tu épouser cette espèce de femme en bout de bois ? Elle n'est rien, rien du tout, qu'une image pour les journaux. Elle te rendra malheureux, tu verras.

Théo la regardait, la tête reposée sur l'oreiller, et soupirait devant ses grands gestes, sa colère théâtrale qui éclata si peu de temps après avoir fait l'amour. C'était une véritable boule de feu, une vraie femme en colère. Il lui avait appris la nouvelle dans un tendre murmure, et elle s'était aussitôt levée du lit comme une furie, en jetant la lampe contre le mur, avec toute la passion de Alecto, Tisiphone et Mégère à la fois qui, dans la légende, brandissaient leurs fléaux pour punir... Pour punir quoi ? Quels étaient les crimes impardonnables ? La violation des droits de la famille ? L'arrogance ? L'infidélité ?

— Mais, Sophie... Rien ne changera entre nous, je te le jure.

— Tu n'es qu'un porc, Tomasis.

— Oui, et toi aussi... Nous sommes tous les deux des porcs, Sophie. Viens au lit.

— Je viendrai à ton mariage, Théo.

— Je te tuerai.

— Ah !

L A cérémonie eut lieu dans la petite chapelle blanche de Tragos. A l'intérieur, il n'y avait de place que pour le prêtre, les mariés, les parents immédiats et quelques amis. La mère de Liz Cassidy était présente et pleurait en silence. Nico était là comme garçon d'honneur et Nancy Cassidy comme fille d'honneur de Liz. John Cassidy était debout, derrière eux. Personne ne montra de mécontentement, trop poli pour cela. La messe fut solennelle, brève, orthodoxe.

A l'extérieur, une foule de journalistes et d'invités attendaient que la cérémonie fût terminée. Pour cette fois, il avait été décidé que la presse officielle et les journalistes seraient les bienvenus à Tragos, c'était une occasion particulière, une façon de faire comprendre au monde entier que le couple était heureux et qu'ils avaient besoin de le montrer. Les gens du village et les domestiques, qui faisaient toute la population de l'île, avaient revêtu leurs habits du dimanche et se tenaient avec fierté au milieu des visiteurs élégants qui étaient venus d'Asie, d'Afrique, d'Amérique, d'Australie et de toute l'Europe.

Ils étaient tous là en avance pour voir arriver la mariée. Lorsque Liz descendit de la petite voiture à cheval, toute ornée de fleurs, il y eut un soupir d'admiration dans la foule. Elle était plus belle que jamais, rayonnante d'une joie particulière après ses longs mois de deuil. Le monde avait gardé d'elle l'image d'une veuve, solitaire, en habits de deuil, en chaussures et bas noirs, qui surmontait avec courage et résignation son malheur. Ici, dans le cadre féerique de cette île privée, sous le ciel merveilleusement bleu, au milieu de la mer, protégée par le plus riche et le plus charmant des hommes, Liz entra dans la chapelle, dans la joie et l'espoir. Elle portait une robe beige pâle (le couturier italien était à l'extérieur de la chapelle et avait les yeux rougis par l'insomnie, il avait travaillé toute la nuit avec son équipe, mais savait que ce serait une publicité extraordinaire pour lui). La robe lui descendait aux genoux, ses bas et ses chaussures à talons plats étaient exactement de la même couleur. Un léger voile, assorti de boutons de fleurs, ne lui cachait pas le visage, dont les yeux brillaient. Liz avait à la main un bouquet de fleurs semblables à celles du voile.

Théo était vêtu d'un costume sombre, à la veste croisée, avec une cravate sombre et un mouchoir blanc à la poche, qui dépassait très discrètement. Il découvrit avec surprise que sa main tremblait lorsqu'il la tendit vers Liz arrivant vers l'autel. John Cassidy donna le bras à Liz pour rentrer dans l'église et plaça sa main dans celle de Théo, geste symbolique qui donnait à ce dernier le soin de garder sa femme de tous les malheurs. Puis, le couple se tourna vers le prêtre, qui les bénit.

Ils s'agenouillèrent, pendant que l'officiant récitait les prières en latin, puis en grec. Il leur présenta ensuite un calice, Liz but la première, puis Théo. Le prêtre plaça des couronnes de fleurs blanches sur leurs têtes, puis leur fit signe d'échanger leurs alliances.

D'un geste, le prêtre leur signifia de se lever et leur fit faire à sa suite trois fois le tour de l'autel. Puis, il les bénit à nouveau et les prononça mari et femme.

Théo embrassa Liz.

— Sois la bienvenue dans ma vie, murmura-t-il.

— Et toi dans la mienne, répondit-elle doucement.

Liz entendit un sanglot étouffé derrière elle et se retourna pour embrasser sa mère. Le petit groupe s'ébranla en riant. Théo entoura son fils de ses bras.

— Félicitations, Papa, lui dit-il d'un air un peu raide.

— Nico ? questionna Liz avec timidité.

— J'espère que vous serez très heureuse.

Liz acquiesça en souriant, eut un geste hésitant comme pour l'embrasser. Puis, Théo arriva, prit sa femme par le bras et se mit en tête du petit cortège.

A l'extérieur, sous le chaud soleil, les invités leur jetèrent des pétales de roses, pendant que les photographes les mitraillaient. Tout le monde souriait, s'embrassait et se serrait la main, puis, lentement, le couple avança vers leur voiture à cheval. La procession vers la plage fut une grande parade ; les carrioles étaient décorées de fleurs, les chevaux ornés de rubans de multiples couleurs. Il y eut des rires et des chansons. Les journalistes couraient à côté du véhicule des mariés et continuaient à prendre des photographies, pendant que Liz, serrée contre Théo, leur faisait des signes de la main et leur souriait.

Différentes navettes emportèrent les invités vers *La Belle Simone*. La presse, quant à elle, fut emmenée à un autre yacht que Théo avait spécialement loué et qui les ramènerait à Athènes en trois heures. Les journalistes auraient eux aussi leur part du festin, mais la réception à *La Belle Simone* était strictement privée : deux cents invités seulement...

Il y avait trois orchestres : les douze meilleurs joueurs de bouzoukis de toute la Grèce dans le salon principal ; un groupe de jazz et de pop music qui se tenait sur un pont de bois jeté au-dessus de la piscine ; et un orchestre de chambre venu de New York qui, installé dans la bibliothèque, interprétait des œuvres de Mozart, Bach et Haydn.

Dès la nuit tombée, il y aurait un feu d'artifice d'une durée de deux heures ; les six Japonais, experts en la matière, avaient été installés dans une suite transformée en laboratoire pour les besoins de la cause. *La Belle Simone* brillerait alors de tous ses feux et illuminerait la nuit pour cette occasion exceptionnelle. Mais, pour l'instant, il n'était que midi et la fête commençait à peine.

Ils étaient dans le salon, entourés par des amis, Théo apprenait à sa femme quelques mots de grec. Il y eut de grands éclats de rire quand Liz essaya de prononcer les syllabes compliquées de la chanson que

Théo tentait de lui apprendre. Liz recommença à plusieurs reprises, imitée par des amis autour d'elle. Les musiciens faisaient de même et reprenaient le morceau en question jusqu'à ce que Liz, fatiguée, leur fît un signe de la main pour leur demander de jouer autre chose.

La musique battait son plein, les invités riaient et s'amusaient, il y avait çà et là des toasts de bonheur portés en l'honneur des mariés, puis, soudainement, Liz se rendit compte qu'il se passait quelque chose. L'atmosphère s'était subtilement transformée en une tension étrange. Elle regarda de tous côtés et aperçut l'ex-femme de son mari arriver au bras d'un homme assez fort et souriant.

Théo suivit le regard de sa femme et ne put retenir une exclamation de surprise.

— Spyros... Le fils de pute..., fit-il tout bas.

Les deux nouveaux arrivants se dirigeaient droit sur eux, avec de grands sourires. Les gens s'effaçaient devant eux et se retournaient pour ne pas être témoins de l'entrevue.

— Théo ! s'exclama Simi en tendant sa main vers lui.

Théo se tint raide à côté de sa femme, pendant que Simi l'embrassait. Liz continuait à sourire.

— Théo ! es-tu en colère contre moi ? demanda Simi en lui passant un bras sur les épaules.

— Non, fit-il, en regardant Spyros qui rayonnait de plaisir.

— Vous voyez comment Théo peut se mettre en colère ? fit Simi à l'adresse de Liz.

Malgré cette scène de très mauvais goût, Liz ne put s'empêcher d'admirer la beauté de cette femme

blonde. Autour d'eux, les invités s'étaient poliment
détournés, mais ils parlaient à voix basse. Il y avait
comme une attente, comme une écoute dans la pièce.

— C'était pour mon bien, Théo, continua Simi, que
tu ne nous as pas invités à ta réception. Tu avais peur
que je sois froissée ?

Théo ne put qu'acquiescer.

— Mais je suis heureuse pour toi, Théo, dit-elle,
vraiment heureuse.

A ces mots, elle se dressa sur la pointe des pieds et
l'embrassa à pleine bouche. Théo resta raide, ne
répondit pas à son baiser.

— Soyez heureuse, dit Simi à Liz avec un chaud
sourire en lui tendant la main.

— Merci, murmura Liz.

— Bien sûr ! Soyez heureux, s'esclaffa Spyros.
Pourquoi pas ?

Théo sembla tout à coup revenir à lui-même. La
colère qui l'avait immobilisé pendant un instant avait
disparu. Il passa un bras par-dessus les épaules de Liz
et afficha un sourire jovial.

— Prenez un verre, dit-il à Simi et Spyros. Eh !
Garçon !

Ils furent immédiatement servis et levèrent leurs
coupes en direction des deux mariés. Puis, Simi et
Spyros disparurent dans la foule.

— Théo, dit Liz, nous pourrions peut-être faire un
tour parmi nos invités... voir comment cela va...
J'aimerais bien danser avec toi sur le pont au-dessus
de la piscine, d'accord ?

Ils quittèrent le grand salon et se promenèrent sur le
pont-promenade empli de gens. Sur le pont construit
pour l'occasion au-dessus de la piscine, l'orchestre

jouait des chansons des Beatles. Tout autour avaient été installées des tables et des chaises, pour que les invités puissent boire, manger et converser à leur aise. Tout le monde acclama le couple avec force cris de joie et d'enthousiasme, lorsqu'il fit son apparition parmi eux.

Nico était assis à une table, en compagnie de deux magnifiques jeunes femmes. Il ne prêta aucune attention à Liz et Théo, et semblait perdu dans ses pensées, le regard lointain et vide.

— Eh ! Nico ! Tu t'amuses bien au mariage de ton Papa ? demanda Théo, toujours avec Liz à son bras.

— Puis-je vous présenter mes amies, fit Nico en se levant. Paula Smith et Jodie...

— DeLeon, termina la jeune fille avec hardiesse.

— Enchantée, fit Liz.

— Je souhaite que vous soyez réellement heureuse, dit l'une d'elles en souriant.

— Merci.

Théo avait beaucoup bu, toujours obligé de trinquer çà et là, mélangeant champagne et ouzo. Il tituba un peu en se penchant vers son fils.

— Eh ?... Que se passe-t-il ?... C'est la nouvelle femme de ton Papa. Tu ne l'embrasses pas ? La femme la plus célèbre du monde... Embrasse-la, bon Dieu... Tu ne lui as même pas dit quelque chose de gentil.

Liz souriait, gênée.

— Bonjour, Maman, fit Nico d'une voix glaciale.

— Eh..., fit Théo, embarrassé et blessé à la fois.

— Je pense que nous deviendrons de bons amis, intervint calmement Liz pour couper court à la situation qui devenait tendue.

Nico baissa les yeux, puis la regarda fixement en disant :

— J'espère que vous aurez une vie merveilleuse maintenant que vous êtes une Tomasis. Veuillez me pardonner.

Sur ces mots, il s'éloigna et disparut parmi la foule, laissant les deux filles à leur table.

— S'il te plaît..., pardonne-lui... quel rustre... Quel voyou, fit Théo en prenant gentiment les mains de Liz dans les siennes.

— Voudriez-vous rester avec nous, Madame Tomasis ? demanda une des jeunes filles, alors que Théo se dépêchait de rattraper son fils.

— Merci, murmura-t-elle en secouant la tête dans un signe de négation.

Liz les quitta et s'avança vers un petit groupe de gens qu'elle connaissait de Washington, deux sénateurs et leurs femmes, des amis de James.

NICO s'était isolé, près du bastingage, et regardait la mer le long de la coque immaculée de *La Belle Simone*.

— Mais pourquoi te conduis-tu de cette façon avec ma femme ? lui demanda Théo.

Nico ne dit rien, immobile. Son père le prit par le coude et le força à se retourner.

— Ma femme ! répéta-t-il.

Ils se regardèrent dans les yeux.

— La plus belle femme du monde, la plus célèbre..., c'est cela que tu vois en elle..., c'est la raison pour laquelle tu l'as épousée ? fit Nico avec hargne.

— Ma femme ! hurla Théo de toutes ses forces, en secouant violemment le bras de son fils, ne pouvant presque plus contrôler sa rage.

— C'est toi qui l'as dit, la femme la plus célèbre du monde... Mais, bon Dieu, c'est pour cela que tu l'as épousée, hein ?

Nico se dégagea de l'étreinte de son père et s'accouda à la rambarde en se prenant la tête à deux mains.

— C'est ma femme, commença Théo d'une voix plus calme mais menaçante, il faut que tu la traites avec respect, tu m'entends ? Honneur ! Respect. Avec des égards. C'est la femme de ton père !

— De la merde ! éclata Nico avec force. De la merde ! *Skata !*

Théo se précipita sur lui, lui fit faire un demi-tour avec violence et le gifla de toutes ses forces. Presque immédiatement après, il tendit à nouveau la main et caressa la joue rougie de son fils.

— Oh, Nico..., murmura-t-il, à la fois peiné et contrarié.

Nico éloigna la main de son père de sa joue et refusa de le regarder.

— Nico, reprit Théo, c'est une chose toute simple..., un peu de compréhension des autres... de moi, de ton Papa, de la jolie femme que je viens d'épouser... Nico, je t'en prie... je t'en prie...

Il toucha à nouveau la joue de son fils, mais ce dernier refusa toujours de le regarder.

— C'était stupide... Pardonne-moi, Nico. Ce n'est pas ce que je voulais faire, d'accord ?

Nico acquiesça, au bord des larmes.

— Dis-moi, dit Théo, dis-moi ce qui te rend si triste. Dis-le moi. Parle-moi, Nico.

Il restait silencieux.

— Ah, Nico... il faut que tu deviennes son ami. Elle n'est qu'une enfant, une femme... vulnérable... Tu essaieras de devenir son ami?

Nico murmura quelque chose à voix si basse que son père ne put rien entendre. Théo s'approcha de lui, lui passa un bras autour des épaules et lui demanda de répéter.

— J'ai dit que..., oui je suis désolé. Je suis désolé de ce que je lui ai fait. Mais, Papa,... Je ne sais pas ce qui se passe en moi. Ce n'est pas Liz..., c'est Spyros, Papa. Spyros.

— Spyros? Mais qu'a-t-il à voir avec tout cela? demanda Théo complètement pris par surprise.

— Papa... Tu n'es pas au courant?

— Au courant de quoi? De quoi, Nico?

— Elle a dit qu'elle allait te voir pour te le dire.

— Qui? Qui? Mais dire quoi?

— Maman. Elle a dû sans doute boire un peu trop et a oublié de te le dire. Oublié de te dire qu'elle allait épouser Spyros, Papa.

Théo le regardait fixement.

— Oui, continua Nico, Spyros et Maman. Voilà. Alors, tu vas devenir l'ami de Spyros, Papa?... Comment prends-tu la nouvelle?

— C'est un foutu mensonge, dit Théo, qui ne pouvait en croire ses oreilles.

Théo agrippa la rambarde à deux mains et la serra avec force.

— Non, ce n'est pas un mensonge, fit Nico, elle me l'a dit aujourd'hui.

— Ma belle Simi ! murmura Théo d'une voix rauque. Et ce sale... Spyros ! Non, non.

— Oui, dit Nico tristement.

— Une plaisanterie ?

— A tes dépens, répondit Nico en acquiesçant. Pour t'ennuyer, Papa ! Pour te faire mal et t'humilier... Comme tu as agi avec elle, de la même façon. Et, Papa, peux-tu lui en vouloir ?

— C'est ta Maman qui m'a quitté, Nico, fit son père d'une voix lamentable — son visage était tiré par le chagrin — oui, c'est elle qui est partie. C'est elle qui l'a voulu, pas moi. Pas moi.

— C'était de ta faute, lui dit Nico, amer.

— Mais, c'est elle qui l'a voulu, pas moi !

— Elle serait restée avec toi, si... Elle est restée toutes ces années, avec toi et tes autres femmes... avec Sophie... Crois-tu que cela a été facile pour elle ? Pour moi ?

— Bah ! fit Théo avec un geste d'impatience, comme si cela n'était qu'une pécadille. Elle voulait me changer, que je sois un autre homme..., fidèle comme un chien... NON... Elle me connaissait quand elle m'a épousé. Elle me connaissait dès le départ. Puis, elle a décidé que cela suffisait. C'était son initiative. Pas la mienne.

— Oh, Papa !

— Alors, continua Théo, j'ai épousé une femme, belle, célèbre... oui, célèbre. Est-ce la raison pour...

— Oui, le coupa Nico, les yeux brillants de larmes, tu as ta femme célèbre et Maman aura ton frère. Mais, Papa, pourquoi nous faisons-nous tous du mal ?

— Nico ! Nico...

— Nous sommes tous fous, Papa. Tous fous.

Nico se retourna, les larmes coulaient sur ses joues, et il s'éloigna. Théo le regarda partir.

— Fous..., murmura Théo pour lui-même.

Il jeta un regard sur la foule élégante et chic. Théo avait besoin d'un autre verre. Il secoua la tête, durcit la bouche et avança pour trouver sa femme.

Le pont au-dessus de la piscine était empli de jeunes gens. Théo passa à côté, continua son chemin le long du pont-promenade jusqu'au grand salon. Il était comble. Les gens dansaient, d'autres écoutaient la musique grecque, riaient, buvaient, mangeaient... Mais où était-elle ? Théo posa une main sur le bras d'un steward en veste blanche, qui passait à côté de lui.

— Où est-elle ? lui demanda-t-il.

— Pardon, Monsieur ?

— Madame Tomasis. Où est-elle ?

Le steward fit un geste en direction d'une table près d'une des grandes portes vitrées, à l'autre bout du salon, où Liz était assise avec des amis.

— Non, non, fit Théo avec impatience, l'autre Madame Tomasis. Ma première femme.

— Je crois qu'elle est en bas, Monsieur. Dans la suite de Diane, répondit le garçon sans sourciller.

— Seule ? demanda Théo.

— Non, je ne crois pas, Monsieur.

Théo acquiesça et se retourna vers le pont. Il se faufila parmi les gens et se dirigea vers les escaliers qui menaient vers les ponts inférieurs. Théo emprunta le couloir, congédia un steward qui faisait la garde et marcha à grands pas vers la suite de Diane.

— Ouvre, espèce de salope ! hurla-t-il en frappant violemment contre la porte.

Théo entendit du bruit de l'autre côté, mais la porte resta bien fermée. Il la martela de coups de poing en hurlant en grec :

— *Anixe, xythithi, anixe!*

La porte s'ouvrit sur Spyros Tomasis qui arborait un grand sourire. Il était pieds nus et avait enlevé sa chemise.

— Théo! C'est une joie inatten...

Théo le poussa d'une bourrade et se rua dans la pièce. Des vêtements gisaient sur le tapis et les chaises du salon. La porte donnant sur la chambre à coucher était ouverte. Simi était allongée, complètement nue, au milieu des draps de satin tout chiffonnés.

— C'est ma lune de miel... mon bateau... Et tu baises ma femme! rugit-il en se tournant vers son frère.

Théo lui envoya un coup de poing, Spyros recula, buta contre une table qui bascula avec lui, en entraînant une lampe, dans un fracas de verre brisé. Spyros se releva en se frottant le menton.

— Mais tu es complètement fou, hurla Spyros. Ta femme? Eh! Tu te maries aujourd'hui, espèce de fils de pute demeuré!

Théo se rua dans la chambre à coucher, où Simi était étendue sur le ventre, exposant son dos et ses fesses, ses belles et longues jambes écartées. Sa tête était posée sur l'oreiller et elle l'observait avec des yeux au regard voilé, vide d'expression.

Derrière lui, Spyros lui expliqua tranquillement la situation.

— Elle est malade, dit-il, je la soigne. Et moi aussi, par la même occasion, fit Spyros en indiquant de la main la salle de bains, où les vêtements de Simi formaient un tas sur les tuiles romaines du sol.

Théo s'approcha du lit et recouvrit la nudité de Simi en tirant sur elle le drap de satin.

— Tu es complètement cinglé, Théo, murmura Spyros toujours derrière lui.

— Qu'est-ce que c'est que cette connerie que j'ai entendue sur toi et Simi? demanda Théo qui nota avec plaisir le gonflement de la mâchoire de son frère.

Ce dernier eut un grand sourire. La poitrine nue, il ressemblait à un ours, avec ses poils affreux, laids et bouclés. Spyros éleva les bras au-dessus de sa tête comme s'il allait danser le *syrtaki,* claqua les doigts et éclata de rire.

— *Opa,* dit-il calmement.

Théo, avec l'envie de vomir, le regardait. Puis, il se détourna et revint vers le lit, où il se pencha.

— Eh, Simi... Simi... fit-il en lui tapotant doucement sur l'épaule.

Ses yeux roulèrent de tous côtés, puis essayèrent de se fixer sur lui. Simi dégagea avec peine un bras de dessous le drap et le tendit vers Théo, qui s'assit lourdement sur le lit. Simi lui posa une main sur un genou.

— Ça ira? demanda Théo.

Elle dodelina de la tête sans répondre, dans une espèce d'inconscience.

— Tu vas épouser Spyros, hein? fit-il en la regardant droit dans les yeux.

Simi clignota des yeux et lutta pour se mettre sur son séant. Sa main revint à ses cheveux.

— Spyros? grogna-t-elle. Spyros!

Spyros vint s'asseoir sur le lit, du côté opposé à son frère. Ils se regardèrent d'un œil furieux.

— Je suis là, dit-il à Simi.

Simi s'éloigna de Théo et tomba mollement sur Spyros.

— Viens au lit, mon chéri, lui dit-elle en le serrant étroitement dans ses bras... Viens, j'ai envie de toi.

— Pourquoi ne vas-tu pas rejoindre ta femme, Théo ? Elle doit te chercher partout, fit Spyros en éclatant de rire.

Théo vit le corps magnifique de Simi se presser contre la masse brutale de son frère.

Il se rua hors de la pièce.

CHAPITRE XIII

LA SOIREE TIRAIT VERS SA FIN. LE feu d'artifice avait eu lieu à la nuit tombée. Certains commençaient à se préparer à partir, d'autres restaient car les festivités avaient été prévues jusqu'au lendemain, alors que le soleil serait haut dans le ciel. Des invités quittèrent *La Belle Simone,* sur des vedettes, des yachts de plus petite taille ou par hélicoptère, en direction d'autres îles ou bien vers le continent. Beaucoup devaient passer la nuit ici, et les chambres ne manquaient pas.

Enfin, Théo et Liz mirent pied sur la petite vedette, toute parée de fleurs et illuminée de multiples lampes. L'orchestre joua un air conçu pour leur départ et les invités leur firent de grands signes depuis le pont avant de *La Belle Simone.* Liz jeta son bouquet de fleurs vers une des jeunes Américaines. La vedette s'éloigna, Théo regarda son yacht avec une curieuse expression.

— Théo ? murmura Liz en se rapprochant tout près de lui pour poser sa joue contre son épaule.

Il étendit le bras pour qu'elle vînt se serrer contre lui. Mais ses yeux ne quittèrent pas *La Belle Simone,* jusqu'à ce que le yacht disparût de l'horizon alors que leur petite vedette virait vers le port.

Les lumières étaient allumées dans la maison tranquille et silencieuse. Théo disparut dans sa chambre, Liz dans la sienne, où Clara l'attendait pour l'aider à se déshabiller. Elle lui avait préparé un bain parfumé.

Liz entra lentement dans sa chambre à coucher et s'arrêta un moment devant la glace pour contempler sa silhouette qui se découpait dans la lumière venant de la salle de bains. Elle se trouva belle. Ce serait son cadeau pour Théo.

Théo se tenait debout près de la grande baie vitrée, au bout de la chambre. Par-dessus les arbres, il regardait la mer, en direction de *La Belle Simone,* immobile, illuminée de mille feux qui semblaient lui cligner de l'œil à cette distance.

— Eliza, fit-il en se retournant vers elle, Eliza... c'est un miracle. Tu es un miracle... Tu crées la beauté... Mon Dieu, tu es un ange... Tu es belle.

Théo traversa la chambre, les bras tendus vers elle. Elle était appuyée contre la porte et le regardait s'avancer, heureuse, consentante.

Soudain le téléphone se mit à sonner.

— Les salauds! jura Théo, je leur avais pourtant bien dit de... Pas de téléphone, pour qui que ce fût.

Tout en grognant, il décrocha d'un geste coléreux.

Liz, merveilleusement vêtue d'une robe de nuit en soie écrue, nouée autour de son cou, attendit patiemment.

— Quoi? fit Théo au téléphone.

Liz se rendit compte que sa colère s'était apaisée, il semblait même heureux.

— Oh bien sûr, bien sûr, dit-il.

Il leva les yeux vers elle et lui sourit, un moment plus tard, la communication était établie. Théo parla d'une voix douce, affectueuse à l'autre personne au bout du fil.

La conversation se poursuivit en grec, Liz ne put comprendre un seul mot, mais elle sentit que la voix de Théo se faisait amicale, chaleureuse, douce et caressante. A un moment donné, il lui tourna le dos et elle ne put voir son visage. En raccrochant, Théo souriait. Il se retourna vers elle et eut un geste d'excuse.

— Matalas, expliqua-t-il.

Théo s'approcha de Liz et voulut lui défaire sa robe de nuit. Elle était froide, elle le fixait droit dans les yeux, déconcertée.

— Matalas ? demanda Liz.

— Oui. Elle nous souhaite du bonheur. Elle s'est excusée de n'avoir pas pu venir.

— Où est-elle maintenant ? demanda Liz, qui se tenait debout, rigide, insensible à son toucher. Mais Théo ne sembla pas le remarquer.

— Sur son île, fit-il en faisant un geste de la main.

La robe de nuit tomba au sol et forma un petit tas aux pieds de Liz.

— Elle est désolée d'avoir manqué la réception, continua Théo en murmurant à son oreille, je lui ai dit que je la verrai demain. Oh, Liz. Tu es si belle...

— Demain ?

La main de Théo glissa le long du dos de Liz, il sentit la chair de la jeune femme, sa peau froide et tendue.

— Oui, dit-il, bien sûr. Matalas m'a dit qu'elle

voulait me voir, il n'y a donc pas de problème. *Ine fili mou...* mon amie. Ma meilleure amie.

Théo lui caressa les fesses, éprouvant un grand plaisir à sentir leur fermeté.

— Des pommes... fit-il d'une voix suave, ton cul est comme une pomme... délicieux... mmmmmmm... ton cul comme une pomme...

Liz se dégagea brutalement de lui, marcha à grands pas vers un profond fauteuil de velours à l'autre bout de la pièce et s'y assit toute droite, les jambes croisées. Elle paraissait tendue et irritée, mais sa voix était calme, contrôlée lorsqu'elle lui parla.

— Théo...

— Eh, allons... Quoi ?

— Pourquoi m'as-tu épousée ?

— Quelle question ? fit-il d'une voix ennuyée, se tenant debout à la même place.

— Pourquoi ? insista-t-elle.

— La nuit de notre lune de miel ! Bon Dieu, mais qu'est-ce que tu veux ?

— Réponds-moi.

Théo poussa un soupir de résignation et s'avança vers elle, les mains tendues en avant comme pour indiquer son étonnement et sa patience.

— D'accord, Eliza... Je t'ai épousée parce que tu es toi. Il n'y a aucune autre femme au monde comme toi. Tu me rends la vie...

Il se pencha vers elle, la saisit et la força à se lever. Liz se sentait comme sans vie, inerte. Elle se demanda ce qu'elle faisait ici, dans cette chambre, avec cet étranger, si loin de chez elle... et pourtant son contact lui était important. Elle resta debout, tout près de lui, elle aurait voulu qu'il la prenne dans ses bras, qu'il lui dise qu'elle seule était importante à ses yeux, qu'il n'y avait pas eu de coup de téléphone, qu'il n'avait pas changé de sentiment ces dernières heures passées. Même à bord de *la Belle Simone,* pendant la réception, Liz se souvint qu'elle l'avait senti un peu distant, préoccupé, inattentif. Sur le moment, elle avait mis cela sur le compte de la fatigue de la longue journée, l'émotion, la cérémonie religieuse... et puis ce fait même de se remarier lui avait été insupportable. Mais, ici, dans leur intimité de cette immense chambre, elle comprit qu'il y avait quelque chose qui les séparait.

— Je me sens revivre lorsque je suis à côté de toi, lui dit-il en la serrant contre lui étroitement, Eliza... Je te l'ai dit. Je te l'ai dit un million de fois.

Liz se recula imperceptiblement, il pouvait toujours la tenir dans ses bras, mais elle restait froide. Quelque chose s'était brisé. Elle avait froid, elle avait peur aussi.

— Et l'amour, Théo. Et l'amour ? demanda Liz.

— Quoi ? L'amour ? demanda-t-il, bien sûr ; je te l'ai déjà dit !

Liz sentit le contact de son corps contre le sien, mais, dans la semi-obscurité de cette chambre immense, elle comprit aussi qu'elle n'avait pas la totalité de son cœur.

— Oui, tu en as parlé, dit-elle doucement.

— Eh bien, quoi ? demanda Théo en lui prenant le menton dans une main pour la forcer à le regarder dans les yeux. Qu'est-ce qu'il te prend ? Mais qu'est-ce qui nous prend à tous les deux de parler comme des gosses ? Et toi, combien de fois m'as-tu parlé d'amour, hein ?

— Pas très souvent, dit-elle.

— Alors, que veux-tu ?... Quelle est la différence ?... Tu veux te l'entendre dire ? Est-ce cela qui
fait la différence ?

— Je ne sais pas, murmura-t-elle, perdue.

Liz ne savait pas, il ne pouvait pas s'agir que des
mots... non, ce n'était pas possible... Mais il l'avait
touchée, après ces années de vie morne et de lassitude, il avait réussi à la faire revivre... et maintenant... oui, elle avait désespérément besoin des mots.

— Tu veux que je te le dise ? reprit Théo, d'accord.
Je t'aime.

Il la serra plus fort contre lui, les deux mains sur ses
bras nus. Liz ne ressentit rien.

— Maintenant, à toi, fit Théo, et après, tout sera
merveilleux, d'accord ?

— Oh, Théo... commença-t-elle, effrayée.

Liz se détourna de lui, traversa la chambre comme
un fantôme et alla se dissimuler dans un coin sombre,
près du lit.

— Quoi ? mais que veux-tu ? lui demanda-t-il,
irrité, cette fois-ci.

— Je ne sais pas, Théo. Je ne sais pas, dit-elle d'une
petite voix apeurée.

Théo s'avança vers le lit et s'y assit. Il tendit un bras
vers elle. Liz sursauta lorsque la main de Théo la
toucha. Elle baissa les yeux vers lui, une drôle
d'expression dans le regard.

— Eliza, mais de quoi parlons-nous le soir de notre
nuit de noces ? demanda-t-il d'une voix caressante.

Théo l'attira vers lui, elle se laissa faire, ses cuisses
étaient entre ses genoux.

— Pourquoi parler ? continua-t-il en tapotant le lit,
ici, il y a toutes les questions et toutes les réponses.

Théo souriait maintenant, et lui lâcha la main pour s'étendre de tout son long sur le lit. Un moment plus tard, Liz s'assit à côté de lui.

— Nous aurons tout le temps de parler demain, fit-il en l'attirant sur lui.

— Avant que tu ne partes ou après ton retour ? s'entendit-elle demander d'une voix froide.

Théo se cala sur les coudes et l'observa sans rien dire, son sourire avait disparu.

— Demain, précisa Liz.

— Eh, Eliza... fit Théo d'une voix triste.

— Quoi ?

— Tiens-tu à ce que je te mente au sujet de Matalas ? Je ne le ferai jamais.

Liz se pencha au-dessus de lui. Son visage était tout proche du sien, si proche qu'il sentit son parfum rare et délicat.

— Je sais, dit-elle dans un souffle, résistant toujours à l'étreinte de Théo, feras-tu l'amour avec elle ?

— C'est possible, répondit-il avec ennui.

— Pourquoi la laisses-tu attendre ? murmura Liz, dont les cheveux caressaient les joues de Théo.

— Eliza...

Il l'attira sur lui, certain de son fait, sachant ce qu'elle lui demandait, mais elle résista. Liz se releva et s'éloigna du lit de quelques mètres tout en le regardant.

— Je ne vais pas dormir auprès de toi cette nuit, dit-elle d'une voix agréable, distante et froide.

Théo se mit sur son séant et la fixa des yeux.

— C'est notre nuit de noces, continua-t-elle, il te faut baiser quelqu'un. Va donc baiser une amie.

— Mais, bon Dieu, Eliza... qu'est-ce que tu...

— Va la voir tout de suite. Maintenant. Allez. Va-t'en !

Liz traversa la chambre et alla s'installer contre la baie vitrée. A cette distance, elle ne pouvait apercevoir qu'une vague ombre que formait le corps de Théo toujours sur le lit.

— ... renvoyé du lit conjugal, marmonnait celui-ci entre ses dents... c'est incroyable...

— Oui, dit-elle froidement. Eh bien, je viens d'en avoir l'idée et cela me convient. Va-t'en, Théo.

Théo se leva du lit et s'avança vers elle. Liz s'échappa, non pas par frayeur, mais comme une automate, vide de vie.

— Tu es ma femme...

— Je crois, Théo, que je n'avais pas très bien compris ce que cela voulait dire au début. Mais, maintenant, je commence à comprendre. Dix nuits par mois, Théo... n'était-ce pas le contrat que tu désirais ? Eh bien, disons que cette nuit ne fait pas partie du nombre. Je veux que tu partes.

Théo l'observa. Il n'y avait aucun doute au ton de sa voix. Elle semblait déterminée. Liz lui apparut à cette distance comme la statue d'une déesse. Ce n'était pas une femme de chair et de sang, en fin de compte.

— Je veux que tu partes, répéta-t-elle, après un long silence.

Liz attendit calmement. Théo acquiesça et quitta la chambre.

Liz referma la porte à clé derrière lui et se mit au lit, tout en pensant qu'elle pourrait demander l'annulation du mariage, puisqu'il n'y avait pas eu de consommation. Ce mariage était une erreur. Elle pourrait partir le lendemain matin pour New York, où elle trouverait les avocats nécessaires pour traiter la question rapidement, et pour... non ! Demain matin, les journaux du monde entier la montreraient radieuse, souriante, heureuse, au bras de Théo, les photographies décriraient une cérémonie simple et touchante dans la petite chapelle grecque... et, tout d'un coup, Liz se rendit compte que la réception devait continuer là-bas.

Elle se leva et alla à la fenêtre pour regarder *La Belle Simone,* ancrée au large, dans l'obscurité de la nuit, tous feux allumés pour célébrer le mariage. Liz ferma les volets de toutes les fenêtres de sa chambre.

Le monde entier se moquerait d'elle, parlerait, commenterait à tout vent, si elle admettait aux yeux de tous qu'elle avait commis une erreur. Non, ce n'était pas possible, pas elle, pas la parfaite Première Dame des Etats-Unis, la veuve tragique, la belle femme adulée et imitée par tant d'autres. Ils étaient si nombreux ceux qui auraient voulu la voir fléchir, pour pouvoir ensuite se gausser d'elle. Non, Liz ne pourrait pas le supporter. Elle était définitivement rivée à cet... à cette *chèvre* qui avait su la séduire, la charmer et lui faire croire qu'elle pouvait vivre en paix en ce monde... Il était vieux, soixante ans. Liz se surprit tout à coup à sangloter. Elle avait pensé qu'elle était tombée amoureuse...

Elle déambula dans la chambre, les pieds nus et froids sur le tapis, tâtonnant çà et là des objets qui lui tombaient sous la main, laissant libre cours à ses larmes et se forçant à croire qu'elle ne pleurerait jamais plus pour qui que ce fût. Elle s'arrêta près de la table où était posé le téléphone. Elle pourrait appeler des gens, des amis qui l'aideraient à sortir de cet...

non. Non. Ce n'était pas possible. Cela leur donnerait l'occasion de se moquer d'elle. Non, cela jamais.

Liz ouvrit soudain le tiroir où elle avait rangé la copie de leur contrat de mariage. Elle retira le document broché de cuir rouge et se mit à le lire avec attention.

La lumière de sa chambre fut la seule à briller toute la nuit, au milieu de cette île privée, cet univers que Théo Tomasis avait édifié pour lui-même.

Liz ne quitta pas sa suite pendant quatre jours. Puis, elle fit parvenir un mot à Théo en lui demandant de la rejoindre à l'heure du déjeuner sur la terrasse qui donnait sur le jardin.

— Je ne veux pas divorcer, lui dit-elle.

— Bien sûr que non ! Qui parle de divorce ? Il s'agit d'une petite mésentente, c'est tout.

— Tu n'abandonneras pas Matalas ?

— Non. Je te l'ai déjà dit. C'est une amie. Ma meilleure amie. Est-ce que je te demanderais de laisser tomber ton meilleur ami ?

— Je ne baise pas avec mon meilleur ami, Théo.

— Je n'aime pas t'entendre parler de cette façon. Ce n'est pas pour toi, ce genre de langage.

— Je vois. Voudrais-tu un peu de quiche ? lui demanda-t-elle en lui passant le plat.

Théo se servit.

— Eh, mais il n'y a rien là-dedans ! s'exclama-t-il, je croyais que c'était une tarte aux épinards... Mais qu'est-ce que c'est ? Des truffes ?

— Oui. J'ai demandé à Pierre de rester ici, comme chef cuisinier permanent.

— Eliza... Eliza... tout se passera bien entre nous. Je t'aime beaucoup, c'est vrai. Peut-être avais-je trop bu l'autre soir ? Cela a été une journée épuisante, le jour de notre mariage et... ce sera bien, n'est-ce pas, Eliza ? Tous les deux ?

— Oui. Très bien.

Théo se leva et s'approcha de Liz pour l'embrasser. Elle détourna la tête. Ses lèvres touchèrent ses cheveux chauffés par le soleil.

— Ma femme, dit-il. Tu seras ma femme ?

— Oui, répondit-elle, je respecterai ma part du contrat.

— Bien, dit-il en se rasseyant pour se servir de salade.

— Un peu de fromage ? lui demanda Liz.

— Non.

Théo soupira mais conserva le sourire comme pour dire que tout allait bien.

— Je dois partir pour Washington aujourd'hui, dit-il, seulement pour un ou deux jours, si tout se passe comme je l'ai prévu. Peut-être que nous pourrions nous revoir à Rome ? Nous pourrions y passer une vraie nuit de noces.

— Ce serait très bien, dit-elle poliment. Téléphone-moi le jour de ton retour.

— Je t'appellerai tous les jours, Eliza. Ce soir et demain, quand j'en aurai terminé avec mes affaires.

— Si tu n'es pas envoyé en prison, continua-t-elle en plaisantant.

— Quoi ?

— Pensais-tu que je n'étais pas au courant ? J'ai parfaitement compris pourquoi tu m'as épousée. Mais, c'est très bien, cela m'est égal maintenant.

— Eliza ! Je t'aime, Eliza !

— Oui, dit-elle calmement, je sais cela aussi.

CHAPITRE XIV

LES NOUVEAUX AVOCATS DE THEO étaient inquiets. Mais, Nico semblait tout à fait maître de la situation, et son père en fut heureux. Pendant les pourparlers préliminaires, Théo était resté assis sans rien dire, Nico avait parlé tout le temps. Le garçon avait la situation en main et avait longuement discuté des détails compliqués, de juridiction du commerce, comme si cette affaire allait être réglée uniquement sur de telles bases. Sa présence le stimulait. Théo souriait, acquiesçant de temps en temps et n'intervenant pour ainsi dire pas du tout. Les avocats semblaient réellement gênés, mais c'était leur problème après tout. Maintenant, il était temps de partir.

Théo marcha en tête avec Nico. Derrière eux, les cinq hommes distingués, portant les mêmes costumes bleus et les mêmes cravates, affichaient toujours un air d'ennui, alors qu'ils parcouraient le grand couloir du Palais de Justice. Un bras passé autour des épaules de Nico, Théo avançait à grands pas, en souriant, vers la grande salle de jugement.

Michel Corey les attendait à l'extérieur des immenses doubles portes. Son air irrité s'accentua à l'appro-

che de Théo et Nico, suivis des plus éminents avocats
de New York.

— Eh, Michel ! appela Théo, dont la voix se
répercuta dans le couloir au plafond de marbre.

— Bonjour, Théo, bonjour, Nico, fit le Procureur
Général, sans sourire, sans leur tendre la main.

— Content ? lui demanda Théo, en arborant un
grand sourire.

— Vous êtes un salaud, répondit Corey calmement.

Nico lui jeta un regard furieux. Théo sentit sous sa
main les muscles de son fils se tendre, il lui tapota
l'épaule et laissa ensuite retomber sa main. Les
avocats formaient un demi-cercle autour d'eux, et
paraissaient très gênés.

— Moi ? fit Théo, amusé et ironique. Ah, Michel...

— Vous avez tout prévu, n'est-ce pas ?

— Quoi ?

— L'homme qui a épousé la veuve de notre Président assassiné... Comment pouvons-nous maintenant
vous envoyer en prison ? Comment serait-il possible
que nous fassions cela ? Contre elle ?

Théo haussa les épaules.

Michel Corey ouvrit les deux grandes portes de la
salle d'audience et fit signe à Théo et Nico de passer
devant lui. La pièce était sombre, la seule couleur
était le drapeau américain, rouge, blanc et bleu, qui
pendait mollement dans un coin, près de la fenêtre.
Une immense table en acajou sombre trônait au
centre de la pièce carrée. Des chaises, largement
espacées les unes des autres, la bordaient. Trois
hommes étaient déjà assis, avec des papiers éparpillés

devant eux, sur la table. Ils levèrent les yeux et firent un signe de la tête à leur entrée.

— Bonjour, Messieurs.

— Monsieur Tomasis.

— Monsieur Corey.

— Monsieur Becker.

— Bonjour.

— Monsieur Stoneham.

Stoneham était assis au bout de la table, il regarda par-dessus ses lunettes et salua chacun d'eux d'un signe de tête froid, pour ensuite revenir à l'étude des documents.

Corey s'installa près de Stoneham, à la tête de la table, pendant que Théo et Nico s'asseyaient du côté opposé. Les avocats prirent des chaises, puis il y eut un bruit d'ouverture des attaché-cases et de froissements de papier. Un moment plus tard, Michel Corey se leva.

— Messieurs, je crois que nous pouvons conclure cette affaire en quelques minutes, commença-t-il d'un ton très conventionnel.

Théo se pencha légèrement vers son fils et lui dit quelque chose à l'oreille. Ce dernier acquiesça.

— Monsieur Tomasis, continua Corey, et moi..., c'est-à-dire, Monsieur Tomasis, son fils et leurs avocats, et moi-même, nous nous sommes souvent rencontrés ces derniers jours et je pense que nous avons réussi à nous entendre sur un arrangement qui sera profitable à tout le monde.

La salle était très attentive. Théo se carra confortablement sur sa chaise et croisa les bras.

— Je suggérerai donc que le gouvernement retire sa plainte de violation du paragraphe dix-neuf du

Code américain de la Marine Marchande sous les conditions suivantes :

Michel Corey s'arrêta pour mettre ses lunettes de vue et prit un papier qu'il se mit à lire d'une voix austère :

— Monsieur Tomasis rendra au gouvernement le titre de propriété de tous les navires qu'il nous a achetés. S'il y avait une hypothèque quelconque, elle sera annulée de droit. Une amende de sept millions de dollars sera imposée.

Sur ces derniers mots, il y eut quelque remue-ménage dans la salle. Stoneham se pencha en avant, un air de stupéfaction sur le visage.

— Monsieur Corey ! intervint ce dernier, nous avions parlé d'une amende de trois millions par navire, ce qui fait un total de soixante millions, si je ne m'abuse.

— Mon père, intervint Nico, ne pourrait jamais payer une telle somme. Pendant nos réunions avec Monsieur Corey, nous en avons discuté et...

— Oui, le coupa Corey, laissez-moi vous expliquer.

— Je le souhaite vivement, grogna Stoneham.

— Monsieur Tomasis, commença Corey, a l'habitude de négocier avec les Allemands des affaires de constructions de navires de deux millions de tonnes. Monsieur Tomasis est d'accord pour annuler ces négociations afin de les traiter avec les Etats-Unis.

Michel Corey s'arrêta un instant, retira ses lunettes et jeta un coup d'œil circulaire.

— Je n'ai pas, bien sûr, besoin de vous dire ce que cela va représenter comme bénéfices pour nos constructeurs.

Michel Corey se rassit brusquement. C'était une

farce. Il le savait. Stoneham le savait, n'importe qui aurait compris. C'était simple : Tomasis était intouchable, inattaquable. La seule question était de trouver un moyen élégant de conclure cette affaire. C'était la raison de leur présence. Corey était certain que Stoneham ne ferait pas trop de difficultés. Ils jouaient tous le même foutu jeu.

L'un des hommes aux cheveux gris, appartenant au ministère de la Justice, prit la parole :

— Veuillez m'arrêter si j'ai tort, mais j'ai cru comprendre que c'était Monsieur Spyros Tomasis qui devait traiter avec le gouvernement américain cette question de navires.

Théo sourit.

Corey acquiesça d'un signe de tête et dit brièvement :

— L'autre Monsieur Tomasis devra se retirer de l'affaire. Car, si j'ai bien compris, Monsieur Théo Tomasis pense à un achat immédiat de 7,5 millions de dollars. Une somme dépensée ici même et non pas ailleurs.

— C'est exact, intervint Nico. Mon père a donc besoin de fonds considérables pour monnayer une telle opération. Et j'ai bien peur qu'une amende de soixante millions..., ou d'un montant approchant... annule complètement notre marché.

— D'accord, acquiesça Corey. Monsieur Tomasis, vous pouvez payer une amende de sept millions de dollars ?

— C'est une épreuve, comme dirait mon fils, répondit Théo, mais je trouverai un moyen. En ce qui concerne Spyros, il lui faudrait des mois et des mois pour conclure l'affaire. Quant à moi, je peux le faire rapidement, à condition que l'amende soit d'un montant raisonnable.

— Est-ce que cela vous satisfait, Messieurs? demanda Corey en jetant un coup d'œil général sur l'assistance.

Les hommes du ministère de la Justice acquiescèrent lentement de la tête, comme s'ils réfléchissaient avec soin sur la question.

— Cela semble satisfaisant, fit Stoneham, porte-parole de l'accusation.

Les avocats de Théo consentirent eux aussi.

— Le reste de nos discussions ne sera plus qu'une affaire de détails, qui, je le pense, ne poseront aucun problème, acheva Corey.

Stoneham acquiesça à nouveau.

— Si vous êtes satisfait, Monsieur le Procureur Général, eh bien, il en est de même pour moi.

— Moi aussi, fit l'homme à sa droite.

— Eh bien, c'est terminé, dit Corey, je vais me mettre au travail pour rédiger tout cela.

Il se pencha par-dessus la table pour aller serrer la main de Théo, mais ce dernier s'était retourné vers son fils qu'il tenait contre lui en lui donnant des tapes dans le dos.

— Mon fils! dit-il avec fierté. Mon fils!

Puis, il se retourna et serra la main tendue de Corey. Les avocats commencèrent à ranger leurs documents, leurs papiers, et leurs aide-mémoire.

— Comment va votre femme, Théo? lui demanda Corey.

Théo examina son interlocuteur, mais ce dernier ne semblait ni sarcastique, ni rancunier. C'était un bon perdant. C'était tout. Théo eut alors un grand sourire

et afficha l'enthousiasme et le bonheur d'un jeune
marié.

— Elle va bien… très bien. Elle est heureuse, dit-il.

Puis, Théo se retourna vers les autres et parla à la
cantonnade :

— Vous devez tous venir en Grèce nous dire
bonjour… Mais, veuillez me pardonner, Messieurs, il
faut maintenant que j'aille téléphoner à Madame
Tomasis.

Théo serra les mains de tout le monde, reprit Nico
par les épaules. Ils sortirent tous les deux de la grande
salle d'audience, suivis par l'essaim de leurs avocats.

SEULE, Liz erra sur *La Belle Simone,* dans la
maison de Tragos, le long des charmants sentiers
de l'île que Théo avait créée à partir d'un rocher nu et
désolé. Elle toucha les objets qui lui appartenaient :
les statues, les livres, les pesants objets en argent
massif de son bureau, elle réfléchit longtemps et
minutieusement à l'homme qu'elle avait épousé. Liz
passa une heure, assise devant la gravure qui représentait son père de mémoire et se surprit à sentir plus
que de la curiosité.

Au début, Liz avait pensé qu'elle se trouvait prise
dans un piège terrible, que sa vie ne serait plus qu'une
longue succession de compromis difficiles et sans
issue. Elle devrait tout simplement remplir sa part du
contrat. Mais, tout en se promenant seule parmi les
objets qui lui appartenaient, dans cet univers qui était
le sien, Liz commença lentement à comprendre la
signification réelle de son mariage.

Liz Cassidy Tomasis était honnête vis-à-vis d'elle-même. Blessée, abandonnée, humiliée, elle avait recherché tous les signes qui prouveraient qu'elle s'était trompée, qu'elle avait été trahie par un barbare. Mais, tout ce qui l'entourait lui disait le contraire : autour d'elle ce n'était que pureté des lignes, des formes et des matériaux, sens de beauté, goût artistique élevé, et un amour passionné et sans honte de la vie telle qu'elle était. La pensée que Théo lui aussi était honnête la frappa soudain. Il avait été parfaitement honnête en lui demandant de comprendre et d'accepter sa liaison avec Matalas. Elle avait refusé de comprendre.

Ils étaient étrangers l'un à l'autre, mais ici... ici, c'était elle l'étrangère et non pas lui. La jalousie et la douleur qu'elle avait ressenties lors de leur nuit de noces étaient étrangères à Théo, étrangères et inattendues. Comme sa conduite à son égard.

Liz s'assit sur la terrasse de sa chambre, illuminée par le clair de lune et y resta presque la nuit entière à penser qu'il lui manquait beaucoup. Ce n'était pas seulement la solitude, non, elle était habituée à cela. Mais c'était lui qui lui manquait, lui, Théo.

Il serait peut-être possible qu'ils apprennent à se connaître l'un l'autre. Elle avait insisté sur sa liberté personnelle, et il la lui avait accordée. Lui aussi pouvait avoir la sienne. Peut-être n'étaient-ils pas aussi différents l'un de l'autre, en fin de compte.

Il était tendre avec elle, et elle lui en sut gré. Sa longue expérience des femmes avait fait de lui un amant adroit et attentionné. Pour lui, la conquête de son corps avait été un triomphe sur beaucoup de plans. Liz se soumettait comme une momie, comme un corps vide d'âme et d'émotions. Liz sentait au fond d'elle-même, sous sa peau jeune et chaude, une grande douleur, une solitude enfermées dans un sépulcre. Mais, néanmoins, son corps répondait à ses caresses. Il n'avait pas attendu plus d'elle, c'était suffisant. Elle était sienne à présent, sienne comme jamais. Il y avait entre eux une sorte de compréhension, d'entente, de trêve. Le mariage commença.

Ils installèrent leur demeure principale dans le manoir dominant Athènes, une très belle demeure conventionnelle, surplombant une des plus hautes collines de la ville et donnant sur une pente ombragée de citronniers et de vignes. Liz s'occupa pendant plusieurs mois à la redécorer. Le style grec purement classique que la première Madame Tomasis avait imposé convenait parfaitement à la maison, mais, maintenant, c'était complètement différent : les marbres blancs furent peu à peu remplacés par des couleurs chaudes et des matériaux plus gais. Des couleurs bleues et rouges égayèrent les pièces meublées en style européen ou américain ; des peintures primitives couvrirent les murs, les cages d'escalier furent ornées de sculptures, l'illusion d'un chez-soi commença à se créer.

Ils furent très aimables l'un vis-à-vis de l'autre, plus que polis. Chacun se comportait suivant leur contrat, et ils trouvèrent du plaisir dans la compagnie l'un de l'autre, sans demander plus que ce qu'ils ne s'accordaient déjà. Ils se voyaient rarement ; Liz parcourait le monde pour ses achats et ses fantaisies ; elle alla rendre visite à des amis qui organisaient des soirées qu'elle ne pouvait manquer, ou bien s'envolait pour Hong Kong, Taos, en vue d'acheter un vase particulier, une chemise, ou quelque bijou. Théo allait à Paris, New York, Genève ou au Libéria, comme il l'avait toujours fait, et leur vie aboutit à un point d'entente où ils se retrouvaient avec plaisir.

La maison d'Athènes avait un jardin qui enchantait Liz. Elle consultait souvent les jardiniers pour leur demander de replanter certaines graines ou oignons de fleurs qu'elle aimait particulièrement ; elle fit déplacer l'oliveraie de quelques mètres vers le bas de la pente de façon à avoir une vue splendide sur le Monument Choragique de Lysicrates. Ce monument était merveilleux, à travers le feuillage des vignes et par-dessus l'oliveraie. Ce panorama lui donnait une sensation de repos. A Washington, Liz avait toujours aimé la vue de la Maison Blanche, l'avenue rectiligne du Mall, bordée d'immeubles historiques.

Arnold Scaasi vint de New York pour choisir et présenter les différents tissus pour les murs, les tapis et les draperies de la pièce principale. Un matin, il s'entretenait avec Liz, dans la vaste pièce, aussi grande et vide qu'une gare dépeuplée. Des échantillons de tissu avaient été pendus aux murs. Une équipe de peintres attendait la décision du maître pour mélanger leurs couleurs suivant le tissu qui aurait été choisi. Le tapissier, venu spécialement de Londres, se tenait sur une échelle, dans l'attitude du penseur, le menton dans la main, réfléchissant aux diverses possibilités de choix des couleurs.

Les portes étaient ouvertes et laissaient passer les riches parfums du jardin. Tout à coup, Liz leva les yeux, lorsqu'une ombre se forma sur l'entrée.

— Nico ! Quel plaisir de vous revoir !

— Je suis désolé de vous déranger, mais je voudrais savoir si mon père est ici, dit-il.

Liz tendit au décorateur l'échantillon de velours qu'elle avait dans les mains et s'avança vers Nico.

— Non, il est parti pour Tokyo, où il restera quelques jours, dit-elle avec chaleur. Mais restez un moment avec moi, nous prendrons le thé.

— Non, non, je vois que vous êtes très occupée.

— Je... commença Liz d'une voix basse, une supplication dans le regard, je serais vraiment très heureuse de parler avec vous un moment, Nico. Voulez-vous rester un peu ?

Nico la quitta des yeux pour contempler la pièce sens dessus dessous qui avait été la demeure de sa mère. Il allait refuser et partir lorsqu'il se rendit compte de l'attente de Liz. Elle était très mince, vulnérable et probablement solitaire... Tout le monde semblait être seul, pensa-t-il une seconde.

— Pas ici, fit-il dans un murmure.

— Non, bien sûr. Pourquoi pas dans le jardin ? C'est si beau là-bas.

— D'accord.

Liz se retourna vers une servante.

— Apportez du thé dans le jardin, s'il vous plaît, Aphrodite, et aussi quelques *peinerli*. C'est vraiment l'heure du déjeuner, et je sais que Nico les apprécie beaucoup.

— Oui... bien... d'accord, fit Nico.

Ils s'installèrent à une table ombragée par les vignes. Nico était silencieux et paraissait même triste.

— Nico, je sais que cela vous trouble de voir tous ces changements ici. Mais je suis certaine que vous comprendrez que...

— Oh, oui, oui. C'est votre droit, après tout. Non, cela ne me trouble pas. Pourquoi ? C'est votre maison, n'est-ce pas ?

— J'aimerais que vous ne me haïssiez pas, dit Liz d'une voix douce.

Le mot un peu fort était celui que Nico aurait choisi cependant. Et il se sentit curieusement agacé en l'entendant dans la bouche de sa belle-mère.

— Je ne vous hais pas, dit-il, non, pas du tout. Après tout je ne suis plus un enfant pour être troublé par une si petite chose qu'un divorce. Je ne vous en blâme pas, en tout cas.

— Mais vous en voulez à quelqu'un ? Votre père ?

Nico bougea, mal à l'aise sur sa chaise. Aphrodite apporta un plateau. Ce qui lui épargna la peine de répondre. Liz s'occupa un instant à servir le thé et lui tendit sa tasse.

— Il veut que je lui ressemble. Que je sois exactement comme lui, dit Nico avec une pointe d'amertume.

— Est-ce si terrible ? demanda Liz calmement.

Ils se regardèrent un instant les yeux dans les yeux. Nico ne dit rien. Liz reprit la parole :

— Je crois... oh, je ne sais pas, mais je crois que tous les parents souhaitent que leurs enfants soient meilleurs qu'eux. N'est-ce pas là le but de la vie ?

— C'est difficile, avec un père aussi important que le mien, de savoir ce que je suis, éclata Nico.

— Oui, je comprends. Mais vous pouvez être ce que vous désirez. Vous êtes intelligent, charmant, beau et... n'est-ce pas vous qui avez décidé d'entrer dans les affaires, Nico ?

— Oui, j'aime les affaires. Et je crois que je peux

m'occuper des siennes sans pour autant lui ressembler. De toute façon, j'agis à ma guise.

— Vous êtes casse-cou, m'a-t-il dit. Et cela l'inquiète beaucoup.

— Il y a des choses que je peux faire, mais pas lui, répondit Nico, avec une lueur d'amusement dans les yeux.

— Nico, ne risquez pas votre vie uniquement pour prouver cela, voulez-vous ?

— Pas de conseils, s'il vous plaît, dit-il après l'avoir longuement regardée dans les yeux.

Il se leva.

— Vous ne les acceptez pas de moi, vous voulez dire ?

— Vous n'êtes pas beaucoup plus âgée que moi.

— Je n'essaierai jamais de jouer le rôle d'une mère à votre égard, dit-elle en souriant.

— J'ai une mère, répondit Nico brièvement.

Liz se leva à son tour. Ils se mirent en marche lentement vers la maison.

— Et maintenant, lui dit-elle, vous avez une amie.

Elle lui tendit la main, Nico la tint quelques secondes dans la sienne. Ils arrivèrent devant les grandes portes de la salle principale.

— Je ne rentrerai pas, si vous le permettez, fit Nico, je dois retourner au bureau.

— Bien sûr.

— Merci pour le déjeuner... Liz.

— Merci, Nico.

— D'accord.

Il se retourna brusquement et partit vers sa voiture.

Liz le regarda s'éloigner, puis alla rejoindre les décorateurs.

Quelques semaines plus tard, par une belle matinée, deux hommes qui travaillaient pour Théo, Socrates et Kazakos, vinrent prendre le petit déjeuner. Liz les reçut comme une hôtesse accomplie, avec sa grâce et son charme coutumiers. Ils se rassemblèrent tous dans le jardin, autour d'une table. Les deux hommes furent vraiment étonnés par la vue sur Athènes.

Un petit avion survola un moment l'Acropole. Ils regardèrent tous l'engin piquer droit sur la Place de la Constitution. Le pilote semblait vraiment casse-cou ; il survola en rase-mottes le Monument de Lysicrates, puis vira brusquement et piqua droit sur la colline où ils se trouvaient. Un moment plus tard, l'aéroplane était juste au-dessus d'eux, puis reprit de l'altitude pour piquer en looping sur eux, en signe de salut. Une aile rasa les citronniers, les feuilles des arbres tremblèrent à son passage.

— Fou ! hurla Théo en levant son poing en l'air vers le pilote. Stupide !

L'aéroplane s'éloigna ensuite en dodelinant comme pour se moquer.

— Mon fils, expliqua Théo à ses hôtes, mon cinglé de fils, Nico.

Ils regardèrent le petit appareil effectuer une figure en forme de huit, pour disparaître ensuite de l'autre côté de la ville, vers le camp d'aviation.

— C'est un sacré pilote, remarqua Socrates.

— Avec un *kolokyfhi* dans la tête ! ajouta Théo, très en colère.

— Je ne sais pas, Théo, fit Kazakos, mais, en tout cas, ce qu'il vient de faire est plus que remarquable.

— C'est vrai, fit Théo dans un soupir, c'est vraiment un génie en ce qui concerne l'aviation. Mais faire des choses de ce genre ici ! ah, il est complètement fou, ce Nico... Nico..., oui, fou.

Liz eut un sourire et servit le café.

— Il est très beau, dit-elle. Un peu sauvage, mais très beau. C'est un gentil garçon.

Théo haussa les épaules, l'air de dire : « Ne prêtez aucune attention à elle » et prit la parole en regardant Socrates et Kazakos :

— Bon, revenons à ce que nous disions... Politique... Oui, je ne suis pas d'accord avec vous, Socrates et Kazakos. Vous deux. Jetez un coup d'œil sur les chiffres, les courants. Et vous verrez que le monde, la plus grande partie du monde, vit selon un plan économique préétabli.

— Je sais, je sais, fit Socrates, mais il n'y a aucune réponse simple, à un problème général, comme vous l'avez suggéré.

C'était une vieille discussion que les trois hommes connaissaient bien et qu'ils reprenaient ensemble depuis des années. C'était presque devenu une tradition.

— Il a raison ! intervint Liz.

Théo se tourna vers elle, les yeux agrandis par la surprise. Les autres hommes la regardaient eux aussi.

— Regardez ce qui se passe en Angleterre, continua-t-elle, et que va-t-il se passer ici en fin de compte ? Un autre gouvernement socialiste ?

— Mais, bon Dieu, qu'est-ce que tu en sais ? demanda Théo, furieux. C'est de la politique ! Qu'est-ce que tu connais au sujet de la politique ?

Elle se raidit sur sa chaise, son visage était devenu pâle, ses yeux étaient baissés.

— Je parle avec ces messieurs, continua Théo en lui

tournant délibérément le dos pour faire face à ses deux interlocuteurs, de choses que tu ne connais pas.

Liz trouva quelque part en elle la force de se lever et de quitter la table. Les hommes étaient silencieux, embarrassés. Ils la regardèrent s'éloigner d'une démarche raide vers le couvert des arbres, dans le jardin.

— Mais elle sait ce que c'est que l'argent, reprit Théo pour rompre la tension qui s'était créée. Oh, oui, ça, elle le sait !...

Les deux convives avaient les yeux baissés et semblaient très occupés à boire leur café.

Théo jeta un coup d'œil vers les arbres. Liz était debout au milieu des oliviers, le visage enfoui dans les mains. Puis, tout d'un coup, elle se mit à courir le long de la pente.

— Veuillez m'excuser, Messieurs, fit Théo en posant sa serviette sur la table, une petite querelle d'amoureux... Vous savez ce que c'est.

Il marcha à grands pas vers les oliviers, mais Liz courait toujours, loin devant lui. Elle tourna dans le jardin rose et disparut. Théo accéléra son pas, en jurant dans sa barbe.

— Eliza... Eliza..., cria-t-il.

Il tourna vers les grands arbres, sur le côté sud du jardin, mais n'obtint aucune réponse. Puis, il la vit, elle était assise sur une des marches de pierre de la terrasse qui bordait la fontaine ornée de sculptures. Il n'y avait que le bruit léger et gai de l'eau qui coulait.

— Eliza ?

Elle avait toujours le visage caché dans ses deux mains. Théo s'assit sur une marche, à côté d'elle.

— Je suis désolé, dit-il d'une voix douce.

Elle leva la tête pour le regarder. Des larmes coulaient le long de ses joues. Théo tendit la main pour en recueillir une entre ses doigts.

— Je ne voulais pas...

— Ne me touche pas, espèce de paysan ! fit-elle en lui frappant la main.

Théo se leva brusquement et la toisa d'un regard à la fois courroucé et amusé. C'était la première fois depuis leur nuit de noces qu'elle avait manifesté autant d'énergie.

Elle se leva à son tour et le regarda avec des yeux enflammés par la colère, ses poings étaient crispés.

— Tu n'es qu'un sauvage... un salaud de fils de pute !

Elle n'avait jamais élevé la voix de toute sa vie et, même maintenant, Liz parlait à voix basse, en détachant parfaitement les syllabes, dans une diction impeccable.

Théo la regarda, bouleversé et admiratif.

— Un animal ! continua-t-elle. Tu... m'insultes en face de ces gens... Mais... Comment peux-tu oser ?... Espèce de salaud !

Soudain, Liz leva les deux bras en l'air et lui assena des coups de poing sur la poitrine, les bras, le visage. Théo para les coups en levant les bras.

— Eliza... Attends... Attends...

— Salaud ! Salaud ! Salaud ! dit-elle toujours avec cette douceur étrange qui donnait encore plus de force aux mots.

Les larmes coulant toujours sur son visage, Liz continua à le marteler de coups jusqu'à ce qu'il réussisse à lui emprisonner les bras.

— Vas-tu te calmer ? lui demanda Théo froidement.

Liz le regarda d'un air fou, puis sembla se radoucir. Son corps sembla perdre la tension qui l'avait animé si violemment.

Théo attendit encore un peu avant de la relâcher.

— Ecoute-moi, lui dit-il avec calme.

— Oh, toi ! s'exclama-t-elle.

Puis, tout d'un coup, elle leva une jambe pour lui donner un coup de pied dans les testicules. Mais Théo fut plus rapide qu'elle et lui prit la cheville à toute volée.

— Quelle force ! fit-il en riant.

— Laisse ma jambe, dit-elle froidement.

Elle s'appuya à la statue de la fontaine pour retrouver son équilibre. Même dans cette position, Liz avait l'air d'une reine et ne perdait rien de sa dignité. C'était une reine, même si un paysan lui tenait la jambe en l'air. Théo, ravi, éclata de rire, il était heureux et admiratif.

— Tu vas être gentille ? lui demanda-t-il.

— Je veux que tu lâches cette jambe, dit-elle en le foudroyant du regard.

Théo la relâcha.

— Maintenant, je sais quel homme j'ai épousé. Un clown et un malotru, un...

— ... un paysan, un vulgaire paysan et un animal, continua Théo, et toi, tu es... fantastique.

— Paysan ! fit-elle avec une moue de dégoût.

— Paysan, salaud... reprit Théo en se frottant la joue où les ongles de Liz avaient pénétré. Il n'y avait pas de sang mais cela le brûlait. Bon Dieu, quelle femme !

Liz fut stupéfaite de sentir le plaisir qui perçait dans le ton de sa voix.

— De la merde, Théo ! fit-elle avec calme.

— Non, c'est vrai, protesta-t-il. Mais qu'est-ce qui est arrivé aux Cassidy ?... Ces gens polis et réservés, cette Première Dame qui ne montrait aucun sentiment ? Qui était cette femme qui voulait me donner un coup de pied dans les couilles, il y a un instant ? Hein ? Allons, viens faire l'amour.

Liz le fixa des yeux. Le tumulte dans son corps s'était un peu apaisé, mais la rage et la haine se transformaient peu à peu en quelque chose d'incontrôlable, de terrifiant. L'admiration qu'elle lut dans ses yeux, son invite étrange, tout cela la bouleversait, la fascinait...

— Tu es fou, fit-elle avec colère.

— Eliza...

— Laisse-moi, Théo.

— Eliza... Laisse-toi aller. La première fois que je t'ai vu pleurer, te mettre en colère et même me frapper... Une toute nouvelle Eliza.

Liz regarda au loin, pour essayer de comprendre ce qui se passait en elle, de comprendre cette montée d'émotions qui avaient été séquestrées dans son corps.

— Eliza... Ecoute-moi... Je suis désolé pour ce qui s'est passé. Vraiment. Cela ne se reproduira plus.

A côté d'eux, dans l'herbe, montait le chant des cigales, l'eau de la fontaine clapotait avec gaieté. Théo parlait avec sincérité, et elle le savait. Il tiendrait sa promesse, comme toujours.

— Ecoute-moi, je t'aime, lui dit-il en la regardant droit dans les yeux.

Il lui prit le bras et l'entraîna vers la maison. Liz fit quelques pas avec lui.

— Maintenant, continua-t-il, dans un murmure, viens dans ce lit avec ce truc au sommet, celui que tu aimes, d'accord ?

— Non, dit-elle en s'arrêtant.

— Un autre lit ? demanda Théo en souriant, d'une voix taquine.

— Aucun lit, fit-elle.

— *To krevati ine tehni,* dit Théo doucement. Sais-tu ce que cela signifie ?

Liz secoua la tête en signe de négation. Elle voulait se reposer dans une chambre sombre et fraîche, avec les rideaux tirés et les volets fermés, pour s'isoler de cette chaleur constante, du monde. Pour s'isoler de lui, et de cette frayeur des émotions inconnues qu'il provoquait en elle.

— Cela veut dire : « le lit est un art », fit Théo.

— Et c'est un vieux Grec qui l'a dit, toi, continua Liz sans plaisanter.

— C'est un art, répéta-t-il.

Théo l'entoura de ses bras et la serra étroitement contre lui. Son étreinte était comme un havre de paix, un paradis... Si seulement, elle pouvait y croire.

— Un art, répéta-t-il, et nous le faisons si bien. Et je t'aime.

Liz reposa la tête sur son épaule.

— Oh, Théo... Théo, fit-elle comme dans un sanglot.

Puis, elle se détacha de lui en disant : « Non. »

— Pourquoi pas ?

— Il est dix heures du matin, dit-elle avec un sourire timide.

— Je suis un animal, dit Théo en souriant et en la serrant encore dans ses bras.

— Nous avons des invités, murmura-t-elle.

— Ce sont des Grecs, ils savent. Ils finiront leurs jus d'orange et rentreront chez eux. Quel joli nez, fit-il en lui embrassant le bout du nez.

Leurs lèvres se joignirent avec fougue. Puis, ils se séparèrent l'un de l'autre et marchèrent droit sur la maison.

Sous l'ombrage de l'oliveraie, Théo l'embrassa encore et lui dit :

— D'après le contrat, Eliza... combien reste-il de rencontres ?

— Ce mois-ci ? demanda-t-elle en souriant. Voyons, laisse-moi réfléchir... six, encore six.

— Bien, fit-il en riant, nous prendrons rendez-vous pour jeudi.

CHAPITRE XV

LENTEMENT, TRES LENTEMENT, ELLE s'ouvrait à lui. Ses émotions les plus secrètes, les plus inconnues étaient restées cachées sous une carapace polie par les convenances sociales, sa propre éducation. Maintenant, elle apprenait à lui faire confiance et à se faire confiance. Liz avait tant d'amour à donner, et il avait besoin d'amour, un besoin désespéré de son amour. Malgré ses incorrections occasionnelles, en dépit de ses coups de colère imprévisibles, il avait réussi, par sa candeur, son plaisir de l'amour et de la vie à lui faire admettre ses désirs cachés. Elle avait fini par comprendre que la terreur de l'inconnu pouvait se muer, comme par miracle, en la révélation d'elle-même, en tant que femme. Théo dormait maintenant, sa tête sur sa poitrine. Liz pensait, non pas à elle-même mais à lui. Comme il était vulnérable et fragile, en ce moment même.

Liz regarda le baldaquin en satin au-dessus du lit et pensa qu'il y avait encore du chemin à parcourir. Un chemin en territoire inconnu. Pourraient-ils le faire ensemble ? Il semblait que oui, en cette minute.

Quelqu'un frappa à la porte, Théo bougea dans son sommeil, se rapprocha d'elle et poussa un soupir. Liz écouta les coups qui se répétaient, désirant de toutes ses forces que l'intrus s'en aille, qu'il les laisse seuls.

Les coups redoublèrent, avec un peu plus de force. Avec mille précautions, Liz essaya de se dégager de l'étreinte de Théo. Elle lui embrassa l'épaule en tâchant de se glisser hors du lit. Liz enfila rapidement une robe de chambre et alla à la porte.

— Oui ? fit-elle dans un murmure. Oui, qu'y a-t-il ?

— S'il vous plaît, fit la voix d'un serviteur de l'autre côté de la porte, Monsieur Tomasis, s'il vous plaît.

Liz se retourna vers le lit et le vit bouger. Elle ouvrit la porte et parla rapidement à l'homme qui se tenait debout.

— Il dort. Que se passe-t-il ? demanda-t-elle, impatientée.

— Eliza ? appela Théo d'une voix ensommeillée, tout en se mettant sur son séant. Que se passe-t-il ?

Le serviteur semblait être dans tous ses états.

— *Afentiko...* dit-il d'une voix plus forte pour que Théo l'entende.

Théo se leva et enfila une robe de chambre, puis vint vers eux.

— Mais, bon Dieu, que se passe-t-il ? Que voulez-vous ?

Comme il n'y avait pas de réponse, Théo s'approcha de l'homme.

— Quoi ? lui dit-il. Quoi ?

— Nico, fit l'homme en tremblant de tous ses membres.

— Nico ?

Le serviteur se mit tout à coup à balbutier des mots

en grec, en faisant de grands gestes avec les mains. Il semblait bouleversé. Théo restait immobile et l'écoutait. Liz ne comprit pas un traître mot.

— *Topethi... Chtipise me to aeroplano... Nicos... Skotothike... Skotothike...*

L'homme éclata en sanglots.

— Qu'est-ce qu'il y a ? Que s'est-il passé ? demanda Liz en criant devant le visage blême de Théo.

Théo s'appuya contre le mur pour ne pas tomber.

— L'aéroplane... Nico... Nico... est mort... dit-il d'une voix blanche.

— Oh, mon Dieu !

Théo tomba soudain sur les genoux. La tête baissée, il entoura son corps de ses bras et se mit à osciller lentement dans une douleur terrible, terrifiante et solitaire. Des gémissements plaintifs émanaient de sa gorge.

Liz s'agenouilla à côté de lui et voulut le prendre dans ses bras. Mais Théo ne se rendit même pas compte de sa présence, tout à sa douleur qui l'étouffait.

— Théo... Théo...

Liz leva les yeux et regarda d'un œil désespéré le serviteur, toujours là, en pleurs.

Théo oscillait de droite à gauche. Puis, soudainement, il poussa un cri et se cogna le front contre le tapis, pour se relever ensuite lentement, en se mettant à quatre pattes.

— Nico... Nico... Nico... Nico... Nico... Aaaaiiii... Nico...

Ses plaintes étaient comme celles d'une litanie terrible.

— Oh, mon Dieu... Mon Dieu... hurla Liz.

Le serviteur voulut se rapprocher d'eux, mais Liz le congédia d'un geste de la main. Elle essaya encore de prendre Théo par l'épaule, par le bras. Sa tête oscillait toujours dans un mouvement désespéré. C'était comme si Liz n'existait pas pour lui. Personne n'existait que sa douleur.

— Allez-vous-en, fit-elle au serviteur qui acquiesça et disparut.

— Théo... Théo...

Elle essaya encore de le prendre dans ses bras et ce ne fut que longtemps après qu'il y vint. Elle le berça comme un enfant, jusqu'à ce que ses plaintes cessassent.

— Théo... Théo... mon amour... mon chéri...

Il s'accrocha à elle et laissa couler ses larmes.

L'ANESTHESIE qu'on ressent toujours après une grande douleur passa. Comme engourdi, Théo assista à l'enterrement avec Liz à son bras. Il embrassa Simi pour la réconforter, accepta les condoléances de Spyros, dodelina de la tête lorsque le prêtre parla de l'âme et de l'éternité de son fils. Théo fut reconnaissant à l'égard de Liz, bien qu'il ne le lui dît jamais. Il n'avait pas besoin de le lui dire avec les mots. Liz savait. Elle savait, à cause de la façon dont il la recherchait chaque fois qu'elle s'éloignait ; dont il la tenait serrée contre lui pendant ses longues nuits sans sommeil. Et Liz connaissait cette douleur, due à la perte définitive et irréparable. Une fois encore, les photographes publièrent les épreuves d'une femme fragile, vêtue de noir, belle et triste, au bras de son mari. Mais, cette fois-ci, elle était plus forte. Le monde pleura pour elle, un peu moins qu'avant, un peu plus lassé des joies et des peines qui semblaient marquer la vie de cette femme toujours célèbre.

Théo devait recevoir la Médaille d'Honneur du Commerce et de l'Industrie du gouvernement norvégien. Il avait prévu de prendre l'avion jusqu'à Oslo, après une série de conférences à Genève, Londres et Helsinki. Mais Liz le décida à annuler ses rendez-vous d'affaires et à partir avec elle à bord de *La Belle Simone* du Pirée jusqu'au port norvégien. Ce serait pour lui un temps de repos, un temps où il pourrait commencer à guérir sa blessure.

A bord du yacht, Théo passa de longues heures à contempler la mer, perdu dans ses pensées. Elle l'observa, ressentit la douleur qu'il éprouvait, cette douleur d'accepter. Elle savait qu'il lui fallait traverser cette épreuve tout seul, mais Liz voulait aussi qu'il sache qu'elle était à côté de lui.

Une nuit, Liz se réveilla seule dans son lit. Elle se leva, enfila une robe de chambre et le trouva, accoudé au bastingage du pont adjacent à leur salon, pieds nus, en slip. Théo contemplait l'immense étendue noire et calme, scintillant çà et là sous la lune. Elle vint près de lui et resta silencieuse.

— C'est difficile de dormir, lui dit-il à mi-voix.

— Oui, je sais, pour moi aussi, fit-elle en lui caressant le dos, raidi par les muscles tendus.

— Pourquoi, Eliza ?... Pourquoi ?

Théo avait posé la question d'une voix émue, sachant très bien qu'il n'y avait aucune réponse.

— Viens au lit, dit-elle dans un murmure, j'ai besoin de te sentir au lit, près de moi.

— Bientôt, répondit-il lentement.

Elle appuya la tête contre son épaule nue. Ils restèrent ensemble un long moment sans rien dire. Puis, enfin, Théo poussa un grand soupir, la prit dans ses bras et la conduisit vers le lit.

Le lendemain matin, Théo devait signer de nombreux papiers, comme d'habitude. Liz lisait un livre et lui jetait un coup d'œil de temps à autre, pour se rendre compte qu'il ne pouvait pas se concentrer sur ses affaires. Leurs deux chaises étaient proches l'une de l'autre, face au soleil, au soleil différent de celui de Grèce, maintenant, plus frais.

Théo avait visiblement vieilli depuis la mort de Nico. En quelques semaines, pensa Liz. Ses cheveux n'avaient-ils pas blanchi? Des nouvelles rides ne s'étaient-elles pas formées autour des yeux?... Non, c'était comme un tassement de tout son corps, comme une attitude de fatigue. Théo avait recouvert ses jambes d'une couverture, son visage était tiré, las. Las? Théo? C'était effrayant de penser que Théo pourrait être las de vivre, lui pour qui la vie était le plus grand jeu, lui, cet amoureux du conflit et de la lutte. Il lui avait appris à revivre, à sentir à nouveau, et maintenant il semblait laisser s'échapper la vie. Liz ne put pas le supporter.

Théo soupira et ferma les yeux.

« C'est à moi de jouer, pensa-t-elle. Je peux lui rendre le cadeau qu'il m'a fait. Je peux essayer, du moins. » N'était-ce pas là le but de leur union ?

Elle se leva de sa chaise longue, s'agenouilla près de lui et l'embrassa sur la bouche. Surpris, Théo ouvrit les yeux.

— Eh !

— Je n'ai pas fini, lui dit-elle en lui caressant les lèvres d'un doigt.

Elle l'embrassa à nouveau, avec amour, comme pour lui communiquer sa chaleur.

— Pourquoi ? demanda Théo un moment après.

Il eut une espèce de sourire, Liz sut que son geste n'avait pas été tout à fait inutile.

— Parce que je le voulais, lui dit-elle en souriant, c'est tout.

Il acquiesça d'un signe de tête. Liz se rendit compte tout à coup que sa lèvre inférieure avait une espèce de tic. C'était la première fois qu'elle le voyait. Elle était en face de lui.

— Tu m'es très cher, murmura-t-elle. Tu m'es très cher, Théo.

Il fut très touché par ses mots. Théo mit la couverture de côté et se leva pour venir à côté de Liz et la prendre dans ses bras.

— Toi aussi, Eliza, dit-il, tu m'es très, très, très chère.

— Théo, je ne suis pas contente de toi, lui dit-elle en se détachant un peu de son étreinte.

— Pourquoi ? demanda-t-il en fronçant les sourcils.

— De ton apparence, lui expliqua-t-elle.

Théo eut un geste de la main comme pour lui faire comprendre que cela n'avait aucune importance.

— Tu vois, lui dit-il... tu vois... Nico...

Théo lui baisa la main. C'était la première fois qu'il prononçait le nom de son fils, et ce simple fait sembla l'apaiser un peu.

— Nico... continua-t-il, ... Ah, Eliza... Mon fils Nico était beau. C'était toute ma vie, mon éternité. Il avait la tête solide, et était plus fort que moi,

beaucoup plus fort, même... et beau, oui... beau
comme sa mère... Il était...

Théo s'arrêta, au bord des larmes. Liz savait que ces
larmes-là lui feraient du bien, le soulageraient.

— Eh, je suis fatigué, Eliza, dit-il.

— Théo, il faut que tu voies un docteur, quelqu'un ? Un docteur... Fais-le pour moi, d'accord ?

— Oui, oui.

— Tu le feras ?

— Certainement, lui promit-il.

Elle lui sourit et le prit dans ses bras. Ils restèrent
comme cela, un long moment, pendant que le yacht
fendait l'eau comme un couteau, sans effort, avec
rapidité. Ils survivraient tous les deux, ils survivraient
à leur douleur. Théo et Liz à bord de *La Belle
Simone.*

— Je suis très contente de ce voyage en Norvège,
Théo, et fière de toi, aussi, lui dit-elle.

— Oui, moi aussi je suis fier de toi, de toi, ma
femme.

En Norvège, ils furent accueillis par des journalistes, et des reporters, qui restèrent polis, mais qui les
suivirent partout où ils allèrent. Théo sourit quand on
lui posa des questions, passa son bras autour des
épaules de sa femme, serra les mains des industriels et
des magnats du pétrole, accepta la médaille avec
solennité, sourit encore et encore. Pour le monde
entier, il semblait avoir surmonté sa douleur. Les
revues et magazines publièrent de nombreux articles
où l'on parlait avec émerveillement de sa force virile,
de son amour évident pour sa femme célèbre et belle.

La nuit, Théo errait sur le pont de *La Belle Simone,*
ou bien dans la suite de son hôtel, ou restait éveillé

pendant des heures, allongé près de Liz. Il ne se
regardait plus dans les glaces, refusant de voir ce qu'il
savait y trouver. Comme d'habitude, Théo ne prit
aucune pilule, aucun médicament. Mais, une fois à
Athènes, il laissa Liz lui prendre un rendez-vous chez
le médecin. Et il y alla.

Théo attendait les résultats de ses analyses de sang,
d'urine, et de ses radios. Le médecin était en train de
regarder la photographie de sa cage thoracique. Théo
s'impatientait et tapotait la table du bout des doigts.

— Eh bien? demanda-t-il, dites-moi ce que vous
voyez, allez, allez.

Le médecin éteignit la lampe qui éclairait l'épreuve
et se retourna vers son patient. Il jeta un coup d'œil
sur les résultats des électrocardiogrammes et resta
silencieux. Théo était à bout. Il lui demanda à
nouveau de lui révéler ce qui se passait.

— Théo, fit le médecin en levant les yeux, pourquoi ne prenez-vous pas votre retraite?

— Quoi? demanda Théo.

— Oui, pourquoi ne revenez-vous pas à une vie
plus facile? Vous possédez déjà tout ce que vous
désirez.

— Donnez-moi les explications, fit Théo en lui
indiquant de la main les papiers sur le bureau.

— Et n'ai-je pas lu quelque part dans les journaux,
continua le docteur, que vous avez été décoré de la
médaille du travail? Une médaille en or offerte par le
gouvernement norvégien?

— Oui, c'était un honneur pour moi, mais dites-
moi, s'il vous plaît, les résultats.

— Théo, vous êtes comblé d'honneurs, vous avez de
l'argent... vous avez tout ce que la vie peut offrir. Et

que voulez-vous de plus ? demanda le médecin d'une voix calme, évitant de répondre directement sur son état de santé.

— Je veux encore plus, dit Théo en souriant. Pouvez-vous garder un secret ? Oui ? Eh bien, je vais vous faire un aveu : je voudrais être président. Le Président de la Grèce.

Le docteur fut surpris.

— C'est un secret, d'accord ? continua Théo, et je veux maintenant vous poser une question. Si j'étais président, qui vivrait le plus longtemps ? Moi, ou mon vice-président ?

A cet instant, le téléphone se mit à sonner, l'homme décrocha l'appareil et, avant de parler à son correspondant, il leva les yeux vers son patient et lui dit d'une voix solennelle :

— Votre vice-président.

Théo ne laissa rien percevoir de son émotion. Il resta immobile.

— Oui ? fit le médecin à l'appareil.

Il y eut un instant de silence puis, il tendit le combiné vers Théo en lui disant que l'appel était pour lui.

— Tomasis, fit Théo dans l'écouteur.

Théo écouta. Un rêve, celui qu'il avait fait la nuit précédente, lui revint en mémoire : il se tenait debout, seul, devant l'Oracle de Delphes. Il se sentait tout petit devant l'immense temple, puis l'Oracle se mit à lui parler d'une voix d'outre-tombe et lui dit : « La mort vient toujours par trois. » Cette nuit-là, Théo s'était levé de son lit et avait erré dans la chambre, pour oublier ce cauchemar. Et, maintenant, le rêve faisait à nouveau surface, au fur et à mesure que la voix à l'autre bout du fil lui parlait. C'était une voix terrible, aussi irréelle que dans son rêve. Théo blêmit. Le médecin se pencha vers lui.

— Sainte Vierge! murmura Théo dans le téléphone. Quand? Ici? Où?

Il raccrocha, son corps était tendu par l'émotion, par le choc de la terrible nouvelle.

— Ma femme, dit-il, ma femme est morte. Elle s'est suicidée.

Le médecin se leva pour aller vers lui, mais Théo était déjà à la porte.

— Théo, s'il vous plaît, lui dit-il, ... le chagrin, les émotions... C'est trop pour vous. Prenez un calmant... Je vais vous ordonner quelque chose.

Mais l'homme que contempla le médecin avait complètement changé. Théo s'était durci, une volonté d'acier se peignait sur son visage. L'homme qui quitta son cabinet n'avait nul besoin de médicaments.

Le médecin alla à la fenêtre et regarda Théo marcher le long du trottoir pendant quelques mètres pour s'engouffrer ensuite dans sa Rolls Royce noire.

CHAPITRE XVI

LA MAISON DE SPYROS TOMASIS SE trouvait sur une colline, dans les environs d'Athènes. Le chauffeur mit vingt minutes pour y arriver. Assis tout seul derrière, Théo secouait lentement la tête, comme pour se réveiller d'un cauchemar. Il sanglotait. Mais, au moment où la voiture s'arrêta devant la maison, sa douleur s'était transformée en une rage incontrôlable. Il monta les marches quatre à quatre et tambourina violemment sur la porte, qui s'ouvrit sur le maître d'hôtel. Théo passa devant lui et marcha dans le grand hall.

— Où est-il ? hurla-t-il.

Plusieurs domestiques étaient là, en pleurs. L'un d'eux lui indiqua une porte en bois de chêne épais. Théo se rua dans la direction indiquée et ouvrit la porte.

Spyros Tomasis était assis à son bureau, la tête dans les mains. La salle était sombre, car les lourds rideaux avaient été tirés. Une lampe était allumée dans un coin et projetait une lueur orange sur le mur.

— Je vais te tuer, fils de pute ! rugit Théo en

fermant derrière lui la porte à clé. Je vais te tuer, comme tu as tué ma Simi... Ma femme... Ma Simi.

Spyros leva la tête, ses yeux étaient vides d'expression.

— Fou !... Tu es complètement fou ! lui dit-il, c'est ma femme, Théo... Ma femme !... Pas la tienne.

— Tu l'as tuée ! hurla Théo.

Il fit un pas vers le bureau, son corps tendu et prêt à la bagarre, prêt à venger sa Simi, à anéantir ce porc, qui se trouvait en face de lui.

— Elle s'est suicidée, fit Spyros en sanglotant. Fous le camp d'ici ! Espèce de fou, va-t'en, termina-t-il en se levant.

Théo s'avança et tendit un bras pour prendre son frère par le col de sa veste.

— Pourquoi ? demanda Théo, pourquoi a-t-elle fait cela ?... Ma belle Simi... Se suicider... Pourquoi ? Qu'est-ce que tu lui as fait, espèce de salaud, qu'est-ce que tu lui as fait pour qu'elle haïsse la vie ? Pour qu'elle se tue ? Pourquoi ? Pourquoi ?

Spyros se dégagea brusquement de l'étreinte de son frère et hurla comme lui :

— Pourquoi ? Mais qui sait ce qui s'est passé dans sa tête ? Pourquoi ? Elle a avalé des pilules et elle est morte !

Le ton de Spyros rendit Théo furieux. Il l'agrippa par le revers de sa veste et l'accula contre le mur. La tête de Spyros alla buter contre la paroi, puis, il s'affala sur le tapis. Spyros se releva ensuite lentement.

— Elle détestait sa vie et elle est morte ! rugit Théo.

— Elle avait une vie merveilleuse, Théo... Tout ce

qu'elle voulait. Je l'aimais. Et je ne comprends pas pourquoi...

— Mais, bon Dieu, qu'est-ce que tu as dans la tête ? Tu ne comprends pas ! Elle a été ma femme, et alors tu l'as voulue, toi aussi !

Spyros dodelina de la tête, tristement, et étendit les bras dans un geste de désespoir.

— Et je l'aimais, pourtant, dit-il. Comme toi, je l'aimais.

— Tu veux toujours faire ce que je... rugit Théo, incapable de terminer sa phrase, tant il était bouleversé.

— Mais tu fais la même chose, Théo, fit remarquer son frère, tu veux toujours détruire ce que j'ai... Nous sommes semblables, tous les deux.

Théo sentit sa gorge se contracter. Il émit une plainte, comme s'il allait vomir, vomir de colère, de rage envers cet homme qui, quelque part, lui ressemblait. Ce côté de lui-même qu'il haïssait tant. Tout était fini, maintenant. Nico, son fils, beau et jeune. Simi, sa femme... Cet homme lui avait tout enlevé. Simi n'était plus. Il restait Spyros, son frère, son plus mortel ennemi. Oui, tous les deux... tous les deux, perdus dans ce vide terrifiant...

— Ma femme... gémit Théo... Ma femme... Simi...

— Tu es fou ! hurla son frère. Fous le camp d'ici.

— Morte ! mon Dieu. Mon Dieu... A cause de toi... A cause de toi, Spyros...

— Non ! s'écria Spyros sauvagement. Non, c'est à cause de toi. Toi ! Avec toutes tes folies... Il fallait que tu aies tout... l'actrice, cette Américaine maigre... et Simi. Simi ne te suffisait pas...

Dans un rugissement de bête sauvage, Théo se rua

sur son frère, qui contre-attaqua en levant une jambe pour l'atteindre aux testicules.

Ils n'étaient plus jeunes. La lutte eut un aspect bizarre, entre ces deux hommes qui combattaient par pure haine, mais dont les mouvements fatigués ne trahissaient que la lassitude. Une lampe se brisa, les papiers sur le bureau s'éparpillèrent dans toute la pièce. Les serviteurs vinrent à la porte, poussèrent des cris et donnèrent des coups de poing, les deux hommes continuaient à se battre, se manquaient, recommençaient. Il y eut peu de coups qui atteignirent leur but, mais beaucoup de gémissements et de grognements.

A un moment, Spyros tomba à terre, essayant de retrouver sa respiration. Il voulut se relever, mais l'effort fut trop grand pour son corps fatigué. Il retomba au sol. Théo était toujours debout, mais ses jambes le soutenaient à peine. Il s'agenouilla.

Théo avait la bouche ouverte, le souffle court. Les deux hommes se fixèrent droit dans les yeux, puis finirent par accepter leurs situations respectives.

Théo tendit la main vers celle de son frère, qui s'ouvrit lentement, pour se refermer ensuite sur les doigts de Théo.

Il y eut encore un gémissement, puis Spyros réussit à se mettre sur son séant. Face à face, ils s'observèrent un long moment. Ce n'était pas une trêve, ce ne pourrait jamais l'être. Mais ce fut une sorte de contrat, une compréhension de l'instant, une transformation de la colère en une peine partagée.

— Ta vie entière, commença Théo avec calme, ta vie entière, tu as essayé de... de devenir ce que je suis, de me ressembler. Pourquoi ?

— Pourquoi ? reprit Spyros, mais c'est la même chose pour toi. Tu as toujours voulu faire plus que moi. Sans moi... tu ne serais rien, Théo.

— Avec le pétrolier, le *Selena*... qui a gagné ? Dis-moi, qui fut le meilleur de nous deux ? Qui ?

— Un pétrolier ! attaqua Spyros. Un navire. Et que penses-tu de la flotte que les Américains t'ont confisquée ? Hein, Théo, pourquoi ? Dis-moi pourquoi ?

Ce dernier ne dit rien, se contentant de grogner dans sa barbe.

— A cause de moi ! continua Spyros, victorieux. C'est moi qui étais derrière tout cela. Je t'ai baisé, Théo. Je suis plus fort que toi, Théo. Depuis le départ... Plus fort ! Plus riche. Plus fort ! Avec les femmes, les navires, avec le monde entier... Plus fort que toi.

— Tu n'es rien, répliqua Théo lentement, rien. Et tu es vieux, très vieux.

Ils se regardèrent et comprirent qu'ils avaient raison, l'un et l'autre.

— Toi aussi, dit Spyros, toi aussi.

— Oui... et, maintenant, Simi est morte.

— Je l'aimais, Théo, je l'aimais, moi aussi. Mais je n'étais pas comme toi avec Simi... Pas comme toi.

— Ah ! Spyros, quels vieux fous nous sommes. Et nous sommes seuls, toi et moi.

— Tu as une femme, Théo.

Les yeux de Théo s'ouvrirent tout grands. Oui, c'était Spyros qui était seul, et non pas lui.

Théo se releva avec un grognement, tituba un peu sur ses jambes et se frotta la joue à l'endroit où il avait reçu le coup de poing de son frère. Il regarda un moment l'homme, encore allongé au sol et lui tendit la main pour qu'il se relevât.

— EST-CE que tu l'aimes?

Dans leurs appartements, à bord de *La Belle Simone,* Liz évoluait devant lui dans sa nouvelle robe de Balenciaga, spécialement coupée pour le bal du prince. La robe était magnifique, seule Liz pouvait la porter, mais elle serait copiée en milliers d'exemplaires lorsqu'elle aurait paru en public. Puis, Liz la laisserait dans un coin. Liz était très belle, plus belle que jamais. Elle exécuta quelques pirouettes devant lui, soucieuse de ses réactions.

Théo sourit, mais ses yeux restaient vides d'expression. Depuis la mort de Nico, ses yeux étaient restés comme morts. Liz cherchait désespérément un moyen pour le faire rire, un moyen de le ramener à elle.

— C'est fantastique, dit-il.

— Tu en es sûr? demanda-t-elle, soudain hésitante.

Liz lui proposa de choisir une autre robe, Théo souriait, l'esprit vide.

— Je vais essayer celle-là, dit-elle, et tu décideras. Aide-moi à la fermer, s'il te plaît.

Elle lui tourna le dos, Théo se haussa un peu dans son fauteuil pour refermer la fermeture Eclair, ses doigts effleurèrent sa peau, mais il ne fit aucun mouvement pour la caresser. Elle se retourna et lui fit face, hésitante.

— Eh, Théo...

Il lui tendit les bras, Liz se lova contre lui. Théo

resta ensuite immobile. Liz poussa un soupir et s'éloigna. Elle jeta sa robe de Balenciaga sur une chaise et en prit une autre.

— Tu ne m'as pas encore répondu, Théo, dit-elle en changeant encore de vêtement.

— A propos de quoi ?

— Au sujet du médecin. Qu'est-ce qu'il a dit ?

Théo haussa les épaules, pendant que Liz se regardait dans la glace.

— Il a dit... Il a dit que...

— Que quoi ?

— Que je ne serais pas président de Grèce.

— Je te quitterais tout de suite, si tu le devenais, fit-elle en riant. Mais pourquoi t'a-t-il dit cela ?

— Il m'a dit que j'avais déjà tout.

— Bien.

Liz s'approcha de lui, vêtue d'une autre robe.

— Comment la trouves-tu ?

— Fantastique.

— C'est pour la soirée du prince, dit-elle avec fierté. Tu imagines mon entrée ? Je l'aime beaucoup. Et toi ?

Théo acquiesça.

— Oui, je pense que je porterai celle-là, dit-elle. Ou préférerais-tu l'autre ?

— Celle-là, fit Théo avec un intérêt simulé.

— Théo...

— Ou bien l'autre, les deux sont fantastiques, dit-il.

— Théo, est-ce que cela t'ennuie si je pars la première à Paris ?

Il secoua la tête en signe de négation.

— Mais tu seras seul.

— Seulement pour une semaine. Je travaillerai ici, à bord. Les gens viendront me voir ici, on parlera affaires. Seulement pour une semaine. Tu peux partir la première, et amuse-toi bien.

Elle lui sourit et se retourna vers l'armoire. Liz prit une autre robe, une robe d'après-midi, en cachemire léger.

— Et celle-ci pour faire des courses, dit-elle.

— Oui, pour les courses.

— Karen viendra me rejoindre au *George-V*, et peut-être Nancy et John. Ils sont invités eux aussi à la soirée du prince, mais Théo...

Théo la regardait, un sourire collé aux lèvres.

— En es-tu certain ? demanda-t-elle.

— Eliza, cela fait longtemps que tu n'es pas allée dans des soirées à Paris... N'est-ce pas, hein ?... Nous sommes tous les deux occupés à voyager chacun de notre côté. Va à Paris. Une semaine, c'est vite passé. Nous nous verrons après. Il faut que tu voies des amis, que tu te promènes sur les Champs-Elysées et que tu fasses les magasins. Oui, Eliza.

Mais, soudain, elle n'était plus sûre de rien.

— Théo...

— Fais-le.

Théo lui fit un grand sourire pour la rassurer, mais, au fond d'elle-même, elle savait qu'il souffrait de la perte de Nico. Liz devait attendre patiemment qu'il vînt à elle, lentement.

— Mais je m'ennuie quand je ne suis pas avec toi, dit-elle tendrement.

— Eliza... montre-moi encore ta robe.

— Tu l'aimes vraiment ?

— Fantastique.

Elle devait se contenter de cela. Liz caressa le tissu de sa robe et décida qu'elle irait bien. Elle se déshabilla et lui tourna le dos pour la ranger dans l'armoire.

Lorsqu'elle se retourna, elle s'aperçut que Théo avait quitté la pièce. Elle souffrait pour lui, mais se souvenait de sa douleur et savait que seul le temps pouvait arranger les choses. Le temps le ramènerait peu à peu à elle, à la réalité. Elle serait patiente, aimante et se ferait belle tous les jours, désirable pour lui.

Liz eut soudain un frisson à la pensée qu'il pleurait sa femme. Il fit brutalement froid dans la suite de Déméter et Liz se dépêcha de se rhabiller. Emporterait-elle les six robes en soie ?

Elle passa plusieurs heures à penser à ses bagages.

— Tu es sûr que tu seras bien ? demanda-t-elle à Théo.

— Bien sûr, Eliza. Une semaine à peine. Je te reverrai dans une semaine. Tu feras plein d'achats, d'accord ? Tu dépenseras beaucoup d'argent.

— Oh, pour cela, il n'y a aucun problème ! dit-elle en riant.

Il l'aida à descendre la passerelle vers la vedette.

— Prends soin de toi, Théo, lui dit-elle en se retournant pour recevoir son baiser.

— D'accord, Eliza. Ne t'inquiète pas, je vais bien.

— Oui, je sais.

— Au revoir, Eliza. A bientôt, à Paris.

Elle se serra un moment contre lui et le quitta. Théo remonta sur le pont de *La Belle Simone,* pendant que la vedette faisait chauffer son moteur.

Théo sourit et lui fit un grand signe de la main, pendant que le petit bateau s'éloignait.

Soudain, la sonnerie d'alarme du yacht retentit. Des marins traversèrent le pont en courant, pour se précipiter dans le couloir derrière la salle à manger. Théo les suivit et arrêta un des officiers de bord.

— *Fotia sto mihanostasio !* hurla l'officier.

Théo se rua dans le hall.

L'immense cuisine était emplie d'une fumée âcre et nauséabonde. Des flammes sortaient des fours. Certains hommes de l'équipage avaient pris plusieurs bouteilles de neige carbonique. L'incendie semblait facile à maîtriser.

— Donnez-moi ça, fit Théo en prenant un extincteur des mains d'un des marins qui se trouvait à côté de lui.

Il dirigea le jet d'écume blanche sur le feu qui s'éteignit peu à peu.

— Eh bien, qu'en pensez-vous ? demanda-t-il à ses hommes. Un feu à bord. De la malchance, non ? Mais non, ce n'est rien.

Il quitta la pièce en souriant.

Théo s'accouda au bastingage et contempla la nuit. Tout était tranquille maintenant, mis à part quelques embarcations de pêche qui voguaient çà et là. Il traversa ensuite le salon vide et s'installa sur le pont tribord pour contempler le petit village sur l'île d'en face. Théo regarda un moment les lumières clignotantes de l'agglomération, traversa à nouveau le pont principal. Ses pas résonnèrent sur le plancher en bois de teck.

Un moment plus tard, il s'installa dans sa chaise longue. Tout était calme, si tranquille maintenant. Il pensa à Liz... à Simi... à Nico. Puis, à Spyros, qui devait être seul et désemparé. Brusquement, Théo se leva de sa chaise, se dirigea vers le grand escalier et fit signe au steward, qui se tenait là.

— Dites au capitaine que je veux un bateau pour aller sur l'île, lui ordonna Théo.

Quelques minutes plus tard, coiffé d'une vieille casquette, Théo monta à bord de l'embarcation, qui se mit aussitôt en route. Il se demanda un instant ce qu'il allait chercher à terre. Puis, il secoua la tête en se disant qu'il était vieux, lui aussi.

Le bateau s'arrêta et Théo mit pied à terre. Il marcha sur la plage, dépassa les bateaux de pêche avec leurs filets, qui brillaient dans le clair de lune. A côté d'une barque, il vit un jeune garçon en train de réparer son filet, il cousait avec une grande aiguille. Le jeune homme observa cet homme au visage sérieux, puis reprit son travail.

C'était presque l'heure du *meltemi,* il y avait du vent, un vent du Nord, présageant de l'orage. Théo, tout en marchant, remonta le col de sa veste et enfouit les mains dans ses poches. Dans ce coin-ci de la Grèce, le vent soufflait toujours à cette époque. Il dépassa un petit café de pêcheurs et s'arrêta un peu plus loin, sur le quai devant une petite maison aux murs blancs. Théo connaissait l'endroit et se faisait un plaisir d'y retrouver des amis, une ambiance qu'il n'avait pas connue depuis longtemps.

La porte était basse, il dut se baisser pour entrer. A l'intérieur, le patron sommeillait dans un coin de la pièce, un chien à ses pieds. Le chien leva la tête et observa Théo qui avança vers un des murs, pour aller s'installer à une des petites tables. Tout était silencieux, sauf le vent qui rugissait dehors.

— Eh, Stavros ! appela gentiment Théo.

Le vieil homme aux cheveux bouclés leva la tête et ouvrit les yeux avec difficulté.

— Un peu de retsina et des harengs, commanda Théo.

Le chien, si maigre qu'on lui voyait les côtes, se dressa en même temps que son maître et le suivit fidèlement derrière le bar. Un moment plus tard, l'homme avait en main un plateau sur lequel étaient posés une bouteille de vin rouge, une assiette de harengs, un couteau, une fourchette et une assiette. Il déposa le tout devant Théo.

— Comment cela va-t-il ? demanda ce dernier.

L'homme se contenta de hausser les épaules, en guise de réponse, puis revint s'asseoir à sa place pour continuer sa sieste. Le chien resta aux pieds de Théo.

Théo se mit à manger et à boire, sous l'œil intéressé de l'animal. Il se versa un second verre de retsina et le but d'un trait. Le chien mit sa tête sur les genoux de Théo.

— Un autre morceau de poisson ? lui demanda-t-il.

Théo lui tendit un morceau de hareng que le chien avala promptement.

— Mon ami, lui dit Théo, il y a eu un incendie sur mon bateau et, toi, tu as des puces... Tiens, prends encore un peu de poisson. Ce dont nous avons besoin... un ami, voilà. Un ami, comme toi.

Théo lui donna encore à manger, puis se leva de table, marcha vers le patron et lui glissa dans la poche quelques pièces, sans le réveiller.

Théo marcha sur le quai pendant quelques mètres,

puis s'éloigna de la plage pour entrer dans le village. Ses pas résonnèrent sur les pierres des ruelles. Il n'y avait personne, le village semblait désert. Quelques lumières brillaient çà et là, dans les maisons. Les gens étaient chez eux, près de leur cheminée, avec leur père, leur femme et leurs enfants. Théo monta la petite pente et traversa la place vide.

Le vent du Nord soufflait violemment, un journal volait sur la place. Il déambula dans les rues, sans but particulier. Puis, à un moment, il entendit les sons d'une musique qu'il connaissait bien, c'était une vieille chanson populaire, triste et heureuse en même temps. Une chanson qui racontait les peines et les joies de la vie quotidienne, qui disait que la vie était bonne finalement et qu'il fallait la fêter.

Les sons provenaient de quelque part, un peu plus loin, devant lui. Théo se hâta et se trouva devant une ruelle minuscule. Un faible rayon de lumière filtrait par-dessous des pierres. Un homme chantait, un homme âgé, avec une voix éraillée, mais juste. Il était accompagné par une guitare et un tambourin. Quelqu'un lui donnait le rythme.

Théo monta les deux marches en pierre et poussa une porte. A l'intérieur, il y avait plusieurs hommes, vieux, qui entouraient les musiciens, ils battaient la mesure avec leurs mains et dodelinaient de la tête. Une ampoule nue éclairait la scène. Théo s'arrêta dans l'encadrement de la porte et regarda.

L'homme qui donnait la mesure était assis sur un vieux bidon d'huile. Le guitariste, vieux et édenté, tenait son instrument entre ses bras, ses doigts couraient avec amour sur les cordes. Derrière eux, un

autre vieil homme chantait. Il avait une expression
sérieuse sur le visage, et ses yeux clignaient parfois.

Au milieu de la pièce, des hommes dansaient les pas
rituels du *tsamikos*. Leurs mains étaient élevées au-
dessus de leurs têtes, ils évoluaient avec grâce et
dignité, tout en tenant un mouchoir blanc entre leurs
doigts. Ils avaient des vêtements vieux et usés de
pêcheurs, avec des bottes et des chemises trop grandes
pour leurs corps maigres. Certains d'entre eux se
retournèrent vers lui et lui sourirent. L'un d'eux lui fit
un signe avec son mouchoir, pour l'inciter à venir
danser.

Théo s'avança lentement vers le milieu de la pièce,
tout en se remémorant les paroles de la chanson. Il se
sentit tout à coup empli d'une compréhension douce-
amère de l'existence. Il accepta l'invitation de
l'homme, comme pour dire : « Vieil homme, je suis
des vôtres ».

Théo prit le mouchoir entre ses doigts et commença
à danser.

Achevé d'imprimer le 28 août 1978
sur presse CAMERON,
dans les ateliers de la S.E.P.C.
à Saint-Amand-Montrond (Cher)
pour le compte des Editions de Trevise
34, rue de Trévise - 75009 Paris

Dépôt légal : 3e trimestre 1978.
N° d'Édition : 356. N° d'Impression : 1418-538.
Imprimé en France